後嵯峨院時代の物語の研究

『石清水物語』『苔の衣』

関本真乃 著

和泉書院

序

本書の著者、関本真乃氏は、京都大学大学院文学研究科に進学して以来、中世王朝物語、中でも『石清水物語』『苔の衣』という二つの作品を中心に研究を進めてきた。この度その成果が一書にまとめられることを、大学院で指導にあたった者として、また物語輪読会の一員として悦ばしく思う。

物語輪読会とは、京都大学国文学研究室の大学院生らによって二十年ほど前から開かれている会である。発足当初は、当時まだ注釈が完備しておらず、内容もあまり知られていなかった鎌倉時代以降の物語――いわゆる中世王朝物語を、初見でどれだけ読めるかという、力試しのような会だった。したがって、参加者は予習不要。本文を通釈する中で多少の疑問が残っても、深追いはせず先へ進むことを原則としていた。

関本氏もこの輪読会のメンバーとなって久しく、ここ数年は幹事として全体の進行役を務めている。関本氏が会を仕切るようになってから起こった一つの変化は、毎回、詳細な参考資料が用意されるようになったことである。そこには、その日読む部分に引用される和歌をはじめ、影響を与えたと思われる先行物語、その他和漢の文学作品、仏典、歴史史料などが所狭しと並べられ、登場人物の相関図まで付されていた。関本氏がほぼ一人で、時には夜を徹して作り上げたそれらの資料が、物語をより正確且つ緻密に理解する上で大いに役立ったことはいうまでもない。このように文献を渉猟して物語本文の背景にあるものを発見する力、複雑な人間関係を整理した上でそこに何らかの意義を見出す力において、この著者が卓越していることは、本書に収められた諸論を見れば一目瞭然であろう。

輪読会の場で提示される疑問は、本文解釈上の問題ばかりではない。この時代の物語の常ではあるが、純粋に物語を楽しもうと思って読んでいるのに、時に興を削がれるような記述や描写に出くわすことがある。なぜわざわざここでこんなことを述べるのか。そういった類の疑問はしばしば生じるのだけれども、多くの場合、作者の力量不足のせいと片付けられてしまう。しかし本書では、現代の読者が感じるそうした違和感のいくつかを丁寧に拾い上げ、当時の読者であれば読み解けたはずの作者の意図を突き止めることに成功している。恋に破れた主人公が出家する際、それまで影の薄かった妻が突然クローズアップされ、年齢まで詳細に記されるのはなぜか。遁世した主人公と彼が山で出会う聖との血縁関係が、ことさらに詳しく説明されるのはなぜなのか。こうした小さな疑問はいずれも、それぞれの作品の本質に迫る手がかりであったことが、本書によって明らかにされている。

二作品について三章ずつという構成の、決して大部とはいえない本書であるが、すべての論は細部を扱いながらも些末に流れることなく作品の核心へと向かい、ほぼ同時代に作られた悲恋遁世譚という共通点を持つ二つの物語の、本質的な相違を浮かび上がらせた。充実した一書である。

平成三十年二月

京都大学大学院文学研究科
金光桂子

目次

Ⅱ　『苔の衣』

凡例

❖本文

本論文における『石清水物語』『苔の衣』引用は中世王朝物語全集（笠間書院）により、個別に注記するもの以外の引用は以下のテキストによった。ただし適宜句読点、濁点を施し、漢字をあて、通用字体にするなど表記を改め、重要な箇所には私に傍線や破線等を付した。ただし、それ以外の特別な意味を持たせる場合は本論中の該当箇所に個別に示した。

また、『石清水物語』を『石清水』、『栄花物語』を『栄花』のように、適宜略称を使用した。

『浅茅が露』『海人の苅藻』『しのびね』――中世王朝物語全集（笠間書院）

『いはでしのぶ』『住吉物語』藤井本・大東急文庫本―鎌倉時代物語集成（笠間書院）

『栄花物語』『源氏物語』『夜の寝覚』『狭衣物語』『松浦宮物語』『無名草子』『梁塵秘抄』『春の深山路』『沙石集』『今昔物語集』――新編日本古典文学全集（小学館）

＊なお『源氏物語』は適宜『源氏物語大成』（中央公論社）『河内本源氏物語校異集成』（風間書房）『源氏物語別本集成』（桜楓社、おうふう）などを参照し、重要な校異がある場合注に示した。『狭衣物語』に関しても、『校本狭衣物語』（桜楓社）及び『狭衣物語諸本集成』（笠間書院）を参照し、重要な校異のある場合示した。

『宝物集』『承久記』『閑居の友』『続古事談』『とはずがたり』――新日本古典文学大系（岩波書店）

『増鏡』『古今著聞集』――日本古典文学大系（岩波書店）『発心集』――新潮古典集成（新潮社）

『住吉物語』住吉本―『中世物語研究―住吉物語論考―』（二玄社）

『多武峰少将物語』――『多武峯少将物語本文及び総索引』（笠間書院）

『五代帝王物語』――『五代帝王物語　京都大学附属図書館蔵』（和泉書院）
『岡屋関白記』『猪熊関白記』『深心院関白記』『民経記』――大日本古記録（岩波書店）
『百練抄』『公卿補任』『吾妻鏡』――新訂増補国史大系（吉川弘文館）
『尊卑分脈』――国史大系（吉川弘文館）
『三長記』『平戸記』『台記』『山槐記』――増補史料大成（臨川書店）
『玉葉』――図書寮叢刊（明治書院）『葉黄記』――史料纂集古記録編（八木書店）
『撰集抄』――笠間叢書（笠間書院）『女院小伝』――群書類従（八木書店）
『西行物語』――『西行全集』（日本古典文学会）『玉蘂』――『玉蘂』（思文閣出版）
上記以外の和歌――『新編国歌大観』（角川書店）

❖系図

主要人物にはアミカケを行い、強調箇所は墨塗り（文字白抜き）を行うか、もしくは傍線で囲んだ。

また、印や罫は以下のような意味を表す。

・△　作品登場時故人　　・▲　作品中で死去する人物
・‖　育ての親・義子　　・┆　不義の子
・┄　密通　　・┆　世代省略

＊ただし系図の見やすさに配慮し、本論中重要ではない事項については適宜省略した。
なお、個々の系図に凡例を付した場合もある。

はじめに

鎌倉時代以降に成立した作り物語は擬古物語と呼ばれてきたが、近年、中世王朝物語と称されるようになっている。これは、改めてそれらを読み直し、評価しようという試みによるものであり、その成果として『鎌倉時代物語集成』を代表とする翻刻が刊行され、また『中世王朝物語全集』として注釈のついた現代語訳テキストが現在に至るまで刊行され続けている。しかし、個々の作品を読解し評価する段階にはいまだ至っていないものが多いと思われる。本書では、そういった物語のうち、『石清水物語』及び『苔の衣』を取り扱う。

『石清水物語』『苔の衣』はいずれも、鎌倉時代中期に制作されたと見られる作り物語である。ほとんどの作り物語がそうであるように、これらの作者もまた未詳であるが、今のところ京都の貴族文化圏に属する人物だと考えられている。

両作品とも、それぞれ『源氏物語』をはじめとする先行する作り物語をいかに摂取しているか、またいかにその影響を受けているかについては数多くの指摘がなされている。しかしながら、「現実社会の投影が皆無か、あつてもきわめて皮相的でしかない[1]」という指摘に窺えるように、そうした王朝物語を模倣することそれ自体が、物語成立当時の社会情勢を透き写しにし、その価値観を反映しているという点は見過ごされがちであった。そしてそのことは同時に、『源氏物語』『狭衣物語』などを摂取した作品が、何の目新しさもない、それらの単なる模倣であると捉えられてしまう危険性を孕んでいた。

たとえば、『石清水物語』については、男色が登場することや主人公伊予守が武士であることに注目は集まるものの、内容や表現において既存の作り物語に負うところ著しいため、それらについては詳細な検討がなされないまま「新味を出そうとしたにすぎない」[2]との評価を受け、「時代相を反映し」ているという指摘[3]で片付けられてきた。『苔の衣』については、歴史物語的であるとは指摘されながらも、それについて具体的には検討されては来なかった。むしろ、既存の作り物語摂取の著しさと、それにもかかわらず見受けられる「構想の不整合と表現の浅薄」[4]が主に指摘されてきた。たとえば小木喬氏は「三代にわたる人々の運命を語るが、その構想は『源氏物語』『狭衣物語』『住吉物語』等の先行物語のそれを襲ったものであり、また文章にしても、『夜の寝覚』の巻頭を模した巻頭文にも明らかなように、見るべきものはない」[5]という評価を下している。

しかし、そもそも文学は社会から完全に離れては存在し得ないのであり、正確な読解を行うためには、その文学作品が成立した社会状況、価値観、文化を踏まえることが求められる。『石清水物語』『苔の衣』などのいわゆる中世王朝物語の場合、王朝物語の模倣が当時どういった意図でなされたのか、どのような意味を有していたのかを明らかにせずして、読解し評価を下すことは不可能である。具体的には、その物語が制作され享受された場における価値観や、そこで共有された知識、常識を踏まえることが前提として必要とされる。

そして、この二つの物語を取り上げたのもこのゆえである。『石清水物語』『苔の衣』のいずれも、後嵯峨院の晩年に当たる文永八年（一二七一）に撰ばれた物語歌集『風葉和歌集』に和歌が入集していることなどから、いわゆる後嵯峨院時代（在位一二四二－四六、院政一二四六－七二）に成立したとされる。

後嵯峨院は承久二年（一二二〇）二月二十六日、土御門院の第三皇子として、典侍（贈皇太后）源通子との間に生まれる。父土御門院は承久の乱に加担しなかったが、土佐（のち阿波）に配流となり、皇統が後高倉院の子後堀河、その子四条へと移りゆく中で、二十歳を過ぎても元服もままならなかった。ところが、仁治三年（一二四二）四条天皇が十二歳という若さで急死したため、正統な後継と目される順徳の皇統を除外したいという鎌倉幕府の思惑によって、後嵯峨が践祚、即位することとなった。西園寺実氏の女姞子を中宮とした後嵯峨は、寛元四年（一二四六）に姞子との間に生まれた四歳の後深草に譲位し、幕府の後援と西園寺家の支えのもとに、後深草・亀山二代の間院政を行った。このおよそ三十年間を指して後嵯峨院時代と称す(6)。

なお、後嵯峨が治天の君を定めず崩御したことは両統迭立の因となった。また、この時代、近衛流近衛家・鷹司家、九条流九条家・二条家・一条家の五摂家がほぼ確立するに至り、西園寺家はその支流洞院家と共に、天皇の外戚として権勢を振るった。

関東では、執権北条氏の権勢が固められた。摂家将軍を九条頼経からその息頼嗣に譲らせた第四代執権北条経時が、寛元四年三月に死去した。これを契機として宮騒動が起こり、頼経は京都に送還され、その父九条道家は失脚した。有力武家の三浦氏は将軍派（反北条派）であり、総領三浦泰村の弟光村は頼経の上洛に供奉し、別れに際して「相構今一度欲奉入鎌倉中(7)」と発言したとされる。北条氏及び五代執権時頼の外戚安達氏と、三浦氏の間の対立は深まり、宝治合戦が起こって三浦氏は討たれた。その結果建長四年（一二五二）四月、後嵯峨の第一皇子宗尊親王が鎌倉に下向し、皇族将軍となった。また九条道家に代り、鎌倉幕府と親しい西園寺家が関東申次(8)となった。宗尊親王を中心として鎌倉歌壇が隆盛するが、文永三年（一二六六）、親王は謀叛の疑いで京都に送還された。このような中で、北条氏内部で得宗・反得宗の内紛が起こり、文永九年二月、六波羅探題及び鎌倉において二月騒動が起こった。また、元のフビライが南宋攻略のため日本に興味を示し、文永六年正月に高麗の使節団が太宰府に到着し、蒙古國牒状をもたらすなど不穏な動きもあり、後嵯峨院の五十の賀は中止となった。

以上概観したように、後嵯峨院時代には、鎌倉における宝治合戦や関東の将軍をめぐる騒擾があり、また元との関係も不穏な雲行きであったが、京都においては大きな戦乱もなく、『続後撰和歌集』『続古今和歌集』などの勅撰和歌集が撰ばれ、『万代和歌集』『現存和歌六帖』などの和歌集も編まれた。あまたの作り物語が制作され、物語和歌集『風葉和歌集』も成立した。また本書では特に取り上げて論じることはしないが、『古今著聞集』や『私聚百因縁集』をはじめ、関東でも『十訓抄』や仙覚の『万葉集註釈』、『光源氏物語抄』などの多くの文学作品・注釈が成立した。僧の入宋や蘭渓道隆など禅僧の来日のほか、高野版『三教指帰』が開板されるなど、宗教界の活動も盛んであり、文化的にも政治的にも注目すべき時代である。言い換えると、当時の文化や価値観を比較的多面的に窺うことができる時代でもある。

つまり、『石清水物語』『苔の衣』の両者は、その基盤となる価値観や、そこで共有された「常識」が少なからず似通っている可能性があるのである。したがって、後嵯峨院時代の京都の貴族文化を基盤として成立した物語という視点から、『石清水物語』『苔の衣』の二つの作り物語をそれぞれ読み解くことによって、『石清水物語』と『苔の衣』の差異や特色も浮かび上がるはずであり、またその先に後嵯峨院時代の文化の特色も見えてくるであろう。

本書は、このような立場から、『石清水物語』『苔の衣』の二つの作り物語を取り上げ、『石清水物語』『苔の衣』が先行作品や歴史知識等にいかに依拠しているかを精細に分析し明らかにすることにより、その主題、制作意図を読み解こうとするものである。

なお、本書に収めるにあたり、すべての論考について初出時から表現を改め、論旨がわかりにくい部分を明確にするために加筆した。

注

（1）桑原博史「はじめに」（『中世物語の基礎的研究　資料と史的考察』、風間書房、一九六九年）。
（2）久下晴康「石清水物語」（『体系物語文学史　第四巻』、有精堂出版、一九八九年）。
（3）三角洋一『物語の変貌』（若草書房、一九九六年）第一章。
（4）今井源衛「『苔の衣』解題」（『中世王朝物語全集七　苔の衣』、笠間書院、一九九六年）。
（5）小木喬「苔の衣」（『日本古典文学大辞典』、岩波書店、一九八三－八五年）。
（6）久保田淳「編年体　日本古典文学史」（『国文学』第二五巻第一一号、一九八〇年九月）。
（7）『吾妻鏡』寛元四年（一二四六）八月十二日条。
（8）白根靖大「関東申次の成立と展開」（『中世の王朝社会と院政』、吉川弘文館、二〇〇〇年）。

I

『石清水物語』

第一章　『石清水物語』の武士伊予守

一、問題の所在

『石清水物語』は上下二巻、成立の下限は、『風葉和歌集』に五首入集することから、その成立の文永八年（一二七一）以前、およそ十三世紀後半に成立したと思しき鎌倉時代の作り物語である。この『石清水物語』を論ずるにあたり、まず梗概と主要人物系図を次に示す。

（上巻） 姫君は関白の落胤である。姫君を懐妊した母宰相君は、関白の北方（女四宮、秋の大将の母）の嫉妬から逃れるため、常陸守の妻である姉と共に常陸へ下り、姫君は常陸で生を享けた。宰相君は姫君を出産後間もなく没し、姫君は伯母のもと、常陸守が別の女に産ませた男児、鹿島君とともに養育された。常陸守の死後、姫君は尼君と上京し木幡に住む。

世の有職ともてはやされる秋の大将は、木幡を通りかかった際に、異母妹とは知らず姫君を見出す。姫君の美しさに心を奪われた彼は、ある夜暗闇に乗じて姫君のもとへ忍び込むが、危ういところで血の繋がった兄妹だと知らされる。思い乱れながらも、秋の大将は父関白に姫君の存在を知らせる。

一方、常陸で生まれ育った鹿島は、今は容顔美麗な東国武士に成長して伊予守となり、父常陸守の死後、姫君

1『石清水』略系図

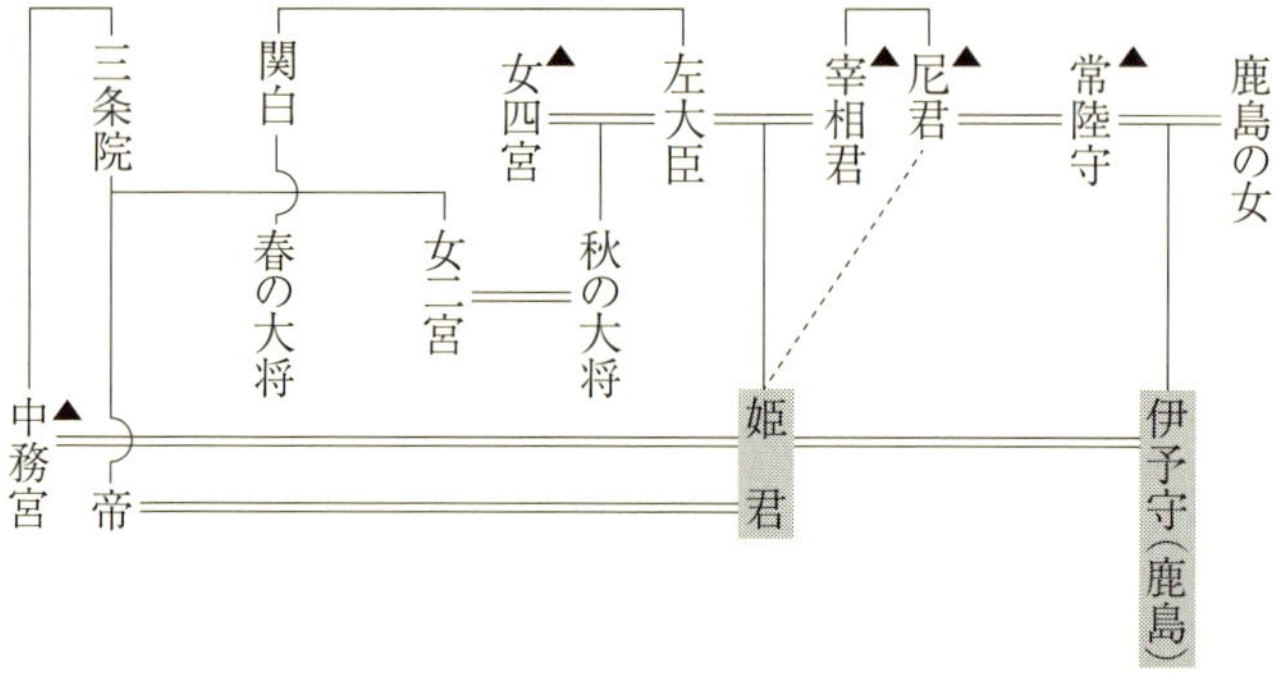

の後見人となる。京都大番役にあたり常陸から上京した伊予守は、とある昼間に姫君を垣間見て恋に落ちる。秋の大将に執心を抱かれた伊予守は、彼と男色関係を結ぶも姫君への思いをいよいよ募らせる。伊予守は人気のない雨夜に姫君のもとへ忍び込み思いを訴えるが、姫君は怯え惑うばかりである（一度目の逢瀬）。秋の大将は姫君への思慕を諦めきれないまま女二宮と結婚し、一応の満足を得る。姫君は実父関白に引き取られ、入内が予定される。伊予守は、姫君が木幡の邸の柱に書き残した和歌を見つけて心を慰める。

（**下巻**）翌年東国で勃発した戦乱において、伊予守は乱を鎮圧するために馳せ参じ、首謀者を討ち取る勲功を挙げて再び上京する。姫君への恋慕止まぬ彼は石清水八幡に参籠して恋の成就を願い、「夢ばかり結びおきける契りゆゑ長き思ひに身をやこがさん」という夢告を得る。入内が予定される姫君は、育ての親である尼君を看病するため一時的に木幡に戻るが、その際、伊予守は姫君のもとに忍び入り、強引に契りを結んでしまう（二度目の逢瀬）。姫君の乳母子である女房の弁は現場を目撃し、秘密を共有することとなった。伊予守は弁に思いの丈を訴え、彼女に導かれて再度の逢瀬（三度目）を得る。姫君の帰邸後、父関白の夢に石清水八幡の使いが現れ、姫君が処女でないことを告げたため、姫君の入内は中止となる。父関白は、秋の大将が密かに姫君と通じたと誤解したまま、姫君を三条院の弟老中務宮と結婚させる。子が生まれないまま結婚生活は五年に及び、その間伊予守は姫君に手紙を送り、直筆の返事を貰うこともあった。中務宮に取り憑く故北方の霊に悩まされた姫君は、一時父関白邸に戻る。その際伊予守と姫君は最後の逢瀬（四度目）を持ち、伊予守は来世における姫君との一蓮托生を約し、出家を決意する。その後姫君は帝の計略によって盗み出されて寵愛を受け、世間では藤壺の女御と騒がれる。それを見届けた伊予守は神護寺で出家を遂げる。姫君は帝との間に第一皇子をもうけ、伊予守は誰にも行方を知らせず善光寺で仏道修行に励んだ。「同じ蓮の望み」も叶ったことだろう。

　この『石清水物語』の特色としてはまず、主人公と目される伊予守が武士である点が挙げられる。武士が主人公の作り物語は現在のところ、散逸『あづま』がそれと知られる程度であり、この点こそ『石清水』の新奇さを示すものだと言われる。

　物語中の時代設定や史実のモデルについては第三章に譲るが、伊予守の父祖が親王の末裔であり、次第に「もののふ」すなわち軍事貴族となったことは以下のように明記されている。

　この常陸も、もとの根ざしは帝の御筋にて、何がしの親王とか申しけるが、いかなる乱れにかありけん、東へ流されて、その末々あまたになりにければ、もとの身を変へて、あやしき民の振る舞ひをして、弓矢取るわざを次第につきづきしくもてゆくほどに、かかる武士《もののふ》にぞなり定まりたりける。源氏あまた、国の内にも聞こゆれど、これはむげに間近き流れになむありける。（上巻一一―一二頁）

ここからも、伊予守が受領に任ぜられる階層の、東国に下って武士化したある源氏一門の棟梁であることは明らかである。

　しかしながら、これまでは伊予守の貴族的側面ばかりが着目され、彼が武士であることそれ自体については余り論じられて来なかった。物語に戦闘描写が乏しいことなどから、伊予守は「時代の反映であっても、その主人公としての造型は、在来の貴公子を主人公とした場合とまったく差がな(1)」く、「主人公を東国の武士に設定し新味を出そうとしたにすぎな(2)」いと評されている。永田明子氏によって『義経記』『平家物語』との接点が指摘されているが(3)、それでもなお「武士を主人公としているのにもかかわらず、武士らしく描こうとする作者の姿勢が全く見い出せない」と見做されるのである。

本章では改めて伊予守の武士という側面に着目し、伊予守が意図的に作者の思う武士「らし」く描写され造型されていることを、典拠を示しつつ検証する。そして、作者の描こうとした伊予守像を探り、『石清水物語』の主題を再検討する一助としたい。

二、伊予守の武士描写

本節ではまず、具体的な描写において、武士伊予守がどのように描かれているかを考える。

伊予守については、三角洋一氏にも「武家にふさわしく大番役で上京し、主家筋の秋の中将の愛顧を受け、東国の戦乱を平定する(4)」という説明があるが、確認のため以下に具体例を挙げる。

・敵をば数知らず討ち取りて、むねと攻めらるる主をば、この伊予守が手にかかりて、はかなくなしてければ、人の国をも傾けて、いみじき名をあげ、世の宝とののしられ、勲功といふこととて、多くの所を分かち賜りたる。　　（下巻一五二頁）

・「亡からん命は生きてかひあらじ。ただ一筋に身を捨てて、名をだに残してんは、それを取る方にてもあらん」と、深く思ひきりて、少しも身を惜しまず、雲霞と見えたる敵《かたき》の中へ攻め入りければ、すべて面を合はする者なく、多くの敵《かたき》を滅ぼし、うち見ることがらの艶になまめきたるには違ひて、力の強く猛きこと、言ふはかりなし。　（下巻一五一－一五二頁）

伊予守が武芸に秀で戦乱で活躍したことが描かれ、中でも「敵《かたき》」という語は、戦闘相手という意味で幾度も用いられている。この用法は、現存する作り物語のうちでは他に戦乱描写のある『松浦宮物語』のみに見られる。戦闘描写は『松浦宮物語』と比べて少ないものの、『石清水』は作り物語には特異な語を使用し、戦乱を描くことに気を配っているようである。また、伊予守は優れた武器・馬を有する。

・兵者《つはもの》の宝とする鎧、兜、弓矢など言ふいかれる物ども、日ごろは身の守りと思ひて、世にすぐれたる限りをととのへ置きたりつるも、…　（下巻二三八頁）

・鬼黒と言ひて、過ぎにし戦にも、人にまさりて心ある馬にて、それゆゑ名をもあげさせたりしを、…　（下巻二四〇頁）

さらに、第三章で詳しく検討するが、「さるべきつはものの習ひ」として、京都大番役を務めたことが描かれる。

・失せにし常陸守が子は、幼くて鹿島と言ひし、今は大人びて伊予守と言ふ。国々をめぐらして、さるべき兵《つはもの》の習ひとして、三月づつ京に上りて、大番といふことをつとむること、昔より今に絶えぬ習ひなりければ、かの伊予がすべきに当たりて、長月の末より都に上りて、したがへたる者数知らず国の内にも外の郡にもありければ、「かかる折に合へ」とて、いくらといふことなくつづき上りけるをば、九重の固めにすぐり取りて、…　（上巻六六頁）

語り手が、伊予守を「もののふ」「つはもの」と規定することに加え、これらの描写があることによって、伊予守が軍事を旨とする支配階級の武士、一族の惣領であることが明確に印象づけられていると言えよう。さらに、かばかりのけ近さもあれば、さりとも、思ふ心の片端をも知らせ奉る世もやと、たけう思ひなすも、なほうけばりたる武士《もののふ》の心なめり。 （上巻八三頁）

とある通り、地の文中で伊予守の思惟や行動は「猛し」と規定され「武士《もののふ》の心なめり」と評されている。語り手は「猛し」を武士の特徴であると認定している。これは作者の意識的な所為と捉えられよう。他の物語[5]においては、貴族に対して「猛し」が使用されることもままあり、「猛し」という形容は必ずしも武士と結びつかない。しかし『石清水』作中では武士伊予守のみが、以下のように「猛し」「心強し」などといった表現で繰り返し特徴づけられている。

・世の常の人ならば、心弱かるべけれど、何ごとも一つことに猛き心は、思ひきりにけるのちは、…

（下巻四一頁）

・鹿島がたぐひにやなりなましと、心強く思ひ切りてし心のほど、うらやましく思さるれど、…。

（下巻二五一頁）

しかも男性貴族・皇族がそう評されることは一切ない。一方で、秋の大将以下貴族・皇族を描写する際には、「気高し」「ものものし」など、高貴さ、尊さを示す形容が頻出するのに対し、伊予守は決してそうは形容されない[6]。ここからは、作者が伊予守と貴族・皇族を区別し、かつ意識的な描き分けを行っていることが読み取れよう。武士自身が規定するところと、たとえば貴族女性のそれでは、「武士」の定義は異なって当然であるが、『石清水』作者は「猛し」という語を、読者に伊予守の武士「らし」さを提示するものとして捉えていると考えられる。

また、作中にはしばしば、以下のような王朝物語に見慣れない語句が散見する。

①「…いかなる山野の塵ともなりにけりと聞かせ給はん折は、御念仏のついでにも、かならず思し出ださせ給

へ」　（下巻一四八頁）

②「大納言殿の…『同じ心にあひ思はず』と常に恨み給ふ、屍を塵となしてけりとばかり伝へ聞き給はんずらんよ」と思ふよりうち始めて、心を尽くし給ふ人の御ことは、言へばさらなり。（下巻一四五－一四六頁）

③「かかる家に生まれながら、聞き過してむなしくやまんことは、長き世の傷になるべければ、…　（下巻一四五頁）

武士の家の名誉を重んじ、戦乱に臨んで何処とも知れぬ「山野」に「屍」を晒すことを覚悟している伊予守は、明らかに都の貴公子とは異質な存在であり、右に挙げた「山野の塵」・「屍を塵とな」す・「長き世の傷」いずれの表現も、一見して他の作り物語に見られない表現であることが見て取れる。かつ、いずれも伊予守の発言及び心中思惟において使用されているという共通項を見出せる。

これらの表現は、いかにも軍記物語に見受けられそうな表現であり、実際に軍記物語に見られるものもある。軍記物語特有の表現とまでは言い切れないが、しかし『松浦宮物語』と比較しても、少なくとも作り物語に異質な表現であることから、伊予守に武士の性情を付与する役割を担っていると思われる。[(7)]

伊予守は、武芸に秀で、弓馬の家の名のもと戦乱に死すことを厭わぬ「猛」き「つはもの」「もののふ」として、貴族とは対照的に描き分けられる。かつその発言・心中思惟にも作り物語に異質な表現が散見する。伊予守は、作者の意図のもと、貴族と明らかに区別されているのである。

三、伊予守の呼称と信仰

ついで、呼称や信仰といったその人物を構成する重要な要素を検討する。

伊予守は、その呼称の通りに伊予国を支配しているわけではなく、実際には常陸国を支配している。このように自らが支配する場所と異なる国司を任ぜられることは、鎌倉時代から顕在化するが、史実において伊予守が常陸国を支配した例はない。かつ、源義経以降、武士で伊予守に任命された人物は、弘安五年(一二八二)の足利家時まで存在しないことも考慮に入れると、あえて「伊予守」という呼称が用いられた理由は、永田明子氏・寺田靖子氏にも指摘があるように(8)、平家の武将維盛や、また源氏の著名な武将義経・頼義等が伊予守であったことを意識したことに拠るのであろう。

だとすれば、伊予守の幼名である「鹿島」にも作者の意図を看取できよう。当時の幼名の付け方には多様性が認められるが、管見の限り、「鹿島」という幼名は他に見当たらない。他方、『梁塵秘抄』に「関より東の軍神、鹿島香取諏訪の宮」(巻二)と歌われるように、鹿島神宮の祭神である武甕槌神は東国の軍神として有名であり、作者はそれに因んで「鹿島」という幼名をつけたのではなかろうか。

鹿島といふ所に、この子の母は住みければ、稚児を鹿島の君と付けてぞ呼びける。(上巻一七頁)

と本文にはあるが、作者の発想は逆で、伊予守の幼名を「鹿島」と名付けるために母を鹿島に住む人物と設定したのであろう。

人物造型における武士「らし」さは、呼称以外に伊予守の八幡信仰にも端的に表れている。そもそも『石清水物語』という題号自体、伊予守が石清水八幡に恋の成就を祈願し、夢告を得るところから付けられたものである。題号から既に伊予守の八幡信仰が窺われるが、伊予守のそれは、石清水八幡のみに対象を限定するものではない。伊予守の人生は、随所で八幡との密接な関わりに彩られている。幼い頃、その容貌の図抜けた美しさを不吉に感じた父によって、鎌倉の八幡若宮の別当に預けられて以来、伊予守は長年八幡を信仰してきた。元来八幡信仰を抱くからこそ、伊予守は東国へ下る時も石清水八幡を拝むのであり、再び上京してからも参籠し恋の成就をも祈願するのである。

仏の御前なる法師ども、これを見て、いかなる人ならんと、哀におぼえて見るに、かたちは世に知らず目驚かれて、歳は二十五になりければ、若う盛りなる男の、容顔美麗なるを見るに、いみじう惜しくあたらしき人かなとおぼゆ。やがてその寺に尊き聖を頼み、戒などたもち、髪おろさんとするにも、四方を拝み、「南無八幡大菩薩」と、殊にとりわき暇申して、「流転三界中」と唱へたるほど、涙とどめがたく、聞く人袖をしをりけり。（下巻二四三頁）

右は、伊予守が正式に出家する場面であるが、ここでも伊予守の八幡への信仰が今一度強調されている。

このように、伊予守の人生の岐路において立ち現れるのが八幡である。作者はおそらく、伊予守が源氏武士であるという理由に基づき、源氏武士の信仰が厚いことで知られた八幡を伊予守の信仰対象として描いたのであろう。

このことを念頭に置けば、伊予守が出家する場所にも八幡信仰が意識されていることが読み取れる。

明け果つる程に、高雄といふ所に行き着きて、丈六の阿弥陀のおはする御前にひざまづきて、刀を取り出でて、もとどり押し切りつるに、…（下巻二四一頁）

右に挙げたように、伊予守は「高雄といふ所」で出家する。他の中世王朝物語においても男主人公が出家遁世することは多いが、比較してみると、たとえば『海人の苅藻』では比叡山の「年ごろの聖の坊」で、『苔の衣』では横川の「谷の底に、二、三間ばかりある草の庵」で出家するなど、他の男君は比叡山で出家することが当然のようになっており、伊予守の異色さが浮かび上がる。あえて「高雄といふ所」を選んだ作者には、そこが深い山中であるということ以外にも、何らかの意図があったと考えられる。

「高雄といふ所」は一般的には神護寺を指すとみてよいだろう。そして、神護寺が伊予守の出家場所に選ばれた理由は、八幡との結びつきの強さにあると思われる。神護寺は元々「八幡之御願」によって建立された寺と考えられており、この当時も八幡との関係が深い。文覚四十五箇条起請文においても「夫神護寺者、八幡大菩薩之御願、弘法大師之旧跡也」とあり、嘉禄二年（一二二六）神護寺供養願文においても、まず第一に、「夫神護国祚真言寺者、八幡大菩薩霊託之仁祠」と書き起こされていることからも[9]、この意識は、神護寺関係者においては相当強かったと考えられる。『石清水』の推定成立年代とほぼ同時代に生きた明恵についても、明恵が神護寺を出て行こうとした時、八幡の化身である蛇や蜂がそれを妨げたという逸話が『明恵上人仮名行状』や『明恵上人伝記』に載る。『明恵上人歌集』や『高山寺縁起』、『玉蘂』承元三年（一二〇九）六月三日条及び『明月記』寛喜二年（一二三〇）一月十八日条等からそれと知られるように、明恵には九条家や西園寺家等との交流もあった[10]。従って神護寺と八幡信仰の結びつきは、貴族社会には知られていたであろう。

なお神護寺で出家した著名な人物の存在は今のところ知れず、特定の誰かを想定して神護寺が選択されたとも考えにくいことからも、伊予守が出家するに相応しい場所として高雄が選ばれた理由は、八幡信仰によるものと考えたい。

また、伊予守は「丈六の阿弥陀のおはする御前」（下巻二四一頁）で自ら髻を切り落としている。出家の場所をこのように特記する例は、他の作り物語や歴史物語には見受けられない。

『神護寺最略記』により、阿弥陀堂が寛喜三年（一二三一）覚厳法眼によって造立されたらしいことは分かるものの、そこに丈六の阿弥陀像があったという記録は見当たらない。『石清水』成立時に、神護寺に丈六の阿弥陀像があったのか、あったとしてそれがどの程度信仰の対象になっていたのかは不明というほかない。しかし神護寺は本来密教寺院であり、阿弥陀信仰が盛んだったとは聞かない。さらに伊予守は、

生身の阿弥陀のおはします善光寺といふ所に参りて、余念なく行ひ済まして、いづくにあるといふことを知られじと思ひければ、聞こゆることなし。（下巻二四九頁）

とあるように、出家後には善光寺に赴いている。

それまでは一貫して八幡へ向けられていた伊予守の信仰が、伊予守出家場面および出家後の行方を語る場面において、突然阿弥陀仏へ向かうのはなぜだろうか。勿論作者の阿弥陀信仰が熱心なものであり、それが物語中にまで及んでいるという可能性も否定できない。また信仰対象の変化は、出家を契機として伊予守が現世の執着を断ち切り、極楽往生を願うに至ったことを示すものとも考えられる。しかし、伊予守の阿弥陀信仰はやや唐突に示されるのであり、その背景にはもう少し深い意味があるのではなかろうか。

八幡の本地は、阿弥陀もしくは釈迦と比定されている[11]。八幡の本地を釈迦とする文献上の初出は応和二年（九六二）の『大安寺塔中院建立縁起』である。宇佐神宮で僧行教が八幡大菩薩の示現を乞うたところ、「和尚緑衫上仁、釈迦三尊顕現」、行教の緑衫の上に釈迦三尊が顕現したとあることから、本地が釈迦であることがわかる。一方本地を阿弥陀とする文献上の初出は、康和二年（一一〇〇）の大江匡房『筥崎宮記』である。こちらには、

「昔現ニ於行教和尚衣上一、非レ画非レ字、浮ニ弥陀三尊之像一」、行教の衣の上には阿弥陀三尊が浮かんだとあることから、本地が阿弥陀とされていることがわかる。本地阿弥陀説は院政期に主流となったようであり、天永四年（一一一三）の『石清水八幡宮護国寺牒』においても、三善為康撰『金剛般若経験記』行教伝においても、阿弥陀説が採られている。

鎌倉期には両説は併存しており、建保七年（一二一九）の跋文を有する『続古事談』は巻四巻頭で阿弥陀説を紹介するが、続く第二話において八幡の本地を「釈迦、弥陀、いづれにてもあるべきにや」とする。また弘長年間（一二六一―六四）以降文永五年（一二六八）以前の成立とされ、『石清水』と成立の時期が重なるであろう[12]『八幡宮巡拝記』は、基本的には阿弥陀説を採りつつも、様々な資料を引用しており、本地釈迦説・阿弥陀説の両説が存在していたことを示す。しかし社会全体においては、その大勢はやはり阿弥陀説に傾いていたようである。であれば、伊予守の阿弥陀信仰が導き出された要因の一つは、八幡の本地が阿弥陀と比定されていたことにあるのではなかろうか。少なくとも、八幡信仰と阿弥陀への信仰とは無関係ではないように思われる。阿弥陀信仰については更なる検討が必要ではあるが、一つの可能性として指摘しておきたい。

四、維盛・西行像の摂取

伊予守の描写及び人物造型には、さらに、維盛と西行という二人の武士の影響が指摘できるようである。彼らは実在の人物ではあるが、本物語成立時には維盛も西行もこの世になく、『石清水』作者が影響を受けた彼らの人物像は、軍記物語や説話等による部分が大きいと考えられる。以下、四―一では維盛、四―二では西行の与えた影響について具体的に考察する。

四―一、維盛像の摂取

『石清水』には、『平家物語』の表現及び場面展開を踏まえていると考えられる場面がある（以下、表現が一致する箇所に傍線、表現は一致しないものの内容が重なる箇所に破線を付した）。

正月も過ぎて、のどけき春の日影は、人の心ものびらかになりぬれど、東の方にはさもあらぬや、戦起こりて乱出来たるよし聞こえて、さるべき兵者ども残りなく馬を速めて、国々よりもきほひ下りければ、…男山の方を伏し拝みて、逢坂の関も、これや限りの旅ならんと、行く空も覚えずながら、ほどなく下り着きぬれば、ここかしこの兵者ども洩るるなくつどひ集まりて、弓矢を調へ、猛きことどもをさばくる、見るにはよろづ忘れて、我が心も引き替へ進まるるも、あはれなる世の習ひなり。（下巻一五一頁）

東国に向かう伊予守が、男山すなわち石清水八幡を拝する場面である。確かに、逢坂山から男山は見えるが、男山よりも標高の高い逢坂山から、男山を見下ろして「伏し拝」むことになり、やや不自然である。ここで敢えて「男山の方を伏し拝」むという表現がなされた背景には、伊予守が八幡を信仰していることに加え、『平家物語』の一節が作者の念頭にあった可能性を指摘できるのではなかろうか。現存本の中で成立が早く、古態を残すとされる延慶本によって示す。（以降、『平家』諸本のうち、本章において傍線部を付した表現が存するものを、〈〉中に以下の略号で示した。屋代本＝屋、平松家本＝平、百二十句本（漢字片仮名交じり本・平仮名本）＝百、竹柏園本＝竹、覚一本＝覚、国民文庫本＝国、延慶本＝延、長門本＝長、源平盛衰記＝盛、四部合戦状本＝四、源平闘諍録＝闘、南都本＝南。本章において諸本とはこの十三本を指す(13)。ただし百二十句本は一本にしかその表現が見られない場合、（）内に当該本名を示した。）

相伝譜代ノ好モ浅カラズ、年来日来ノ恩モ争カワスルベキナレバ、涙ヲ、サヘテ出タレドモ、行空モナカリキ。男山ヲ伏シ拝テハ、「南無八幡大菩薩、今一度都へ帰シ入給へ」トゾ泣々申ケル。

（第三末・筑後守貞能都へ帰リ登ル事）〈屋・平・百・竹・覚・国・延・長・盛・四・南〉

都落ちする平家の人々が、男山に祈る場面である。平家は西に落ちていくので、淀のあたりからその対岸の男山に祈ることはごく自然である。この一節が『石清水』作者の脳裏にあり、石清水八幡と伊予守との関係を強調したいという意図も相俟って、「男山を伏し拝」むという表現が用いられたのではないだろうか。ただし、これだけでは勿論、『石清水』が『平家』を摂取したとは言い切れない。次に、伊予守が人知れず出家を遂げた翌朝に、残された手紙を読んだ妻が嘆き悲しむ場面を挙げる。

「今日を惜しみても、明日待たぬ習ひなれば、つひにすまじき別れならぬを、愛別離苦のことわりも、さはまさりぬることを思し慰めよ。いま一度は逢瀬あるなれば、それを頼みに」と書きつづけたるを、顔に押しあてて、ひれ臥しぬるもことわりなり。男は十五、女は十三より見馴れたりつるに、限りあらん道こそ力なきことならめ、生きながらの別れは、げにいま少し慰まれざりけん。

（下巻二四四頁）

『石清水』においては、ここで伊予守の年齢が記されることにより、年立に狂いが生じるのである。(14) この年立の矛盾は、物語の最終盤において伊予守の年齢が二回も具体的に言及されることにより生じる。言い換えれば、伊予守出家以降の場面で、年齢について触れなければ矛盾は生じないのである。わざわざ矛盾を生じさせてまで、この場面において男女の結婚時の年齢を特記する理由はどこにあるのだろうか。

ここで、比較的古態を残すとされる屋代本『平家物語』中の、平家一門が都落ちする際、維盛が妻子を京に留めて別れようとする場面と比較してみよう。

「誠ニ、人ハ十三、惟盛十五ト申シヨリ、互《タカヒ》ニ見ソメミヱ初《ソメ》テ、今年ハ已ニ十二年。火ノ中水ノ底マテモ、共ニ沈《シツ》ミ、限《カキリ》有《ル》別路ニモ後《ヲク》レ先立《タ》タシトコソ契シカ共、カヽル心憂《ウ》キ軍《サ》ノ場《ニハ》ニ趣《ム》ケハ、行末モ知ヌ旅ノ空ニテ、浮目ヲミセ奉ランモ心苦《クル》シカルヘシ。」

（巻七・平家一門落都趣西国事）〈屋・平・百・竹・覚〉

両者とも結婚時の年齢設定が、男性十五歳、女性十三歳と一致するのである。管見に入る限りでは、この二例を除き男性十五歳、女性十三歳で結婚したという例は先行する文学作品の中に見当たらない。また『石清水』の当該場面で男女の年齢を云々するのは、些か唐突な印象を受け不自然であることからも、これは単なる偶然による一致とは思われない。『石清水』作者は、『平家物語』の維盛都落ちの場面を念頭に置き、この場面を描いたのではなかろうか。『平家物語』が一二三〇年前後に成立した可能性が高いとされる(15)ことからも、『石清水』が『平家物語』に影響を受けた可能性を指摘できよう。

ここで思い出されるのが、永田明子氏が既に指摘している(16)ように、伊予守出家場面が『平家』の維盛出家、入水場面を明らかに踏まえているであろうことである。確認の意味を込めて、以下に本文を挙げつつ示す。

たとえば、伊予守出家後、出家を制された舎人が泣く泣く帰る場面に、以下のように描かれる。

日も高くなれば、「疾く疾く」と言はれて、むなしきたぶさばかりを持ちて、馬を引きて帰りし心の内、悉達太子の犍陟駒を引き、帰りし車匿舎人も、これにはよもまさらじとおぼゆ。

（下巻二四三頁）

次に延慶本を挙げる。維盛たちが入水した直後の、舎人の様子を描いた場面である。

武里モ悲ノ余リニ不堪、海へ入ムトシケルヲ、「如何ニ御遺言ヲバ違へ奉ゾ。下﨟コソ猶口惜ケレ」トテ、聖泣々取留ケレバ、船底ニ臥躅ビテ、鳴キ叫ブ心ノ中コソ無慚ナレ。悉達太子之出テ王宮ヲ、檀徳山へ入給シ時、舎匿舎人《ノクトネリ》ガ被捨奉テモダエコガレケムモ、是ニハ過ジトゾ見ヘシ。
〈第五末・惟盛身投給事〉〈百（平仮名本）・覚・延・長・盛・四・闘〉

悉達太子すなわち釈迦が出家のために抜け出したとき、車匿舎人が犍陟駒を引いて都に帰ったという説話は『過去現在因果経』などの仏典をはじめ、『栄花物語』巻十七にも見られるなど当時広く知られていた(17)。『梁塵秘抄』（雑法文歌）にも「太子の御幸には　犍陟駒に乗りたまひ　車匿舎人に口取らせ　檀特山にぞ入りたまふ」とあり、『海人の刈藻』でも、男君が出家した後に馬を牽いて帰ってきた随身について「泣くさま、かの車匿舎人が帰りけむ人の朝廷まで推し量られて、あはれなり」と表現されている。しかし、車匿舎人を引いて従者の心情に触れる物語は、『平家物語』を除くと他に見当たらない。

もうひとつ注目したいのは、「雪山の鳥」についての描写である。姫君と伊予守の仲を知る女房の弁に、伊予守が自らの境遇を嘆く場面と、維盛が高野山の奥の院にて自らの前途を嘆く場面を比較する。

「この御言葉のままならば、などかあはれを交はさせ給はざらむ」とて、「かくても、そこにこそは慰め給はめ。むげに思ひくづほれ侍りぬれば、雪の山なる鳥よりも、今日か明日かの心のし侍るに、今思し合はする折もあらんを、さ言ひしものをとは思し出でなん」とても、涙ぐみぬ。
（下巻二一二頁）

次に延慶本を挙げる。

「哀レ、惟盛ガ身ノ雪山ノ鳥ノ鳴ラム様ニ、今日ヤ明日ヤト思物ヲ」ト宣テ、涙グミ給ゾ哀ナル。焼レ浪塩風ニクロミ、尽セヌ物思ニ衰テ、其形トハ見ヘ給ハネドモ、尚人ニハマガフベクモナシ。
〈第五末・観賢僧正勅使ニ立給シ事〉〈雪山ノ鳥＝諸本、今日明日＝四、今日か明日か＝長・闘、今日よ明日よ＝屋・平・百・竹・覚、今日とも明日とも＝国・南〉

「雪山の鳥」が無常の譬えとして用いられ、出家を覚悟してゆく場面の「今日死ぬか明日死ぬかも分からない」(18)という文脈において、「雪山の鳥」が自らの発言の中で使用されていること、「涙ぐむ」などの措辞が一致することから、やはり『平家』との間に影響関係が見受けられよう。また、伊予守の乳母子の衛門の尉は、

泣く泣く起き上がりて、「いとけなく侍りしより、片時御身を離れず、海山とも頼み聞こえて、朝夕見上げ奉り侍るに、…君ばかりなる人をいまだ見奉らず。一年の戦にも、多くの人の中に御高名をきはめ、八箇国の中に名を上げさせ給ひしも、わが君にておはしませば、いかほどうれしとおぼえ侍りし。…かかることを見奉るに、気も心も失せて侍り」と言ひもやらず、やがて腰より刀取り出でて、同じく切り捨てつ。
（下巻二四一―二四二頁）

と、伊予守に続いて自ら髻を切り捨てる。次に延慶本を示す。

二人ノ者共ハラ〳〵ト泣テ、口惜ゲニ思タリ。重景申シケルハ、「…御前ヨリ被生衣立一進セテ、…御冠服ノ歳ヨリ、取分君ノ御方ニ候テ、一日片時モ立離進セズシテ、今年ハ既ニ十九年ニ罷成。…君ノ神ニモ仏ニモ成給ナム後、何ナル楽ミ栄有トモ、可有世トコソ覚ヘ候ハネ」トテ、即本鳥押切テ、時頼入道ニ剃レケリ。石童丸モ髪ヲ元結際ヨリ切ニケリ。（第五末・惟盛出家シ給事）〈片時モ立離進セズ＝屋・百・延・闘、本鳥押切＝諸本、元結際ヨリ切＝屋・平・竹・覚・国・延・長・盛・四・南、髪ソラセ＝百、闘〉

維盛の従者余三兵衛重景・石童丸もそれぞれ髻を切り捨てている。特に重景は、片時も主君の傍を離れずに仕えてきたと描かれる点が、衛門尉と一致し、ここにも『平家』との間に影響関係を看取できよう。

以上のように、男君が身を雪山の鳥にたとえる点、身近に仕える者も髻を自ら切る点、従者も出家しようとするが止められ伝達役を命じられる点、その辛い心情を悉達太子の檀特山修行説話を用いて表現する点など、詞章

および展開の類似から、伊予守出家場面が、維盛出家・入水場面を参考に成ったことは確かであろう[19]。先に述べた結婚時の年齢が一致することと併せて考えると、『平家』における維盛像は、単に『石清水』の場面描写に影響を与えたのみに留まらず、伊予守を描く上での雛形となっていると思われる。

『平家』諸本のうち、いずれの本が『石清水』に影響を与えたのかは特定できない。現存しない本に拠った可能性も、それが現存する形の『平家物語』でなかった可能性も、その語りを耳で聞いて影響を受けた可能性もあり、作者がどのような『平家』をどのように享受したかについては定かではない。今はひとまず『平家』総体としての語りの中に、右に挙げたような維盛に関する言説があり、それを作者が伊予守の人物造型に利用したとひとまず考えておく[20]。

維盛は『平家物語』では貴公子的に描かれながらも、狩猟に勤しみ大将軍として出征する[21]など、紛うことなき武士でもあった。貴族らしさを併せ持つ武士維盛の存在は、伊予守を造型する際に示唆を与えたものと思われる。そう考えると、伊予守の美貌も、物語の主人公は大抵美貌を備えている点を差し引いて考えねばならないが、幾許かは『玉葉』に「容顔美麗」と記される維盛に拠るところがあるのかもしれない[22]。

四―二、西行像の摂取

前項で、『平家』の維盛像が、伊予守の人物造型を形作る骨格の一部であることを検証した。しかし、伊予守が維盛のみをモデルとして造型されたかどうかは、疑問の残るところである。なぜならば、出家に臨む姿勢とその後の行動において、伊予守と維盛の間には顕著な差異が存するからである。まず伊予守と維盛の出家場面を比較してみよう。先に伊予守出家場面を再度挙げる。

明け果つるほどに、高雄といふ所に行き着きて、丈六の阿弥陀のおはする御前にひざまづきて、刀を取り出でて、もとどり押し切りつるに、乳母子の衛門の尉、あやしとは思ひつれども、目もくれて、前に倒れ臥し泣きまどふ気色、たとへむ方なきを見るに、世の常の人ならば、心弱かるべけれど、何ごとも一つことに猛き心は、思ひきりにけるのちは…。（下巻二四一頁）

次に延慶本における維盛出家場面を挙げる。

重景申ケルハ、「…君ノ神ニモ仏ニモ成給ナム後、何ナル楽ミ栄有トモ、可有世トコソ覚ヘ候ハネ」トテ、即本鳥押切テ、時頼入道ニ剃レケリ。石童丸モ髪ヲ元結際ヨリ切ニケリ。是モ八ヨリ奉仕㆒、ミメ形ナダラカニ、心様優ナル者ナリケレバ、糸惜クシ給事、重景ニモ劣ラザリケレバ、加様ニ志深奉思ケリ。今年八十八ニゾ成ニケル。此等ガ先立テ被剃ヲ見給テ、中将御涙セキアヘズ。「流転三界中、恩愛不能断、棄恩入無爲、眞実報恩者」ト三度唱テ、已に被剃㆒給ケリ。「北方ニ替ラヌ形ヲ今一度見ヘ奉テ角モ成ラバ、思事アラジ」ト思食ゾ罪深キ。中将モ重景ト同年ニテ、廿七ニテゾオハシケル。（第五末・惟盛出家シ給事）〈諸本〉

『平家』においては、二人の従者は自ら髻を切るものの、いずれの諸本にも維盛自身が自ら髻を切ったとする記述は見られない。対して、伊予守は仏前で刀を取り出し、髻を自ら切るのである。親しくつき従う者も出家する点は確かに似ているが、この点は『苔の衣』でも同様の展開がみられる。『石清水』の当該場面と、『苔の衣』の大将出家場面を以下に並べて示す。

『石清水物語』

暁になるらんと思ふほどに、やをら起き出でて、乳母

『苔の衣』

御供には、大弐の乳母の二郎にて右近の蔵人よしすゑ、

子なる衛門の尉とて、影かたちのごとく身を離れず、いかならん折もおくれじと契り置きたるが臥したる所に行きて、…一つことに猛き心は、思ひきりにけるのちは、はなかなか恋しき人もなく、涼しくおぼえて、…

（下巻二三九－二四一頁）

いかなる御歩きにもたち後れきこえぬばかりぞ仕うまつりたる。…かくてはいと思ふさまにて心の中も涼しく思されて、…

（秋巻一八六－一八八頁）

措辞に加えて男君の出家後の心情は寧ろ、「涼しく」思われるという点で『苔の衣』とより一致すると言えよう。また伊予守が「猛き心」で「思ひき」る点は、維盛が剃髪後も妻子への思いを断ち切れない様子とは対照的である。

さらに出家後の両者の在り方も著しく相違する。延慶本を以下に示す。

・「何況惟盛五逆未《ダ》犯、称念自ラ積ル。浄土ニ望有リ。往生何疑ム」ト、伏拝ミ給ケル心中ニモ、古里ニ残シ留シ妻子安穏祈給ケルコソ、厭《ヒ》浮世ヲ入テモ実《ノ》道《ニ》妄執ハ尽セズト覚シケルコソ悲ケレ。

（第五末・熊野権現霊威無双事）〈諸本〉

・「哀、人ノ身ニ妻子ト云者ハ、持マジカリケル者哉。此世ニテ物ヲ思ハスルノミニ非ズ。後世菩提ノ障ト成ケル事ノ悲サヨ。…」

（第五末・惟盛身投給事）〈諸本〉

いずれの諸本においても、出家後なおも維盛が煩悩に苦しむ様子が描かれる。しかも維盛が入水という結末を選択するのに対し、伊予守は、

古里には、我も我もと、舎人をしるべにて尋ね行きたれど、「その日ばかりぞここにものし給し。いづちか

おはしましけん、知らず」と言へば、むなしき空を仰ぎて嘆き悲しめど、何のかひなし。生身の阿弥陀のおはします善光寺といふ所に参りて、余念なく行なひ澄まして、いづくにありといふことを知られじと思ひければ、聞こゆることとなし。（下巻二四九頁）

と、他人に居場所を知られまいと善光寺にまで赴き「余念なく」勤行するのである。

このように、両者の出家に対する姿勢・覚悟は根本的に異なっており、相容れない。よって、『平家』における維盛を、伊予守の人物造型上の全面的なモデルとまで言い切ることはできない。『平家』の維盛像は、どちらかといえば「俗」の世界における伊予守の骨格を、あくまで部分的に形作っているのである。

出家に対する姿勢・覚悟の差異に加え、その境遇においても両者の懸隔は浮かび上がる。維盛は都の文化に触れながら育ち、権三位中将という顕職にまで上る武門貴族であったのに対し、伊予守は常陸という田舎で生まれ育った東国武士である点がまず大きく異なる。

加えて相違するのが、両者の出家時の年齢である。伊予守は二十五歳で出家とある。しかし維盛は、四部合戦状本を除く『平家』諸本では、二十七歳で出家とある。もしこの場面を参考にしたのならば、伊予守の出家時の年齢はなぜ二十五歳でなければならなかったのだろうか。維盛の実年齢に関しては諸説あるが、『玉葉』承安二年（一一七二）二月十二日条によると平治元年（一一五九）出生で出家時には二十六歳、『尊卑分脈』によれば二十七歳となる。(23)『平家』の影響も加味すれば、維盛が出家当時二十五歳だと作者が考えていた可能性は低そうである。

また、先ほども述べたが、伊予守が二十五歳で出家したとすると、年立に大きな矛盾が生じる。ここで注目したいのが『西行物語』の西行である。西行は史実では二十三歳で出家しているが、(24)『西行物語』の多くの本で、彼は十月に二十五歳で出家したことになっているのである。

『西行物語』はこれまで幾通りか諸本分類がなされているが、[25] 千野香織氏以来、広本系・略本系・采女本系の三系統に大きく分類され、以来その呼称が広く用いられているので今は千野氏にしたがう。諸本の成立に関しては諸説あり一定しないが、成立が古いとされる三本での、西行出家場面を次に挙げる。まず、広本系で鎌倉中期の制作とされる徳川家黎明会蔵伝土佐経隆筆絵巻（以下、徳川家本と略す）では、次のようにある。

みづからもとゞりをきりて家をいでにけり。生年廿六。八月十六日にてぞはべりける。（第二段一〇〇頁）

広本系の宮内庁書陵部蔵文明十二年（一四八〇）奥書本（以下、文明本と略す）では、

十五夜の月の中半になるまで、涙おゝさへておもふほどに…心づよく思ひて、もとゞりをきりてぢぶつだうになげをきて、門をさし出て、としごろしりたりける聖のもとに、そのあかつきにはしりつきて、出家をしけるこそあはれにおぼえけれ。そのあしたに聖たちあつまりて、こはそもいかにと申あひたりければ、かくなむ。（上巻九六六頁）

略本系の静嘉堂文庫蔵伝阿仏尼筆写本（以下、伝阿仏尼本と略す）では、

心強く思ひ切りて、みづからもとゞりをきりて、自仏（ママ）堂になげいれ、かどのほかへ出けるが、さすが廿五年のあいだすみなれし宿なれば、たゞ今ばかりと思ふにも、心の中かきくらし、そのほか契りをかうばしきせし妻、四つになるむすめの事、かた〲せんかたなくて、思ひの涙は袖にあまり、道芝の露にもあらそふばかりにおぼへ侍。

としごろにし山のふもとにあひしりたる聖のもとへ走りつき、暁がたにおよびて、つゐに出家をとげにけり。法名を西行といふ。また、としごろ身ちかくめしつかひけるもの、おなじくさまをかへにけり。かれを

西住とつけにける。

つぎのあした、いほりのあたりなるひじりたちあつまりて、こはいかに、おもはずの御事かな。あさましくもとて、おどろきあやしみければ、…

（一〇一四頁）

とある。『石清水』の伊予守同様、自身で髻を切って出家する点は三本とも共通する。[26]『石清水』との類似点は他にも見受けられ、文明本・伝阿仏尼本と『石清水』とでは、出家を知った法師たちが驚く点も重なる。『石清水』と伝阿仏尼本との両者は、それに加えて、㈠出家以前から仏教に帰依し、世のはかなさを思い知っている点、㈡しかし、出家できずに徒に月日を送る点、㈢妻子（恋）はかえって善知識であり、嬉しいとも思う点、㈣秋の夜、出家の覚悟を決め、妻（姫君）に、後世に同じ蓮に宿ろうと言う点、㈤長年身近に召し使う者も髪を切る点も一致する。西行の出家月、出家当時の年齢にも注目すると、文明本と伝阿仏尼本では次のように言及されている。

・大治二年のころ、鳥羽殿へ御幸ならせ給て、はじめたる御所のしやうじを御覧ずれば、やう〳〵の絵を面白くかきたりければ、其時ときめく哥よみ、つね信の大納言、匡房中納言、基俊、俊頼などをめしてうたをめすに、…さて大治二年十月十一日かとよ、…この人は、二年があにゝて、生年二十七ぞかし。

（文明本上巻九六四－九六五頁）

・大治二年十月十日比、鳥羽殿に御幸ならせたまひて、…このひとは、のり清には二年のあにゝて、二十七ぞかし。…

（伝阿仏尼本一〇〇九頁）

大治二年（一一二七）十月十日ごろに鳥羽殿への鳥羽院の御幸で歌人たちが召しに従って歌を詠み、義清（西行）もその一員として召される。親しい同僚の佐藤憲康（二十七歳で憲清より二歳年長）と誘い合わせて別れるが、翌朝誘いに向かうと憲康は亡くなっており、義清は出家の決意を固めるというものである。出家の前段階が描かれ、徳川家本を除いた諸本はすべて、十月に二十五歳で出家するとされる。[27] 伊予守が二十五歳で出家すること及び自ら髻を切ることは、『西行物語』、もしくは当時知られていた西行説話[28]等の影響によるものではなかろうか。[29]

というのも、伊予守と西行には多くの共通点があるのである。西行は、『台記』永治二年（一一四二）三月十五日条に、「抑西行者、本兵衛尉義清也左衛門大夫康清子、以二重代勇士一仕二法皇一、自二俗時一入二心於仏道一、家富年若、心無レ愁、遂以遁世、人歎二美之一也」と評される人物である。西行と伊予守は、武勇の誉れありながら、在俗時より仏道に心を入れ、家は富み栄えながらも若くして出家する点も共通し、伊予守の人物造型において、北面の武士であった西行の影響を考えることは妥当と考えられる。

また引歌表現に関しても、西行の影響が見られる。

「柴の庵のしばしなる世のことわりも、憂き身一つにきはまり侍るにや、いづくも住み憂くのみおぼえて、見えぬ山路にのみ心進まれ侍るにも、かひなき命のうちには、絶えぬ心を尽くしても、つかうまつるべき心ざし深く侍りながら、…」 （上巻一一二―一一三頁）

右に挙げたのは、姫君に仕える女房弁へ向けた伊予守の発言である。姫君が父関白に引き取られた後、出家したいという気持ちが高まりつつあることを告げる場面である。傍線部の引歌として西行の、

いづくにもすまれずはただすまであらむ柴の庵のしばしなるよに （『新古今集』雑下・一七八〇）

が指摘できる。「柴の庵のしばしなる世」は新編国歌大観でみる限り、西行が創出した表現である。同様の例を以下に挙げる。

十ばかりになりしより、…御けはひをだに聞き奉らずして過ぎにしを、身のいたづらになるべき初めにて、かかる思ひのつき初めしも、この世一つのことにもあらじを、我が心の咎になし果てじと、みづから許さる

るにぞ、いとど埋もれ木もあらはれぬべき。（上巻八九頁）

伊予守は、何とかして姫君に思いを訴えたいと機会を窺っている。その心中思惟において、引歌として、

かずならぬ心のとがになしはてじしらせてこそは身をもうらみめ（『新古今集』恋二・一一〇〇）

が指摘できる。「心の咎」も西行に始まる表現である。

伊予守の発言や心中思惟には度々引歌表現が見られるが、同一人物の歌を複数引歌とするのは西行のみであり、右に挙げたように、伊予守の発言もしくは心中思惟周辺においてのみ、西行独自の表現が見られる。このことからも、元北面の武士である西行が、伊予守を描く際の一つのモデルとして利用された可能性は高いと考えられる。

以上、伊予守の人物造型に影響を及ぼした人物として、維盛と西行という二人の武士を指摘した。公卿・侍の違いこそあれ、両者とも武士であることが共通する。伊予守は、妻子への愛情という煩悩に苦しむ美貌の武将維盛と、仏道に心を入れ若くして出家する武士西行の、二人の特徴を併せ持つような人物として造型されているのではなかろうか。

五、作者の意図

『石清水』において、伊予守は軍事を旨とする武士であると繰り返し語られ、伊予守と貴族は対照的に描き分けられる。また、作り物語には異質な、寧ろ軍記にしばしば見受けられる表現が、伊予守の発言及び心中思惟に使用される。人物造型の面から見ると、「伊予守」は著名な武将を想起させる呼称であり、幼名の「鹿島」にも軍神のイメージが色濃い。加えて、伊予守の人生を通底する八幡信仰によって、彼が典型的な源氏武士であるこ

とが示される。

このように、都の貴公子ではなく武士であることを印象づける要素を要所要所に含んで、伊予守という人物は構成されている。伊予守が武士であるという前提は、物語を通じて一貫されているのである。

さらに伊予守の造型には、『平家物語』の維盛、及び『西行物語』等の西行が影響を与えていることが指摘できよう。伊予守は美貌を備えた武士の棟梁であり、武芸の誉れ高く、ある程度の教養もあり情趣を解する。かつ恋に苦しむ一方、在俗時より仏道に心を入れる人物として描かれる。伊予守は、維盛と西行の長所を併せ持つ申し分のない武士として造型されているようである。勿論この場合の長所とは、王朝物語の価値観によって評価されるものであり、それは取りも直さず作者の価値観とも合致するであろう。つまり作者は、王朝物語とそれが生成・享受される貴族社会の価値基準に基づきつつも、己の知りうるところの武士「らし」さを備えた人物として伊予守を描くことに精力を傾けていると考えられる。

先行する文学を盛んに摂取する様々な先行文学作品の印象的な場面や特徴を抽出し、それらを寄せ集めて破綻なく造型する力量を有していた作者は、この一見矛盾しかねない武士像を成立させるために、王朝物語だけではなく、軍記物語や説話等をも幅広く摂取したのではないだろうか。

武士を描くために、作り物語以外の、しかもほぼ同時代の作品も参考にする『石清水』作者の姿勢は、鎌倉時代の作り物語における新たな試みであろう。そしてこの試みを知ることで、作者は成立後間もない時期に『平家物語』に接する機会があった人物であることが推測できる。『西行物語』、西行説話に関しても同様である。

作者や成立圏に関しては第三章で検討するが、今後『石清水』を考えるにあたっては、作り物語以外に、同時代の文学作品をも意欲的に摂取し、かつ武士を武士「らし」く描こうという意図を持った物語であることを、前提として読む必要があるだろう。

注

（1）桑原博史「はじめに」（『中世物語の基礎的研究　資料と史的考察』、風間書房、一九六九年）。
（2）久下晴康「石清水物語」（『体系物語文学史　第四巻』、有精堂出版、一九八九年）。
（3）永田明子「『石清水物語』試論─軍記物語との接点をめぐって」（『日本文芸学』第三一号、一九九四年一一月）。
（4）三角洋一『物語の変貌』（若草書房、一九九六年）第一章。
（5）以下、本章における作り物語は、現存するもののうち、平安期成立のもの及び鎌倉時代物語集成に収録されるものを指すこととする。なお歴史物語は『栄花物語』と四鏡、『六代勝事記』『五代帝王物語』を、軍記物語は、『将門記』『陸奥話記』『保元物語』『平治物語』『平家物語』『承久記』を考察の対象として扱った。
（6）作中「猛し」「心強し」が使用されるのは、伊予守に対してそれぞれ六例、四例。「気高し」「ものものし」「かしこし」が使用されるのは、貴族・皇族に対してそれぞれ一一例、七例、五例。
（7）①は伊予守が東国の戦乱で下向する時の挨拶である。「山野」という表現は軍記に散見するが、特に『平家物語』延慶本において、

「重盛存生之時、吾朝ニ思出アル程ノ堂塔ヲモ立テ、大善ヲモ修シ置バヤト思ガ、入道ノ栄花一期ノ程トミヘタリ。然バ一門ノ栄耀尽テ、当家滅ナム後ハ、忽ニ山野ノ塵トナラム事ノ、兼テ被思遣ニテ、悲シケレバ、

（第二本・小松殿大国ニテ善ヲ修シ給事）

のように、ぴったり一致する語句が見られる。しかし、延慶本では「堂塔」が廃墟となり朽ち果てることを「山野ノ塵トナラム」と表現したのに対し、『石清水』においては「塵灰となる」と同様「死ぬ」の意味で使用しているという違いがある。

②「屍を塵となす」は今のところ、他出を見付けられない。しかし、これは「死ぬ」を言い換えた表現であり、

その点作中の「塵灰となる」「かばねをさらす」といった表現と同様であることから、あるいは『石清水』作者が創出した表現かと推測される。

③は伊予守が戦乱に赴く理由が述べられた部分である。恥、不名誉の意味で「傷」を用いるのは、王朝物語には見られない表現であり、この場面では弓馬の家に生まれたという伊予守の自覚が表現されている。

（8）永田明子「『石清水物語』についての一考察―伊予の守をめぐって」（「甲南女子大学大学院論叢」第一六号、一九九四年三月）、寺田靖子「『石清水物語』の伊予守考―源平両氏の「伊予守」たち」（「古代中世国文学」第一九号、二〇〇三年六月）。

（9）文覚四十五箇条起請文および神護寺供養願文は、藤田経世編「神護寺資料」（『校刊美術史料 寺院篇中巻』、中央公論美術出版、一九七五年）による。

（10）坂上性純「明恵上人と九条兼実」（「印度学仏教学研究」第三〇巻二号、一九八二年三月）、野村卓美『明恵上人の研究』（和泉書院、二〇〇二年）、尾崎勇「明恵の夢にあらわれた九条家―『愚管抄』との交錯」（「熊本学園大学文学・言語学論集」第一四巻二号、二〇〇七年一二月）等参照。

（11）吉原浩人「大江匡房と八幡信仰」（「早稲田大学大学院文学研究科紀要別冊」第九号、一九八三年三月）「『石清水不断念仏縁起』考・附訳註―延久二年の後三条天皇・大江匡房と八幡信仰」（『中古文学と漢文学二 和漢比較文学叢書 第四巻』和漢比較文学会編、汲古書院、一九八七年）等参照。本文の引用は『大安寺塔中院建立縁起』『筥崎宮記』『金剛般若験記』行教伝は『諸縁起』（『石清水八幡宮史料叢書二 縁起・託宣・告文等』（石清水八幡宮社務所、一九七六年））、『石清水八幡宮護国寺牒』は『朝野群載』による。

（12）近藤喜博「『中世神仏説話』解題」（古典文庫、一九五〇年）、新間水緒「八幡宮巡拝記について―京大本の性格と成立」（「国語国文」第四九巻第二号、一九八〇年一一月）

（13）『平家物語』延慶本は『延慶本平家物語』（勉誠出版、一九九九年）、屋代本は『屋代本高野本対照平家物語』（新典社、一九九〇-九三年）、平松家本は『平松家本平家物語』（京都大学文学部国語学国文学研究室編、清文堂出版、一九八八年）、百二十句本は、漢字片仮名交じり本は『百二十句本平家物語』（慶應義塾大学附属研究所斯道文庫編、汲古書院、一九七〇年）、平仮名本は『平家物語　百二十句本』（国立国会図書館本複製、古典文庫、一九六八－一九六九年）、竹柏園本は『平家物語　竹柏園本』（天理図書館善本叢書和書之部、八木書店、一九七八年）、覚一本は岩波古典文学大系（岩波書店、一九五九－六〇年）、国民文庫本は『平家物語 附 承久記』（国民文庫刊行会、一九一一年）、長門本は『長門本平家物語』（勉誠出版、二〇〇四－〇六年）、源平盛衰記は『新定源平盛衰記』（新人物往来社、一九八八年－九一年）、四部合戦状本は『四部合戦状本平家物語』（慶応義塾大学附属研究所斯道文庫編校、大安、一九六七年）、源平闘諍録は『源平闘諍録と研究』（未刊国文資料刊行会、一九六三年）、南都本は『南都本　南都異本平家物語』（古典研究会、一九七二年）にそれぞれ拠った。

（14）女君が秋の大将に垣間見られた時点での年齢についての記述「二十歳に二つ、三つや足らざらんと見えたる」を事実だとすれば、伊予守は女君より五歳年下なので、この時十二、三歳だということになるが、既に妻子があると述べられており、「男は十五、女は十三より見馴れたりつる」に矛盾する。また、伊予守が出家時二十五歳とあるのを事実と取ると、読者は女君が予想より五、六歳年上の三十歳であるという事実に突如として直面させられる上、秋の大将が、母である女四宮九歳時の子となり、無理が生じる。加えて秋の大将が伊予守と初めて男色関係を結んだ時、伊予守が「いまだきびはなるべきほどなれど」と評されるのにも合わない。

（15）日下力『平家物語の誕生』（岩波書店、二〇〇一年）結部参照。『兵範記』紙背文書によると、『治承物語』六巻が少なくとも延応二年（一二四〇）までには成立していたこと、六巻及び十二巻形式のテクストがあったことが判明する。また、『普賢延命抄』の紙背文書の、正元元年（一二五九）以前とされる書状に、『平家物語』という語が見られる。これらを併せ考え、『石清水』成立までに現存する形に近い『平家物語』は成立しており、『石清水』が『平家物語』から影響を受けたと考えたい。

（16）永田明子前掲注（3）。

（17）悉達太子が檀特山で修行したという説話自体は中国で生まれた訛伝であり、日本では早くは寛和二年（九八六）の「沙弥戒導師教化」に見られる。黒部通善「仏伝文学の中国的展開と日本的展開―悉達太子檀特山修行説話をめぐって」（『和漢比較文学研究の構想　和漢比較文学叢書　第一巻』、和漢比較文学会編、汲古書院、一九八六年）。

(18) 佐竹昭広「雪山の鳥」（『国語通信』第二六六号、一九八四年六月）、佐伯真一「「雪山の鳥」と維盛」（水原一編『延慶本平家物語考証　第一巻』、新典社、一九九二年）参照。

(19) 永田明子前掲注（3）では物語の展開、表現の類似を検証し、『石清水』の作者が屋代本、竹柏園本及び百二十句本を始めとする八坂系を耳で聞いたと結論づけている。しかし、『平家物語』諸本と本物語の影響関係については、さらに検討が必要だと思われる。

(20) 『石清水』には、このほかにも『平家物語』の摂取が考えられる箇所がある。

今年八つになる犬若といふ男の子、弟は六つになる、二人を呼び寄せて、人聞かぬ間に、「いかなるにかあらん、そぞろに心の澄みて、今日明日にかぎる心地のみすれば、おのれが十にだにならぬ前に、見捨てつべきこそあはれなれ。我はかなくなりなば、犬若は国へ下りて、十一にならば、男になりて君の見参にも入り、心不覚ならで、亡き親の屍を汚すことなかれ。時々は都に上りて、藤壺の女御の御方へつかうまつるべし。乙若は、ものの心つくほどにもならば、法師になりて、わが後の世をも弔ひ、西方浄土へ参りて我をも見んと思ふべし。ここに住みて、花の盛りには仏に奉れ」など、二人に言ひ聞かすれば、いづれもうちひそみて、目に涙を浮けつつゐたり。いはけなき者ともおぼえず、あはれの者どもやと、さすがに見わたされて、言ひつることども語らせじと思ひて、「今宵は皆ここに臥したれ。つとめて、あなたへは行け」と言へば、皆うれしげに思ひて、乳母どもに離れて、かたはらに臥しぬ。

（下巻二三八－二三九頁）

延慶本を挙げる。

少将ハ今年四歳ニ成給男子ヲ持給ヘリ。…「少者今一度ミム」トテ、呼寄ラレタリ。若君少将ヲ見給テ、イトウレシゲニテ取付タレバ、少将カミヲカキナデ、、「七歳ニナラバ男コニナシテ、御所ヘ進セムトコソ思ヒシカドモ、今ハ其事云甲斐ナシ。頭カタク生タチタラバ、法師ニナリテ我後世ヲ訪ヘヨ」ト、ヲトナニ物ヲ云ヤウニ、涙モカキアヘズ宣ヘバ、若君ナニト聞ハキ給ハザルラメドモ、父ノ御皃ヲ見上給テ、打ウナヅキ給ゾ糸惜キ。（第一末・丹波少将福原ヘ被召下事）（屋・平・百・竹・覚・国・延・長・盛・闘（四歳＝延・長・闘、三歳＝屋・竹・覚・国、二歳＝平・百、年齢表記無＝盛、法師ニナリテ＝百（平仮名本）・覚・延・長・盛・

闘》〉

『平家物語』において少将成経が流される直前、成長した後は法師になり自分の後世を弔え、と息子に言い残す場面などは、『石清水』の伊予守描写に多少なりとも影響を与えたのではないかと思われる。

(21) 『山槐記』治承二年(一一七八)正月二十三日条、治承四年九月五日条、『明月記』治承四年九月冒頭記事など。佐々木紀一「小松の公達の最期」(『国語国文』第六七巻一号、一九九八年一月)を参考とした。

(22) 維盛は、その容貌の美しさを『玉葉』安元二年(一一七六)正月二十三日条に「就中、維盛容顔美麗、尤足歎美」と賞美されるほどであった。『平家公達草紙』では隆房をはじめとする公達、女房達と交流するなど貴公子的に描かれている。

(23) 『公卿補任』養和元年(一一八一)条では一一六〇年出生で二十五歳となるが、また寿永元年(一一八二)条の傍記では二十六歳となる。

(24) 『百錬抄』保延六年(一一四〇)十月十五日条に「佐藤右兵衛尉憲清出家年廿三。号二西行法師一」とあり、『台記』永治二年(一一四二)三月十五日条に「又余問レ年、答曰、廿五去々年出家。廿三」とあることから、西行は二十三歳で出家していることがわかる。

(25) 金井嘉佐太郎『国文学と日本精神』(藤村博士功績記念會編、至文堂、一九三六年)、久曽神昇「西行物語」(『書誌学』第一四巻四号、一九四〇年、のち汲古書院より影印版刊行)、川瀬一馬「西行物語の研究」(『日本書誌学之研究』、一九四三年、文明堂)、伊藤嘉夫「『西行物語』のたねとしくみ」(『跡見学園国語科紀要』第一二号、一九六四年三月)、千野香織「『西行物語絵巻』の復原的考察」(『仏教芸術』第一二〇号、一九七八年九月、のち、小松茂美編『日本絵巻大成二六　西行物語絵巻』、一九七九年、中央公論社に再録)、松本隆信「増訂室町時代物語類現存本簡明目録」(『御伽草子の世界』、三省堂、一九八二年)、礪波美和子「『西行物語』諸本について」(『人間文化研究科年報』第一一号、一九九六年三月)など。

(26) 『山家集』『聞書集』『西行法師家集』『残集』などには、自ら髻を切るといった表現はない。

(27) そもそも史実としては、西行は十月十五日に二十三歳で出家している。他本では十月十日過ぎに二十五歳で出家とある中で、徳川家本のみが孤立し、しかも史実とかけ離れていることから考えると、徳川家本の作者が何らかの改変を行った可能性もあるのでここでは徳川家本の西行出家の月日を問題としない。

(28)『古今著聞集』の西行説話が知られるほか、『撰集抄』は後嵯峨院時代に成立したとされる（山口眞琴『西行説話文学論』、笠間書院、二〇〇九年参照）。『とはずがたり』の作者二条が「西行が修行の記といふ絵」を見ており、西行の行状は説話として、また絵を伴って広く知られていたことが確認できる。

(29) 山本信吉「文化財レポート―（一〇七）新指定の文化財―書籍、典籍部門―について」（『日本歴史』第三六四号、一九七八年九月）は、伝阿仏尼本が一二二〇－三〇年代頃の成立とする。千野香織前掲注(25)論文も同様で、伝阿仏尼本よりも早い時期に徳川家本をさらに遡る原型が成立していたと考える。これらを踏まえる限り、伝阿仏尼本と『石清水』の間に、何らかの影響関係を想定したいところではある。たとえ伝阿仏尼本の成立が『石清水』より下るとしても、『石清水』が成立した頃には、原『西行物語』のような西行説話（注(28)参照）は存在していたと思われる。そして、作者が見聞したその説話では、西行が十月に二十五歳で出家したという説が一般的だったのではないだろうか。

第二章　『石清水物語』の伊予守と姫君
――光源氏と藤壺――

一、伊予守と姫君

　前章において、伊予守が意図的に武士「らし」く描かれていることを検証したが、ではそれにはどのような意味があるのだろうか。伊予守が武士でなければならない物語上の必然性はあるのだろうか。

　伊予守については、前章で指摘した『平家物語』の維盛らに加え、『源氏物語』の柏木をはじめ、造型上影響を受けた物語中の人物が複数指摘されている(1)。伊予守以外の登場人物については、桑原博史氏(2)が『石清水』の姫君に関して、父に知られることなく東国で生まれ育つ筋に玉鬘の影響を、下巻における老中務宮との結婚をめぐる展開に、『夜の寝覚』の寝覚上と老関白の結婚の影響を指摘する。桑原氏はまた、秋の大将・春の大将についても、薫と匂宮の関係に似ていると指摘し、『石清水』について「歴史物語風の手法によって書き出されるが、随所に先行物語の方法を借りて話をつないだ(3)」とする。三角洋一氏(4)は「かならずといってよいほど典拠を求」める『石清水』に「『源氏』の解体、断片化が満遍なく見られる」ことを指摘し、その一例として、秋の大将が、姫君を見初める場面においては若紫巻の光源氏を、姫君に言い寄る場面においては東屋巻の匂宮を思わせる点を取り上げる。このように、『石清水』の登場人物一人ひとりは、様々な先行文学作品の印象的な場面や要素を抽出し、寄せ集めて造型されていると考えられる。

ところが伊予守と姫君という、物語の中心となる二人の関係性に焦点を当てた場合に、指摘される典拠は存外少ない。辻本裕成氏[5]が「伊予と木幡の姫君が、武士の棟梁と関白の姫に造形されているのは、ただ人柏木と内親王女三宮との身分違いの恋の時代設定を鎌倉時代に移し換えた結果に過ぎない」とし、『石清水』が「『源氏物語』の登場人物に、原作中での誤った行動、不適当な態度を改めさせ、正しい行動、理想的な態度をとらせ」ているとして以降、伊予守と姫君の関係は、主に柏木と女三宮の関係を踏まえたものとして捉えられてきた。[6]辻本氏以外では、先行物語の摂取が姫君の造型にどのような効果を与えているかを考察した白幡由美氏[7]が、先行物語の影響要素を抽出し、伊予守と姫君の関係における「身近で育った者に恋慕の情を抱かれる」点及び「(五歳年上の女性に対する恋」という要素が、源氏と藤壺の関係の重ね合わせでないかとする。白幡氏は「『源氏物語』以降、密通といえば、源氏と藤壺、柏木と女三の宮の二つがすぐに想起されたようであ」ることから、『石清水物語』の伊予守と姫君の関係も、「源氏と藤壺・柏木と女三の宮という二つの密通を合成して取り入れたものであ」るとする。しかし『石清水』の伊予守と姫君の関係が、光源氏と藤壺の物語をいかに摂取して描かれているのかについては、これまで具体的に検討されていない。光源氏と藤壺、柏木と女三宮の関係の、いずれが重点的に摂取されているのかについても同様である。

本章では、伊予守と姫君の関係において、特に光源氏と藤壺の関係が中心的に踏まえられていることを検証した上で、その意図及び伊予守が武士「らし」く描かれる意味を明らかにし、『石清水』の主題に迫りたい。

二、摂取される人物の変化―柏木と女三宮から光源氏と藤壺へ―

伊予守が姫君の寝所へ忍び入って思いを訴える場面、及び伊予守と姫君が初めて男女関係を持つ場面の、二度の逢瀬において、柏木と女三宮の逢瀬の描写が摂取されていることは辻本氏をはじめ先学によって指摘されている。姫君が女三宮になぞらえられていることは、以下の描写からも窺える（以下、表現が一致する箇所に傍線、表現は一致しないものの内容が重なる箇所に破線、表現内容は異なるが着目すべき箇所に波線を付した）。

御そばに添ひ臥すに、ものに襲はるる心地して見開け給へるに、火も消えにけり。おぼえなき男のけはひするを、…恐ろしとも世の常なり。中納言の入りおはしたりしに、思ひまどはれしを、もしなほ、同じ人にやと思へど、さすがに言ふことも、もの紛ふべくもあらず、近きわたりと聞きなし給ふに、いとどものもおぼえずあさましくて、泣きにのみ泣きて、なほざりのことをこそ言へ、近く臥したる人をも起こさばやと思へど、声出だすべき心地もせず、すくみたるやうにて、ただ涙におぼほれ給へるを、…　（上巻九二頁）

忍び入られた女君が「ものに襲はるる心地して見開け給」い、かつ見知らぬ男の存在に「ものもおぼえ」ぬ様子は、柏木に忍び入られた女三宮も同様である。以下に『源氏物語』の当該場面を示す。

宮は、何心もなく大殿籠りにけるを、近く男のけはひのすれば、院のおはすると思したるに、うちかしこまりたる気色見せて、床の下に抱きおろしたてまつるに、物におそはるるかと、せめて見開けたまへれば、あらぬ人なりけり。あやしく聞きも知らぬことどもをぞ聞こゆるや。あさましくむくつけくなりて、人召せど、近くもさぶらはねば、聞きつけて参るもなし。わななきたまふさま、水のやうに汗も流れて、ものもおぼえ

たまはぬ気色、いとあはれにらうたげなり。（若菜下）

「男のけはひ」を初めは秋の大将、源氏という見知った男性のものかと思う点も両者は一致する。ただし、姫君の近くに女房がいないという不手際が描かれる女三宮方に対し、『石清水』の姫君の場合、近くに女房たちがいるにもかかわらず恐ろしさの余り声を出せないのであり、姫君には、女三宮の周辺のように非難されるべき無警戒さは見られない。

また、伊予守と姫君が初めて男女関係を持つ場面と、柏木・女三宮密通の場面を確認のため次に示す。

『石清水物語』

帳の後ろにゐて奉るに、物に襲はるるやうにて、思ひ分きたることなきに、男のけはひにて、言ひ知らず心深げなることどもをつぶつぶと言ひつづくるに、されぱよと心憂くて、ものも聞き分くべくもあらず。…もの強くあざやかに引きくくみなどもせず、たをたをとらうたげにて、我にもあらぬ御気色の、なつかしういみじきに、心にもあらず身に引き添へ聞こえたれば、…心もなきさまにて、なよなよと身をもはたらかさず、ただ涙ばかり流れ出づるにぞ、さすが生きたる人とおぼゆ。よそにていみじう思ひまどふは、数にもあらず、

『源氏物語』

宮は、何心もなく大殿籠りにけるを、近く男のけはひのすれば、院のおはすると思したるに、うちかしこまりたる気色見せて、床の下に抱きおろしたてまつるに、物におそはるるかと、せめて見開けたまへれば、あらぬ人なりけり。あやしく聞きも知らぬことどもをぞ聞こゆるや。…ただかばかり思ひつめたる片はし聞こえ知らせて、なかなかかけかけしきことはなくてやみなむと思ひしかど、いとさばかり気高う恥づかしげにはあらで、なつかしくらうたげに、やはやはとのみ見えたまふ御けはひの、あてにいみじく思ゆることぞ、人

近き手あたり、御気色のらうたく世に知らぬに、さばかりあるまじきことと、さかしく思ひとぢめし心も失せて、のちの行方もたどられず、我にもあらず、うつし心もなくなりぬるにや、単衣の隔てもかひなく押し立ちぬるに、すべてものもおぼえず泣きまどひ給ふさま、ことわりなり。…「あが君、さるべきに思しなせ。いかばかり思ひ鎮めて過ぐし侍れど、魂などのむげになくなりて侍るにや、うつし心も侍らで、かくおほけなくあるまじき心づかひを、御覧ぜられぬるは、この世一つのことにはあらじ。…」

（下巻一六八―一七一頁）

に似させたまはざりける。さかしく思ひしづむる心も失せて、いづちもいづちも率て隠したてまつりて、わが身も世に経るさまならず、跡絶えてやみなばやとまで思ひ乱れぬ。…「なほ、かく、のがれぬ御宿世の浅からざりけると思ほしなせ。みづからの心ながらも、うつし心にはあらずなむおぼえはべる」。

（若菜下）

ここでも、「らうたげ」で男君の理性を失わせる女君は、女三宮に重ね合わせられており、伊予守は柏木同様、「さかしく思ひ」鎮めていた「心も失せ」て、強引に契りを結んでしまう。このように姫君と伊予守の関係は、二度目の逢瀬までは、表現上明らかに女三宮と柏木の関係を踏まえて描かれている。

ところが、次の三度目の逢瀬ではいささか異なった様相を呈する。

さこそあるまじきことと思さるれど、さすがに岩木ならぬ御身なれば、いかがつゆばかりのあはれもなからん。…ありしばかり消えも入るばかりには思さねど、一言のいらへもなく、心強ふうちとけぬものから、さすがになつかしげなる御もてなしにぞ、いとど魂もなくなりぬべき。なかなかひたふるに情けなく、ものも聞き分かぬ御さまならば、思ひ出でなくても慰めどころはありぬべし、秋の夜の千夜を一夜に重ねても、飽く世あるまじき心は、来ん世の海士と成ても飽かぬ心に、あやにくに、ほどなく明ぬる心地す。これを限りてと思ひとぢめんことは、なべての際ならんだに浅かるまじきを、言へばさらなり。「かけまくもかしこき御交じらひのほど、…いとど夢の内にも憂きことのありしとだに、思し出づまじき身のほどなるに、胸に余れる思ひのやる方なさも、憂き身一つにとまり侍りぬるを…」と言ひもやらず、むせかへりたる気色、あさましう心深げなり。一夜のまよひにはこよなくまさりて、立ち出づべき心地もせず。

「煙立つ思ひをいとど焚きまして嘆きをそふる逢坂の山(8)

なほ一言の御いらへをだに聞かせ給へ。道のしるべにもし侍らん」とせきかねたるは、さすがあはれなれば、からうして、

なげきこる逢坂山のふもとにてむせぶ煙に身をもなさばや(9)

言ふともなきを聞きつけたるめづらしさ、うれしさはたぐひなくても、先立つ涙なり。殊の外に明けゆきて、弁さし寄りて、「いかに、いかに」とそそのかし出だすに、…

(下巻一八五―一八七頁)

姫君は、伊予守の様子が言いようもなくすばらしいので、「あるまじきこと」とは思う一方で同情を覚えるところもある。そして伊予守が「私とのことを、あなたは夢の中でも思い出すこともない身となり、胸に余る思いはこの辛い我が身にのみ留まります」と涙にむせび、せめて一言でよいからと返歌を乞うと、涙を堪えきれずにいる伊予守の様子に心を動かされて返歌する。これは以下に示す女三宮の対応とは明らかに異なっている。

引き出でて愁へきこゆれば、出でなむとするにすこし慰めたまひて、

あけぐれの空にうき身は消えななむ夢なりけりと見てもやむべく
とはかなげにのたまふ声の、若くをかしげなるを、聞きさすやうにて出でぬる魂は、まことに身を離れてとまりぬる心地す。（若菜下）

女三宮は、あくまで柏木が出て行くことに安心して返歌するのであり、そこに柏木個人への思い入れや情は見受けられない。またこの場面と『石清水』当該場面との間に表現の一致も見られない。女君が男君に情を覚える『石清水』のこの場面は寧ろ、若紫巻にて源氏が藤壺と二度目の逢瀬を果たす場面と、表現上も多くの共通点を有するのである。『源氏』の当該場面を示して比較する。

宮もあさましかりしを思し出づるだに、世とともの御もの思ひなるを、さてだにやみなむと深う思したるに、いと心憂くて、いみじき御気色なるものから、なつかしうらうたげに、さりとてうちとけず、心深う恥づかしげなる御もてなしなどのなほ人に似させたまはぬを、などかなのめなることだにうちまじりたまはざりけむ、とつらうさへぞ思さるる。何ごとをかは聞こえつくしたまはむ。くらぶの山に宿もとらまほしげなれど、あやにくなる短夜にて、あさましうなかなかなり。

見てもまたあふよまれなる夢の中にやがてまぎるるわが身ともがな
とむせかへりたまふさまも、さすがにいみじければ、
世がたりに人や伝へんたぐひなくうき身を醒めぬ夢になしても
思し乱れたるさまも、いとことわりにかたじけなし。命婦の君ぞ、御直衣などは、かき集めもて来たる。（若紫）

「なつかし」いが「さりとてうちとけ」ない藤壺と、「うちとけぬものから、さすがになつかしげ」な姫君では微

妙に重点が異なり、『石清水』の姫君の方が男君への態度は柔らかいが、いずれも理想的な女君のふるまいに、男君がいよいよ心を乱され、「あやにく」に夜が明ける点が一致する。伊予守が涙をせき止められず歌を詠みかけると、それを「さすがあはれ」に感じた姫君が初めて返歌する点も、涙にむせぶ源氏の様子を「さすがにいみじ」と感じた藤壺が物語中初めて返歌する点と重なる。仲立ちとなる女房が男君を急かす点も同様である。

このように伊予守と姫君の関係においては、三度目の逢瀬以降物語の山場にかけて、柏木と女三宮の不義密通よりも寧ろ、源氏と藤壺のそれを描く場面が目立って摂取されるのである(10)。以下、それぞれを具体的に指摘し、『源氏』をどのように踏まえているのか、その意図についても検討する。

この三度目の逢瀬の後、姫君の入内は中止となり、姫君は老中務宮と望まぬ結婚をさせられる。姫君と老中務宮の関係及びその描写には、先述したように『夜の寝覚』の摂取が指摘されている。しかし『寝覚』と異なる点は、姫君は老中務宮には全く心を許しておらず、数年結婚生活を送っても、「世とともに解くる世なき御気色」(下巻二一〇頁)である点である。しかも、姫君は結婚生活を送る中で、

憂かりし夢を見重ね給ひし契りも心憂く、前の世恨めしう、返す返すも思ひ知られ給ひながら、心の底にはあはれなる者におぼゆるも、いとうたてく我ながらおぼえて、…(下巻二一〇頁)

と、強引に契りを結ばされたにもかかわらず、伊予守を「心の底」では「あはれなる者」と感じるようになる。この後、伊予守が中務宮邸の姫君方を訪れたことにより、姫君は伊予守と御簾越しに対面する機会を持つ。この場面における姫君の心境を以下に示す。

内にも、あさましかりし御心まどひはただ今の心地して、人の知りたらんことのやうに、御顔の色違ふやうなれど、厭はしき人の御目移りに、若うきよらにめもあやなるかたちにて、忍びかねたる気色を、あはれと

御目とまるも、我ながらうたておぼえて、外ざまに見やられ給ふ。（下巻二一四頁）

老中務宮への「いとはし」さと対比することで、『石清水』は姫君の目に映る伊予守の若々しく一途な魅力を描き、かつ「あはれ」という語を用いて姫君の伊予守への愛情を再度直接表現する。中務宮は『寝覚』の老関白のように女君と心を通わせることはなく、あくまで伊予守を引き立てる存在に過ぎない。この、伊予守を見ることで伊予守に心惹かれる己を自覚し、それを「うたて」く感じるという姫君の心情は、花宴巻における藤壺のそれに重なる。

中宮、御目のとまるにつけて、春宮の女御のあながちに憎みたまふらんもあやしう、わがかう思ふも心憂しとぞ、みづから思しかへされける。（花宴）

藤壺は、光源氏に自然と目がとまり、かつ弘徽殿女御が光源氏を憎むのを「あやし」く思う。そして、そう思う己を「心憂」いと「思しかへ」すのである。ここには、弘徽殿女御の反応に合点がゆかないのはすなわち、自らの心が源氏に惹かれているからだという心情が隠されている。(11) 藤壺の愛情を直接表現しないところにこそ『源氏』の卓抜な筆力と工夫が見受けられるのに対し、『石清水』はここでも「あはれ」という語を用いており、姫君の抱く愛情が分かりやすい。

また同じ年の五月、姫君のもとに伊予守から文が届く。

折からもあはれに、思し出づること多くて、忍ばれ給はぬにや、御硯の近きを引き寄せて、その文の端に手習ひのやうにて、

古里のむかしをしのぶ夕暮れに匂ふも悲し軒の橘

と書きすさび給へるを、うれしと思ひて、もとのやうに封じて取らせつ。かしこには、これよりの文の、さ

ながら返りたれば、弁の君が違ひたるなめりと思ひながら、引き開けたれば、かかることあり。御手なめりと見るに、めづらしくうれしとも世の常なり。長らへにける命も、これを待ち見て、憂き世の思ひ出でになるべきゆゑにやと、かきくらさるる涙を払ひて、持経などのやうに、額にあてて、わが身をさへ、おのがものからなつかしく見るぞ、せめてのことなる。（下巻二一六―二一七頁）

折からの情緒とも相俟って、姫君は文を見過ごせずに返歌を書き付ける。物語中初めての自筆の返歌を、伊予守は持経のように大切に扱うという場面であるが、これは以下の『源氏』の場面を踏まえていると考えられる。

目もあやなりし御さま容貌に、見たまひ忍ばれずやありけむ、

「から人の袖ふることは遠けれど立ちゐにつけてあはれとは見き

おほかたには」とあるを、限りなうめづらしう、かやうの方さへたどたどしからず、他の朝廷まで思ほしやれる、御后言葉のかねても、とほほ笑まれて、持経のやうにひきひろげて見ゐたまへり。（紅葉賀）

源氏の試楽での姿が記憶に残るゆえに「忍ばれず」思わず返歌する藤壺と、関係を結んで以来、物語に描かれる限り初めての返事を「持経」のように扱う源氏を、姫君と伊予守はそれぞれに礎とし、写し取っているのである。

その後伊予守は姫君の女房弁の局を訪れ、姫君への思いの丈を打ち明ける。

「…人知れぬ御心には、潮干に見えぬ石は、おのづから見奉れば、いと心苦しうこそ。何しに、かかる心尽しの御仲を」など…もののあはれを見過ぐさぬ本性にて、君の思したるさまも見知らるる折々あれば、いかにしていま一度もと、心の内に思ひたばかる。（下巻二二一頁）

これも、『源氏』の王命婦が源氏と対面する以下の場面と重なる。

「いかさまに昔むすべる契りにてこの世にかかる中のへだてぞ

かかることこそ心得がたけれ」とのたまふ。命婦も、宮の思ほしたるさまなどを見たてまつるに、えはしたなうもさし放ちきこえず。

「見ても思ふ見ぬはたいかに嘆くらむこや世の人のまどふてふ闇

あはれに心ゆるびなき御ことどもかな」と忍びて聞こえけり。

（紅葉賀）

『石清水』『源氏』とも、女君自身は表立って男君への思いを明らかにするわけではないが、男君を憎からず思っている。それを唯一知るがために、女房は男君に対して同情的である。一方で相違点もある。命婦は藤壺の感情を把握しつつも、立場上「あはれに心ゆるびなき御ことどもかな」と発言するのみに留まり、藤壺の思いを源氏に伝えはしない。これに対し、弁は『千載集』にも採られた二条院讃岐の詠「わが袖はしほひにみえぬおきの石の人こそしらねかわくまぞなき」を引歌とすることによって、人に知られない姫君の秘した思いを伊予守に伝え、かつ積極的に二人の仲立ちをするのである。『源氏』における藤壺と比較すると、姫君の愛情ははっきり言及され、『石清水』はそれを示すことに躊躇がない。社会規範を考えれば、中務宮の正妻である姫君は、当然伊予守と密通すべきではない。しかし、「物のあはれを見過ぐ」せないゆえに、弁は正しい行動を取らず、剰え二人への同情という個人的な心情を優先して行動するのである。

さらに物語の山場である最後の逢瀬でも、伊予守と姫君は、主に若紫巻の源氏と藤壺を念頭において描かれている。(12)長いが以下に示す。

『石清水物語』	『源氏物語』
かかる折に、いかでかと仏を念じて、「思ひ立つ道徹	かかるをりだにと心もあくがれまどひて、…暮るれば

るべくは、このほどにこの思ひかなへ給へ」と、念じ入りたる信やこたへけん、心弱き弁なれば、いかがたばかりけん、見奉る心地うつつともおぼえず。年月の隔てのほどに、いとどしき御さま添ひて、見初め聞こえし折は、ひとへに若うあえかに、世馴れぬさまに、憂し、つらしと思し入りてありしが、らうたげにてこそはおはせしか、この度はこよなく人馴て、あくまで心憎く恥づかしげに、いとど今はあるまじきことに思しあきれたるものから、これを始めぬ中の衣は、さすがに見馴れぬしるしにや、あはれになつかしげなる御もてなしにて、心魂まどひ果てぬべき。秋の夜すがら言ひ尽くす言の葉は、いづくに積もりぬらんと、尽きすべくもあらず。かたみに流し添ふる涙の瀬に身を沈めつつ、後の憂き名は世のためしになるとも、おくれ先立ちて嘆かんよりも、かくながら長き眠りともなりて、同じ煙ともなりなばやとさへおぼゆるぞあさましき…鶏籠の山明けゆく気色なれば、いたうそそのかされて出でなんとするに、

王命婦を責め歩きたまふ。いかがたばかりけむ、いとわりなくて見たてまつるほどさへ、現とはおぼえぬぞわびしきや。宮もあさましかりしを思しいづるだに、世とともの御もの思ひなるを、さてだにやみなむと深う思したるに、いと心憂くて、いみじき御気色なるものから、なつかしうらうたげに、さりとてうちとけず、心深う恥づかしげなる御もてなしなどのなほ人に似させたまはぬを、などかなのめなることだにうちまじりたまはざりけむと、つらうさへぞ思さるる。何ごとをかは聞こえつくしたまはむ。くらぶの山に宿もとらまほしげなれど、あやにくなる短夜にて、あさましうなかなかなり。

　見てもまたあふよまれなる夢の中にやがてまぎるるわが身ともがな

とむせかへりたまふさまも、さすがにいみじければ、

　世がたりに人や伝へんたぐひなく憂き身を醒めぬ夢になしても

思し乱れたるさまも、いとことわりにかたじけなし。

ためしなき憂き名を世々にのこしつつ朽ちはてん
身のはてぞ悲しき
（若紫）

と言ひ消ち給へる御気色、言ひ知らずらうたく心憎く、御歳の重なるままにいとどしき御さまにて、五つばかり上におはすれば、恥づかしげなる気色添ひて、いかに思すらんと、御心の内ぞゆかしき。
（下巻二二二―二二四頁）

両者とも、女房が「いかがたばか」ったのか、実家に戻った女君のもとへ男君を導く点、男君が女君を「見奉る」心地が「うつつ」[13]とも思われない点、また男君が思いを言い尽くせず、このまま消えてしまいたいとまで願うのに対し、女君は世間に浮き名を残してしまうことを恐れる点が一致する。さらに、予想しなかった逢瀬に驚き呆れながらも、女君が「なつかし」く「らうた」く「恥づかしげ」な「御もてなし」である点も一致する。ただしこれも『石清水』の姫君の方が、「うちとけ」ないという表現がなく、かつ涙も「かたみ」に流している点で、男君との精神的な距離の近さがより分かりやすく描かれていると言えよう。

以上、三度目の逢瀬以降伊予守と姫君がやりとりする場面全てにおいて、源氏と藤壺に関する描写及びその関係性は、柏木と女三宮のそれよりも重点を置いて摂取され、踏まえられているのである[14]。ただし『石清水』の摂取の在りようは、語句レベルでの摂取を行いこそすれ、敢えて表現しないことによって奥深さを生み出す『源氏』の工夫までをも写し取ろうといったものではないことも、言い添えておく必要があろう。理性を失って強引に契りを結ぶ柏木は「思ひ乱れぬ」とだけ表現されるが、伊予守は「単衣の隔てもかひなく押し立ちぬる」（下巻一七〇頁）とまで表現され、よりいっそう露骨に、具体的に描かれている。『源氏』と比べると、『石清水』には全般的に内容や関係性を分かりやすく表現する傾向が見て取れるので、この場面も、伊予守が武士であるからというよりも寧ろ、『源氏』ほど朧化した表現を用いない『石清水』作者の特徴が表出しているのだと思われる。[15]姫君の伊予守への愛情も、「意図的に断定が避けられて[16]」いるわけではなく、寧ろ藤壺の源氏へのそれよりも、目に見えてはっきりと表されているのである。

そして源氏と藤壺の関係が、伊予守と姫君の関係を描く際に中心的に摂取されていることを具体的に確認することによって、白幡氏が指摘した伊予守と姫君との年齢差についての指摘、すなわち「五歳という間隔」をあけた「年上の女性に対する恋」が源氏と藤壺の重ね合わせであることも[17]改めて首肯されるのである。

源氏と藤壺の逢瀬場面を踏まえた最後の逢瀬では、「五つばかり上」という年齢差が示されていた。再掲する。

御気色、言ひ知らずらうたく心憎く、御歳の重なるままにいとどしき御さまにて、五つばかり上におはすれば、恥づかしげなる気色添ひて、…　（下巻二二四頁）

現在の通説では源氏と藤壺の年齢差は五歳とされているが、『花鳥余情』は薄雲巻の源氏を三十歳から三十一歳とし、三十七歳で崩御した藤壺とは六歳差としている。[18]したがって、五歳という年齢差を即座に源氏と藤壺との年齢差と言うことはできない。そもそも、「十二にて御元服したまふ」ことが桐壺巻で示されて以降、源氏の年齢が初めて示されるのは「明けむ年四十になりたまふ」とある藤裏葉巻である。当時の読者のどれほどが藤裏葉巻から遡って源氏の年齢を把握していたのか、どこまで年立というものを念頭に置いていたのかは不明であり、源氏と藤壺との年齢差が何歳と意識されていたかは判然としない。

しかし、柏木と密通した女三宮は柏木よりも年下であり、男君が年上の女性と密通したという条件は、他の物語を考慮に入れても、それだけで源氏と藤壺の関係を想起させると思われる。

ここで『石清水』が伊予守と姫君の関係において、『源氏物語』源氏と藤壺の物語を、人物造型の中心として摂取していることに鑑みれば、この「五つばかり上」という年齢差にも、やはり源氏と藤壺が意識されていたと考えられる。

実はこの両者の年齢差は、伊予守が初めて姫君を垣間見する場面において既に示されていた。

むげにいはけなく、ものの心知らざりしほどは、時々も見奉り、いま五つばかりの上におはすれば、もてあそばれ奉りしも、わづかに夢のやうに思ひ出でらるれど、…　（上巻七〇頁）

女性が「五つばかりの上」という、源氏と藤壺を意識した年齢差は、伊予守と姫君の関係の、始まりと終わりにおいて二度も示され強調されている。つまり『石清水』は、物語の最初から、伊予守と姫君に、源氏と藤壺を重ねて描こうとしていたと考えられるのである。(19)『石清水』にとって源氏と藤壺の物語は、個々の場面を摂取するのみならず、伊予守と姫君の恋を描くうえでの、より根本的かつ重要な、人物造型の根幹におけるモデルとして意識されていた。

以上を踏まえると、源氏と藤壺の関係性に基づいて形作られた伊予守と姫君の関係は、伊予守や姫君の、個人としての人物造型よりも重要であり、『石清水』はまず、伊予守と姫君の関係性に注目して読まれるべきであろう。

三、摂取の意図

それでは、源氏と藤壺の関係性を基盤として、『石清水』は何を描こうとしたのであろうか。それを考えるために、伊予守・姫君の関係と、源氏・藤壺の関係における相違点に着目する。

伊予守と姫君は、逢瀬の場面描写や心情、年齢に至るまで源氏・藤壺の関係性を多大に摂取して描かれるが、両者の最大の相違点は、不義の子の有無であると考えられる。

およそ現存する王朝物語においては、男君が強引に女君のもとに忍び入って不義密通が生じた場合、子が生まれ、当事者らの苦悩や葛藤が描かれる。伊予守と姫君の間に不義の子が生まれない点で、『石清水』は不義密通の物語としてはそもそも特異である。

しかも、源氏と藤壺の関係における不義の子冷泉の誕生は、以後のそれぞれの人生を決定づける出来事であり、物語自体を展開させると共に、人間の本質を突き詰めて描く上で不可欠な要素であったことは論を俟たない。『石清水』同様、源氏と藤壺の物語を摂取する現存『海人の苅藻』が、藤壺女御と権大納言の不義密通とその不義の子の誕生を描くことに鑑みても、源氏と藤壺の関係といえばまず不義の子の誕生が意識されていたであろう。よって、源氏と藤壺の物語を踏まえながらも、『石清水』の伊予守と姫君の間に不義の子が生まれないことは、やはり注目に値する特徴と言えよう。

以下、伊予守と姫君の間に子が生まれない点に着目し、不義の子の父母となる源氏・藤壺と、そうはならない伊予守・姫君では人物造型上どのような差が生じるのかを考察し、その背後にある作者の意図を探る。

三―一、姫君と藤壺

藤壺が不義の子の誕生によって変貌を遂げることは、広く知られたことである。桐壺帝の死や、それに伴い変化が著しく不安定な政治状況の中、藤壺の関心は我が子冷泉に向けられる。賢木巻において藤壺は、春宮冷泉の唯一の「頼もしき」後見人である源氏が、自身への「にくき御心」すなわち恋慕を止めないことに「御胸をつぶ」す。「わが身はさるものにて、春宮の御ためにかならずよからぬこと出で来なん」と考える藤壺は、自身よりも我が子のことを思い、源氏との最後の逢瀬の場面においても「いとこよなくもて離れ」、泣く泣く思いを訴えかける源氏に返答しない。源氏の言には「さすがにいみじと聞きたまふ節もまじる」けれども、藤壺はその思いを封印するかのようにふるまい、「いとようのたまひのがれ」て、源氏と関係を結ばない。そして源氏との関係を心安いものとし、冷泉の後見を頼むためにも出家を果たす。つまり、葵巻以降の藤壺にとっては、我が子の存在が源氏よりも優先されるのである。

一方、伊予守と姫君の間には子が生まれない。それゆえ姫君の心情にこのような変化は生じない。藤壺は、罪の意識と源氏への情に苦しみつつも春宮の母として生きることを選ぶが、『石清水』の姫君は、そのような複雑な葛藤を経験しない。

またこれと呼応するように、伊予守と姫君の関係において、源氏と藤壺に関する表現上の摂取が見られるのは、花宴巻までの桐壺帝在位中の場面に限定され、藤壺が冷泉の存在ゆえに源氏を拒む場面等は一切摂取されない。その結果姫君は、母としての変貌を遂げず、一人の女性として伊予守を思い続けるのである。一例として、伊予守が出家するに当たって残した手紙を、姫君が読む場面を以下に示す。

君ゆゑに尋ぬる法の道なればおなじ蓮の身ともならなん

とばかりあり。大方の世のことわりにも、浅かるまじきを、ましてあはれは少なからぬ御心の内なるに、かかることさへあれば、いかでなのめに思されむ。御涙所せき、かつはこの弁が見るも恥づかしとて、引きかづきて臥し給ひぬ。

身の憂さを嘆く嘆くも世にふればなほ憂きことの数ぞまされる

御心の内に思しつづけけんこと、いかでもれにけん。（下巻二四八－二四九頁）

これは、花宴巻の、源氏を見た藤壺の感慨を指摘する草子地の語り口をそのまま取り入れている。

かうやうのをりにも、まづこの君を光にしたまへれば、帝もいかでかおろかに思されむ。中宮、御目のとまるにつけて、春宮の女御のあながちに憎みたまふらんもあやしう、わがかう思ふも心憂しとぞ、みづから思しかへされける。

おほかたに花の姿を見ましかば露も心のおかれましやは

御心の中なりけむこと、いかで漏りにけん。（花宴）

傑出した源氏の存在、及び彼を憎む弘徽殿女御の存在によって、藤壺は源氏への思いを自覚する。と同時に藤壺は、源氏の父かつ自身の夫である桐壺帝、及び彼への裏切りの証である冷泉の存在をも意識せざるを得ない。藤壺は源氏以外の他者の目を気に懸け続ける。対して『石清水』では、姫君は「おなじ蓮」となろうという伊予守の詠に対して涙にくれるのであり、姫君は、伊予守と乳母子の弁以外の他者の存在を意識していない。それゆえに、姫君が伊予守へ向ける愛情のみが浮き彫りになるのである。

姫君の愛情は、『源氏物語』の摂取が見られない場面でも一貫している。たとえば、中務宮と結婚させられた姫君の思いは以下のように表現されている。(20)

さやかに見合はせ給ふこともなく、ただかかることを見ず聞かで、消え失せるものにもがなとぞ、起き臥し嘆かれ給ふ。さるは、憂きにまじる恋草もありけん、知らずや。（下巻二〇五―二〇六頁）

消え失せたいと嘆くのは、「憂きにまじる恋草」すなわち伊予守への恋情があるからだろうか、という草子地は、姫君が伊予守への愛情を有していることを示している。

姫君の思いは、伊予守との最後の逢瀬の後、帝に盗み出されてからも変わらない。夫中務宮の危篤の報せを受け、姫君は牛車に乗る。しかし中務宮邸に向かうはずの車は、帝の策謀により宮中に向かう。ことの真相を理解した姫君は、

夜もすがら言ひつづけしことを思し出づるに、思はずなるありさまを、いかに待ち聞かんと思さるるぞ、何にも過ぎて心憂かりける。（下巻二三一頁）

と感じる。「夜もすがら言ひつづけしこと」とは、以下の最後の逢瀬での伊予守の発言を指す。

「前の世の契りはさすが結びながら、及ばぬ際となり置けるつとめのほど、口惜しく思ひ知られ侍れど、暗からぬ道を尋ねて、来ん世にだに、同じ蓮に宿る身となるべく願はれ侍るを、台には障りなく結ばせ給へ。心ざしはありながら、すがすがとも思ひ立たれ侍らで、年月を送るに、勧められ聞こえぬる、うれしき善知識に思ひ給ふる。…」（下巻二二三頁）

来世だけでも、極楽浄土の同じ蓮に生まれたいと願っているので、支障なく蓮台に結縁してください、と一蓮托生を願う伊予守の発言を姫君は思い出す。そして、予想外に帝に盗み出され寵愛を受けるようになった自身の有様について、伊予守はどう思うだろうかについて辛く思う。自身の「身の契り」が「心憂」い中にも、伊予守に現在の状況を知られることを、姫君は「何にも過ぎて心憂かりける」と感じ恐れるのである。帝に慰められても

ひたすら涙に暮れるばかりの姫君は、伊予守を知るがゆえに、「かしこき御ことも何とも思されず、身の憂きより外のことなかりけり」（下巻二三二頁）と、帝という尊貴な人物にも心惹かれることはない。『源氏物語』摂取を離れても、姫君の愛情は変わらず伊予守に向けられている。

物語の結末部に至っても、姫君は立后してなお憂いに沈み続ける。

やんごとなくなり給ふにつけても、この尽きせぬ御心の内のもの思はしさばかりぞ、やむ世なかりける。かかるめでたき御仲中に、いかなりし宿縁にて、さる迷ひのありけんと、前の世ぞ知らまほしきや。

（下巻二五一頁）

「尽きせぬ御心の内のもの思はしさ」の原因は姫君自身の身の上全般にあろうが、「さる迷ひ」すなわち伊予守との関係を直後に取り上げることからも、伊予守との関係についての憂いが「もの思はしさ」の主たる割合を占めていることが窺えよう。

つまり姫君が伊予守に向ける愛情は、物語の最後まで一貫して、ひたむきなものであると描かれるのである。現存『海人の苅藻』の藤壺女御は、一夜の密通の結果若君を生みながらもその相手権大納言に愛着を覚えず、彼の姿を見て「世になき鬼などに向かひたらんやうに疎まし」（巻二）く思う。『無名草子』に、

また、中宮のむげに何ことも思したらぬこそ、大納言も心劣りして口惜しけれ。同じ心にうち靡き、心を交はし、文の返りことなどこそせざらめ、御心のうちにはいとあはれとおぼさるべきなり。

と評されるように、不義密通した両者に感情の交流は見受けられない。『海人の苅藻』が源氏と藤壺の関係を踏まえながらも、その感情の交流までは殆ど摂取しないことと比較しても、『石清水』が、女君から男君への愛情を重視していることが窺える。『石清水』の姫君は伊予守に「文の返りこと」までもするのであり、姫君が伊予

守に対して抱く一途な愛情は、『石清水』が強調したかったところだと思われる。

三―二、伊予守と源氏

姫君は、藤壺を踏まえつつも、子供を生まないことにより母としての顔を備えず、男君を一途に思い続ける女性として造型されていると考えられる。では、伊予守はどのような意図をもって造型されているのであろうか。

そもそも伊予守が類い希なる美貌、優れた人格を有することは繰り返し描かれている。秋の大将は、

「…いみじく思ひ上がり、我はと心おごりしたる都の有職たちも、限りあれば、人がらにしたがひて、おしなべゆゑゆゑしさばかりにやあらん。かばかりなるありさまは、類ひあらじ」と愛で給ひて、…

（上巻七九頁）

と、その美貌に感嘆する。中務宮も同様である。すなわち、伊予守と姫君の恋を阻むのは、唯一伊予守の武士という分際なのである。これは、姫君の女房弁の目から見ても明らかであった。

「愛敬づき清らかなるは、いかなる帝と聞こゆとも、かばかりかき尽くし給はじ。ただ思ひなしの気高くなどやおはしまさん。さし並べ聞こえんに、この人ばかり、かたはなるまじき人やあるべきに、などか及びがたき際と生まれながら、さすがに逃れがたく結び置き給ひけん」とくちをし。

（下巻一八三頁）

弁は、伊予守のことを「及びがたき際」ではあるものの、姫君と最も釣り合いの取れる人物であると感じている。伊予守の唯一にして最大の欠点は自身の身の程であった。

現存する鎌倉時代中期までに成立した作り物語において、賤しい身分の男君と、高貴な女性が結ばれる例はない。帝の女御となる女君と、男君との間に不義の子が生まれる例は『源氏物語』『狭衣物語』『苔の衣』のみに見

られるが、いずれの男君も、帝として即位してもおかしくはないほど帝に近い血統の持ち主である。これらに照らしても、どれほど伊予守の容貌、人格が優れていたとしても、帝の女御となる姫君と身分賤しい武士伊予守との間に、皇統を脅かしかねない男子が生まれることは考えがたい。

つまり、伊予守を武士と設定した時点で、伊予守と姫君がこの世で結ばれないこと、及び二人の間には子が生まれないことも確定すると考えられる。第一章でも述べた通り、作者は伊予守を意図的に武士「らし」く造型しているのであるから、これも当然意図的な操作であると言えよう。伊予守は敢えて源氏とは異なる道を歩まされるのである。

藤壺が出家したのち、「月のすむ雲居をかけて慕ふともこの世の闇になほやまどはむ」と詠む源氏には、出家の志が芽生えている。しかし、

世の中厭はしう思さるるにも、春宮の御ことのみぞ心苦しき。母宮をだにおほやけ方ざまにと思しおきしを、世のうさにたへず、かくなりたまひにたれば、もとの御位にてもえおはせじ、我さへ見たてまつり棄てては、など思し明かすこと限りなし。（賢木）

と、現世における冷泉帝の将来を思うがゆえに、源氏は出家し得ない。子の存在は絆しとなり、源氏は「この世」、子を成した現世に生き続ける。

これに対して、伊予守と姫君の間では、「この世」ではなく、「前の世の契り」が意識される。姫君と伊予守の関係が前世の縁によるものだということは、石清水八幡の神託「夢ばかり結びおきける契りゆゑ長き思ひに身をやこがさん」によっても示されていた。そして、三度目の逢瀬の直前、姫君と男女の契りを結んでしまったことについて、伊予守は次のように述べる。

「…我にもあらでかかることの出で来ぬるは、ただ一筋に前の世のことなれば、力なきことに思し許して、つゆのあはれをかけ給へ。思ひ余りて、八幡に籠り、命に替へて申したりしに、しかしかの夢に見せ給へりしも、逃れがたき御契りのありてこそは、告げ知らせ給ひけめ」と、…　（下巻一八一頁）

現世でも契りを結ぼうとは決して思っていなかったが、ひとえに前世での契りがそうさせたのだ、としている。同様の言辞は二度目の逢瀬においても見られる。

「…うつし心も侍らで、かくおほけなくあるまじき心づかひを御覧ぜられぬるは、この世一つのことにはあらじ。…」　（下巻一七一頁）

伊予守が姫君と男女関係を持つに至るには、前世からの因縁がないと不可能だという論理がここには働いている。伊予守は、自身が無体なふるまいに及んだことを「おほけなくあるまじき心づかひ」と自覚している。同じく「おほけな」き心を抱き、帝の妻を過つ源氏の「おほけなさ」は以下のように意識される。

「人のため恥がましきことなく、いづれをもなだらかにもてなして、女の恨みな負ひそ」とのたまはするにも、けしからぬ心のおほけなさを聞こしめしつけたらむ時と恐ろしければ、かしこまりてまかでたまひぬ。　（賢木）

元々皇子として生を享けた源氏の「おほけなさ」の主眼は、許されぬ相手と関係を持ったことにあり、比較すると伊予守のそれには、相手の高貴さよりも寧ろ、伊予守自身の身分が賤しい武士であることが意識されていよう。

武士に生まれついたことについて伊予守自身は、最後の逢瀬において以下のように述べている。

「前の世の契りはさすが結びながら、及ばぬ際となり置けるつとめのほど、口惜しく思ひ知られ侍れど、暗からぬ道を尋ねて、来ん世にだに、同じ蓮に宿る身となるべく願はれ侍るを、台には障りなく結ばせ給へ。

…」

（下巻二二二頁）

伊予守は自身の前世での勤めが不十分であったために、現世では結ばれ得ない身分に生まれたとし、最後の逢瀬にて来世に願をかける。ここでも伊予守の目は前世及び来世に向けられており、その恋が成就しない現世に向けられてはいない。

伊予守と姫君の間に子が生まれないのとは対照的に、姫君と帝の間には皇子が誕生する。

御宿世かしこく、報よき人にておはしければ、いまだ儲けの君おはしまさで、いかにいかにと思しめしけるに、故宮の折もさることもものし給はざりしに、いつしかただならぬ御気色にて、今上の一の宮産み出で奉らせ給ひぬれば、めでたしとののしられ給ふ。

（下巻二五〇頁）

「宿世かしこく、報よき」がために、姫君は今生で帝の皇子を生んだのだとされる。この「宿世」とは、「現世における状態はすべて、前世に作った業因によって規定される[21]」ということを意識させる語であり、「現世の境遇の理解のために、現世をあらしめた過去世との関係としてあ[22]」る、あくまで現在、今生に重点が置かれている語と解釈できる。たとえば藤壺は、源氏の子を懐妊したことを、「あさましき御宿世のほど心憂し」（若紫）と感じ、「宿世」を意識する。柏木も、女三宮が懐妊する夢を見て「御宿世の浅からざりけると思ほしなせ」（若菜下）と告げるのである。

『石清水』の姫君に関しても、「宿世」という語は、伊予守との関係において全く使用されず、正式に結婚する中務宮、及び子を成す帝との間においてのみ使用される。この対比からも、伊予守と姫君が今生では結ばれ得ず、その間に絆しとなるような存在すら生まれ得ないことが確認されよう。

現世で結ばれないことの裏返しとして、それゆえに「この世」の闇に囚われない伊予守は、出家を遂げ姫君との極楽浄土への往生を願う。伊予守と姫君は、ここでも、女房の弁を除いてお互いの存在のみを視界に入れているのである。『石清水』は男君の出家遁世を語るが、たとえば本書の後半で取り上げる『苔の衣』と比較すると、『苔の衣』の仏教的関心の強さとは異なり、恋愛に主軸を置いている点がその特徴と言えよう。

三―三、主題

源氏と藤壺の物語を踏まえながらも、『石清水』の伊予守と姫君の人物造型において、春宮の母として源氏を拒み通す藤壺、「この世」で生きる源氏らの葛藤と人間的成長は全く切り捨てられている。

親としての姿を描かないことによって強調されているのは、まず第一に伊予守と姫君の悲恋である。『源氏』において藤壺の源氏への愛情がほとんど描写されないことと比較すると、『石清水』の姫君の愛情は、『源氏』の表現を摂取する場面以外においても強調されて描かれている。かつ、子をなし「この世」の闇に惑いつつ生きた源氏と藤壺とは異なり、前世からの縁があるにもかかわらず、伊予守と姫君は、身分差のために現世では結ばれ得ず、両者の間には子も生まれない。ために伊予守は来世での一蓮托生を願い、姫君もそれを受け入れる。今生での別れを経て姫君は、帝に盗み出された後も一途に伊予守を思い続け、伊予守は出家遁世したのち一蓮托生のために修行に励む。その結末は、物語最後の一文「同じ蓮の望みも、むなしからざるべけんとぞ、本には侍るめるとかや」に表される。ここからも『石清水』作者の関心は伊予守と姫君の恋愛の成就にあったことが窺える。

しかも、二人の関係は、他者を排した一対一の関係として描かれる。光源氏と藤壺は、不義の証である冷泉帝の存在を意識せざるを得ず、父であり夫である桐壺帝に対する罪の意識に苛まれる。そのうえ、その葛藤や罪の意識は冷泉帝や、夜居の僧など秘密を知る者全てに波及していく。『源氏』は社会における規制や権力闘争と、個人の欲求や感情とのせめぎ合いの中で生きる人々を活写し、あくまで現実社会に生きる人間を鋭く見つめている。

それに対して『石清水』の場合、姫君の入内する予定だった帝が、姫君とも伊予守とも全く交流のない存在であること、ならびに不義の子が生まれないことにより、他者に対する罪の意識は埋没する。勿論姫君の入内が中止となったことで、姫君もその原因を作った伊予守も苦悶することになる。しかしその苦悩も、

内裏の思しめさんことの、たれに結びける帯ならんと、便なきやうに思されば、ゆゆしき傷にこそはなり給はめと思ふも、いたはしく恐れ深く、…　（下巻一七四頁）

というものであり、伊予守の罪悪感は主として女君に向かっている。姫君に「傷」をつけたことが「いたはしいのである。これは、その直後の物思いでも改めて示される。

かばかりの人に、賤しき我ゆゑものをわびしと思はせ奉り、玉に瑕をつけ聞こえぬる咎、そら恐ろしく、我も悩ましければ、…　（下巻一七六頁）

また、事態の発覚を恐れる藤壺が、他者の目を慮って注意深く振る舞うのに対し、伊予守と姫君の不義密通の可能性は、身分差ゆえに他者の意識の俎上にも上らない。唯一秋の大将が伊予守の恋に思い当たるが、大将は伊予守の恋を以下のように許す。

「…おほけなくあるまじきことと、わが心をいましむる苦しさは、まさるにやあらん」など、思ひ寄せられ給ふに、身のほどにあはず、めざましとはおぼえ給はで、力なきこの世一つのことにはあらじなど、思ひ許され給ふ。　（上巻一一五頁）

そしてまた、伊予守の出家の原因を、

わが思ひ寄り筋の違はで、折しもこそあれ、雲居遙かに聞きなして、堪へぬ思ひに勧められたるにやあらん。
（下巻二四六頁）

と、姫君が手の届かない後宮に入ってしまったことだと推察するに留まる。秋の大将にしたところで密通の可能性には思い至らず、二人の恋は、他者を排した閉じられた関係の中で完結する。

このように『石清水』は、伊予守と姫君という一対の男女とその愛情を描くことに重点を置く。さまざまな他者と関わり合いながら生きる登場人物を描く『源氏物語』と相対すれば、『石清水』は当然人間観察の深さにおいても、構想の規模においても『源氏物語』には及ばない。しかし『石清水』の作者が、作者なりに構想を錬っていることは認められてよいだろう。

すなわち『石清水』は、光源氏と藤壺の物語から、親としての葛藤やお互い以外の他者の存在を切り捨て、思い合うものの宿命的に結ばれ得ない男女の悲恋、という要素を取り上げ、膨らませた物語であると言えよう。前世からの縁を有しながらも、現世で結ばれないがために来世での一蓮托生を願うという、一人の男君と一人の女君の間で完結する、運命的な悲恋を描く『石清水』は、藤壺と源氏の物語を、分かりやすい恋愛小説として作りかえているのである。

そして、恋愛に焦点を当てこの男女関係を悲恋にするために、伊予守が武士であることが必然として要請される。つまり、伊予守の武士「らしし」さとは、当時の現実に迫るものである必要はない。ある程度真実味を有して、単なる貴公子とは性情の異なる武士が造型できればよいのであり、武士を武士「らしし」く描くことは目的でなく、悲恋を描く手段である。

総じて、様々に先行作品を用いて人物を肉付けする『石清水』の作者が、様々な典拠を自在に操り、それを合成して物語を作り上げる力量を有していたことは確かであり、その一つの表れが、第一章で述べた武士「らしさ」であると言えよう。

そのうえで畢竟『石清水』が描こうとしたのは、源氏と藤壺の悲恋を基にした、伊予守と姫君の運命的な悲恋なのである。

四、『石清水物語』と『源氏物語』享受

加えて、伊予守・姫君の関係が源氏・藤壺のそれを踏まえるのだと理解してはじめて、『石清水』を読み解くことが可能となることは注意されるべきであろう。

たとえば姫君は、藤壺がその造型の根本にあることを理解して読まねば、「人間の血を通わせず、ほとんど人形同様に描いている[23]」「物語全体を通して姫君の感情は起伏や特徴に乏しく、先人の指摘の通り、終始画一的なもので終わっているため、魅力に乏しい人物との評も首肯できる[24]」人物だと受け止められてしまうのである。『石清水』は源氏と藤壺の物語を前提として作られている。したがって、その前提が共有されない状況下では、作者の意図は理解されない。これを作者の技量不足と言えばそれまでだが、逆に言えば、それでも当時の読者は『石清水』作者の構想や意図を読み解けたのだということになろう。

三角氏が指摘するように、『石清水』は「読者に対しても、重ね合わせの手法を読み取ったうえで場面鑑賞をしていくよう要求している[25]」のであるが、その要求は『源氏』の展開や人物造型、印象的な場面や表現までもある程度諳んじていることにまで及ぶのであり、『石清水』は随分と『源氏』に凭れ掛かっている。しかも、それ

らを前提として読まない限り、伊予守に対する姫君の一途な愛情は伝わらず、また『石清水』が、伊予守と姫君を、源氏と藤壺の関係性を基として描いたという、その変奏の面白さも見えてこないのである。要するに、『石清水』は『源氏』の知識を共有しているという前提なくしての享受を、想定していないとでも言えそうである。

『石清水』は後嵯峨院時代に成立したとされる。後嵯峨院は河内家の本を進上させ、自ら『源氏物語』の「御談義」を試みた最初の帝である。(26) 以降、その子の後深草院周辺でも、『とはずがたり』や『増鏡』に見えるように、『源氏物語』や『伊勢物語』を用いて王朝文化を再現する試みがなされた。『とはずがたり』の作者二条は、「唐綾・紫村濃十づつを五十四帖の草子に作りて、源氏の名を書」いたものを亀山院から下賜されている。また後深草院は六条院の女楽を模し、藤裏葉巻の行幸を踏まえた行動を取っている。さらに後深草院の子である伏見天皇の春宮時代には『弘安源氏論議』も成される。『源氏物語』は院や帝、春宮といった人々の「一種の帝王教育」(27)の材料として用いられ、日常から親しむ対象となっていた。

当然、彼らに仕える宮廷人たちには、『源氏物語』の知識を備えていることが必須とされた。田渕句美子氏が、藤原経光や実清といった官人たちが「『源氏』や『狭衣』といった物語論を終夜語り合って飽きない」という『民経記』の記事より、「官人の間にもこうした物語享受の情熱が浸透している」とする通り、(28) 後嵯峨院に先立つ後堀河院の時代、すでに『源氏物語』『狭衣物語』は広く愛好されていた。

『源氏』の注釈に関しては既に『源氏釈』、定家の『奥入』、河内家の『水原抄』等の注釈書があり、『光源氏物語抄』は建長四年（一二五二）から文永四年（一二六七）にかけて鎌倉で成立したかとされる。(29) 中心となる享受者は都の貴族たちであろうが、『源氏』はさらに広く盛んに享受されていき、(30) かつ学問的研究の対象となっていた。

勿論享受の位相差はあり、たとえば宮廷女房は、ただ『源氏』を読んだことがあるだけでは不十分であった。宮仕えする娘に阿仏尼が書き与えたという『乳母のふみ』は、次のように述べる[31]。

さるべき物がたりども、源氏おぼえさせ給はざらんは、むげなることにて候。かきあつめてまゐらせて候へば、ことさらかたみとも思しめし、よくよく御覧じて、源氏をば、なんぎ・もくろくなどまで、こまかにさたすべき物にて候へば、おぼめかしからぬ程に御らんじあきらめ候へば、なんぎ・もくろく、おなじくこからびつにいれてまゐらせ候。

『源氏』をある程度諳んじていないなど、論外のことであり「むげなること」と非難されるべきことであった。さらに『源氏』を「難義・目録」まで理解することが宮廷女房には求められた。この「難義・目録」については稲賀敬二氏[32]が注釈書『難義抄』と巻名巻次一覧表のような『目録』であろうと推測している。

さらに当時は、『源氏物語』は史実になぞらえているのだという、「准拠」という概念も成立しつつあった[33]。これらに鑑みると、『源氏』を読む時には、理解や程度の差こそあれ、『源氏物語』における特徴的な表現や場面、人物造型やあらすじ及び『源氏物語』に関わる歴史知識の共有までもが、宮廷女房一般に求められたと推測できる。ただしその周辺知識を物語制作にまで活かすかどうか、また、『源氏』の表現や人物造型の工夫についてなどをどれだけ理解しているかについては、『石清水』『苔の衣』の二つを比べてみるだけでも、作者によってかなり異なることが明らかである[34]。

『源氏』がこれほど広くかつ熱心に享受されるに至ったのは、一つにはやはり人間の普遍的な真実を描き出し、時代を超えて通用する魅力を有するがゆえであろう。さらに王朝時代への関心の高まりと相俟って、後嵯峨院時代の貴族の社会一部では、『源氏』の表現や場面までを共有していることが常識、前提となっていた。

一般に、共有されている「常識」が多ければ多いほど、それを踏まえて新たなものを作り出すことは容易になる。作者と享受者が共有する『源氏』という基盤を踏まえれば自ずと重層的な効果を得られるため、『源氏』を踏まえないよりも簡単に、それなりの物語を編み出すことができるのである。そうやって生まれた物語が『源氏』にさまざま及ばないところが多いのも自然の成り行きである。一方で、共有されている「常識」から脱することは、それをよほど意識せねばまず不可能であり、定家ですら『松浦宮物語』において苦労したように簡単なことではない。

『石清水』はその『源氏』に関する「常識」に無防備に凭れ掛かったまま制作され、結果的に普遍性を持ち得なかったのだとも考えられよう。同様のことは、後嵯峨院歌壇についても指摘されている。

後嵯峨院は、さまざまの宮廷行事を復興し、御幸を繰り返した。そこには、聖代への憧憬と共に、偶々皇位に就いた自らの正統性を主張する意図があったと考えられる。その一環として、二度の勅撰和歌集『続後撰和歌集』（建長三年（一二五一）奏覧、撰者藤原為家）、『続古今和歌集』（文永二年（一二六五）奏覧、撰者藤原為家、のち九条基家・衣笠家良・六条行家・葉室光俊（法名真観）追加）が編まれた。『続古今集』の撰集の段階では御子左家と反御子左派の対立が深まり、撰者が追加されたこと、真観が「我思ふさまに申行」ったことにより、為家は『続古今集』の撰歌を為氏にほとんど任せたとされる(35)。このように歌壇の事情こそ異なるものの、これらの勅撰集に共通するのは、後嵯峨院および当代への讃頌の志向が見出されることである(36)。この政教的雰囲気は、勅撰集のみならず、歌合における祝言等後嵯峨院歌壇全般に見られる。さらに、後嵯峨院の晩年に当たる文永八年（一二七一）に撰ばれた物語歌集『風葉和歌集』にも、政教的和歌観は色濃く表れている(37)。

佐藤恒雄氏は『続後撰集』の後代における評価について、「後嵯峨院を讃える」という「君臣「倫理」の実現」

という撰集の企図が、「当時の人々には理解できても、時代を異にしてはほとんど理解不可能なことだった」ために「きわめて抽象的な風体論」に留まり、「不易性をもたぬ故に、埋もれて発見されるところとはならなかったのである」と結論づけ、久保田淳氏も「後嵯峨院歌壇における一過性と閉鎖性そして政教性」を指摘する。

その時代特有の普遍性を持たない暗黙の了解を基盤としていたため、そこで生まれた文学の意図が見失われやすかったという特色は、後嵯峨院歌壇のみならず、作り物語、あるいは後嵯峨院時代の文化全般を考えるうえでも示唆に富んでいる。

『石清水』がどういった層を読者として創作されたのかについては、次章で検討するが、少なくとも、第一次の読者は『石清水』作者とある程度共有された物語知識を持ち、『石清水』の場面・人物の描写が、『源氏』のどの場面、どの人物に拠っているのかをすぐに把握できたと考えられる。

我々は、ある限定された文化圏内における共有知識、文字化されない「常識」に支えられてこそ成立する面白さというものを意識し、共有された文化、「常識」の存在を意識して後嵯峨院時代の物語を読み、その上で個々の物語の個性を読み解き、評価すべきであろう。

注

（1） 柏木を踏まえているという指摘は、辻本裕成「『石清水物語』における『源氏物語』の登場人物―鎌倉時代物語論序説」（『国語国文』第六〇巻一〇号、一九九一年一〇月）、維盛を踏まえているという指摘については第一章参照。

（2） 桑原博史「石清水物語考―中世物語研究の一章として」（『文学・語学』第四三号、一九六七年三月、のち『中世

物語の基礎的研究　資料と史的考察』、風間書房、一九六九年）。

（3）桑原博史「石清水物語」（『日本古典文学大辞典』、岩波書店、一九八三年）。

（4）三角洋一「〈受容〉王朝物語の行方―実例『石清水物語』」（『国文学　解釈と教材の研究』第三六巻一〇号、一九九一年九月、のち『物語の変貌』、若草書房、一九九六年）。

（5）辻本裕成前掲注（1）。

（6）増田真弓「『石清水物語』の文学史的位相―摂取された『源氏物語』」（『東京女子大学日本文学』第八三号、一九九五年三月）では伊予守が「夕霧→鬚黒→光源氏と変換して造型」されたとする。しかし結論としては、伊予守の造型には柏木が主たる影響を与えたとする。

（7）白幡由美「『石清水物語』における人物造型試論―女主人公木幡姫を通して」（『東洋大学大学院紀要（文学研究科）』第三七号、二〇〇一年二月）。

（8）この和歌は『新古今集』恋三に入集する高倉院の詠「今朝よりはいとどおもひをたきましてなげきこりつむあふさかの山」を利用している。

（9）この和歌には『続詞花集』雑下に入集する選子内親王の詠「いづれの日いづれの山の麓にてむせぶ煙とならんとすらん」（『玉葉集』では第二句「いかなる山の」、第四句「もゆる煙と」）の影響が見られる。

（10）辻本裕成前掲注（1）に指摘されるように、伊予守が「痩せ青」んでしまうこと、「用意」が伊予守の特性として強調されることには、柏木の面影が見える。これらの表現は、三度目の逢瀬以後も使用される。また、弁に出家の志を明かす場面では「及ばぬ枝」という言葉が用いられる。この表現は、柏木の恋慕に対して女三宮の女房である小侍従が返した歌を念頭に置いていることも、指摘の通りである。本文を対比させて示す。

『石清水物語』

「…いかなる縁によりてか、及ばぬ枝と知りながら、かかるその数ならぬ身に、いささか結びおかせ給ひけん、かたじけなき御身ながら、三瀬川ばかりは、さり

『源氏物語』

よそに見て折らぬなげきはしげれどもなごり恋しき花の夕かげ

とあれど、一日の心も知らねば、ただ世の常のながめ

とも違へさせ給はじと思はるるのみに、慰み侍りぬる」とて、心弱う涙落ちぬるけはひは、げに后の宮なりとも、御心通ひぬべし。 （下巻二三四頁）

にこそはと思ふ。…「…めざましつ、とゆるしきこえざりしを、見ずもあらぬやいかに。あなかけかけし」と、はやりかに走り書きて、

「いまさらに色にな出でそ山桜およばぬ枝に心かけきと

かひなきことを」とあり。 （若菜上）

あくまで部分的な摂取であり、『源氏物語』若菜上巻の場面ごと摂取しているのではない点に注意が必要であろう。それ以外に柏木・女三宮を思わせる表現などは見当たらない。

(11) なお尾州家河内本は「中宮は御めのとまるにつけても東宮の女御のあながちににくみたまふらんもあやしうわかゝくおもふもいかなれはと心うくそかへさひおもほしける」とあり、「いかなれば」という説明は増えているが、ここでもやはり、藤壺の愛情は直接には表現されていない。

(12) 辻本裕成「王朝末期物語における源氏物語の影響箇所一覧」（『国文学研究資料館　調査研究報告』第一七号、一九九六年三月）では、秋の大将が腹違いの妹と知らず姫君に言い寄る場面（上巻）に、若紫巻における源氏と藤壺の密通場面が摂取されていることが指摘されている。「あやにくなる短夜は、なほ秋ながら、とりあへず明くる気色なれば、「むげに明け果てぬ前に」と、人々そそのかし聞こゆれば、…」（上巻五一頁）という表現は、確かに「くらぶの山に宿りもとらまほしげなれど、あやにくなる短夜にてあさましうなかなかなり」（若紫）を語句レベルで摂取している。しかし、秋の大将と姫君の仲はそれ以上進展しないのであり、以降秋の大将に源氏の投影は見られない。

(13) 『源氏物語大成』（中央公論社）『河内本源氏物語校異集成』（風間書房）『源氏物語別本集成』（桜楓社、おうふう）によると、尾州家河内本・陽明文庫本には「ほどさへ現とはおぼえぬぞわびしきや」が見られない。

(14) 下巻以降、伊予守の描写にも源氏を投影した表現が見られるようになる。伊予守が「隈なき空をながめても、まことに二千里の外まで思ひやられて、涙とどめがたし」（下巻一五三頁）と東国にて都へ思いを馳せる場面は、源

氏が須磨にて「月の顔のみまも」って、「二千里外故人心に」と誦じたまへる、例の涙もとどめられず」（須磨）という場面を表現ごと摂取している。また、伊予守が再度上京する場面で、「馬を速めて、「雲居をかけれ時の間に」と思ひ、大井川といふ所をすぐる」（下巻一五六頁）という表現が見られるが、これも明石巻で源氏が明石君のもとに向かう場面の表現、「まづ恋しき人の御ことを思ひいできこえたまふに、やがて馬ひき過ぎておもむきぬべくおぼす。秋の夜のつきげの駒よわが恋ふる雲居を翔れ時の間も見むとうちひとりごたれたまふ」を摂取している。

(15)　たとえば柏木が衰弱する中で抱く感懐「よろづのこと、いまはのとぢめには、みな消えぬべきわざなり」（柏木）は、伊予守が姫君と強引に契りを結んだ後、姫君の女房弁に対して事情を打ち明ける場面での「いかなる犯しある者も、臨終のきざみは、さすがあはれなるわざなれば」（下巻一八〇頁）という表現に摂取されているが、ここでも『石清水』は、『源氏』に使用されていない「おかし」「あはれ」等の分かりやすい表現を使用している。

(16)　井真弓「女君の人物描写に見る『石清水物語』の救済の構図」（『文学・語学』第一七九号、二〇〇四年八月）。

(17)　『石清水』内で人物相互の年齢差が明らかにされるのは、他に伊予守とその妻のみであり、その年齢設定は『平家物語』の維盛と妻をなぞっていると思しい。二度も強調される伊予守と姫君の年齢差にも、何らかのモデルがあっても不自然ではない。第一章参照。

(18)　『花鳥余情』は、玉鬘巻を少女巻の翌年と受け取っており、源氏が「明けむ年四十になりたまふ」とある藤裏葉巻から遡って源氏の年齢を考えると、薄雲巻の二年目の藤壺崩御時、源氏は三十一歳となり、藤壺とは六歳差となる。年立と関わるであろう並びの巻について、『花鳥余情』以前では『源氏釈』、正治年間に成立したとされる『白造紙』、後嵯峨院時代に鎌倉で成立したとされる『光源氏物語抄』、及び『弘安源氏論議』にも記述があるが、藤壺が光源氏より何歳年長と考えられていたのかは今のところ不明である。『白造紙』については橋本進吉「簾中鈔の一異本白造紙について」（『国語と国文学』第一一巻第五号、一九三四年五月、のち『橋本進吉博士著作集　第一二冊　伝記・典籍研究』（岩波書店、一九七二年）、『光源氏物語抄』については栗山元子「光源氏物語抄解説」（中野幸一・栗山元子編『源氏物語古註釈叢刊　第一巻　源氏釈　奥入　光源氏物語抄』、武蔵野書院、二〇〇九年）参照。

(19) 伊予守と姫君が初めて男女関係を結ぶ場面において、源氏と藤壺の逢瀬が摂取されなかったのは、『源氏物語』に彼らの初めての逢瀬が描かれなかったためとも考えられる。
(20) 姫君が伊予守に心惹かれていることについては白幡由美前掲注(7)・井真弓前掲注(16)にも指摘がある。
(21) 「すくせ／すぐせ」(『角川古語大辞典』、角川書店、一九八二–九九年)。
(22) 中川浩文「源氏物語における宿世の因縁の表現のあり方―「宿世」を中心に「さきの世」「契り」にふれて―」(「仏教文学研究」第五集、一九六七年五月)。
(23) 渡辺竹二郎「石清水物語の二重性」(「長野県短期大学紀要」第二号、一九五一年二月)。
(24) 井真弓前掲注(16)。
(25) 三角洋一前掲注(4)。
(26) 『河海抄』橋姫巻参照。
(27) 金光桂子「『風葉和歌集』の政教性(上・下)」(「国語国文」第六七巻第九・一〇号、一九九八年九・一〇月)。
(28) 田渕句美子「鎌倉期物語享受の諸相 後堀河院時代の王朝文化―天福元年物語絵を中心に」(『平安文学の古注釈と受容 第二集』、武蔵野書院、二〇〇九年)。
(29) 陣野英則「『源氏物語』古注釈における本文区分―『光源氏物語抄(異本紫明抄)』を中心に」(「早稲田大学大学院文学研究科紀要 第三分冊」第四九号、早稲田大学大学院文学研究科編、二〇〇三年)。
(30) 『光源氏物語本事』(「了悟『光源氏物語本事』について」(『今井源衛著作集四 源氏物語文献考』、笠間書院、二〇〇三年)を参照した)に、以下のような一節がある。

関東城介《奥州》平嶋入道をもちて春日局〈近衛北殿〉官女〈讃岐局琵琶伶人〉のたよりにて被送状之　源氏抄事た
ひ／＼申候になにともうけ給らす心もとなきやうに候かまへてこの便宜に一見候やうに候はゝやと冷泉とかや
へつたへ申されて又右の事いかに候そらあるかと
かすかとのゝ御つほねへ　やすもり　三帖厚様を水引にてとちて平嶋入道につけて五葉の巌にむすひて
いそかくれ魚をつらぬ心もてあはんと人に契てしかな

安達泰盛が、春日局、讃岐局を通じて、誰かに『源氏物語』の『抄』のことを尋ねている（春日局は近衛兼経の北方九条仁子に勤仕した藤原範光女か。『鎌倉遺文』（七六三一、近衛家所領目録）に「越前国阿努荘〈嵯峨姫君之後兼親卿春日局相分知行之〉」とあること及び横澤信生「「近衛家所領目録」の阿努荘関連人物―嵯峨姫君・兼親卿・春日局―」（「富山史壇」第一七三号、二〇一四年二月）参照）。『源氏物語』が当時、武士からも関心を寄せられていたことがうかがえる。ただし、幕府の有力御家人でこそあるものの、泰盛の和歌自体は、到底洗練されたものとは言えない。

（31）田渕句美子「阿仏尼の『源氏物語』享受―『乳母のふみ』を中心に―」（「国文学解釈と鑑賞」別冊第二八号、二〇〇三年四月）参照。

（32）稲賀敬二『源氏物語の研究　成立と伝流』（笠間書院、一九八三年）。

（33）Ⅱ部第一・二章及び「おわりに」で詳述する。

（34）『石清水』の作者に関していえば、次章で見る通り、「準拠」という手法のもたらす効果について理解していないように思われる。

（35）『井蛙抄』巻六雑談。

（36）佐藤恒雄「続後撰集の当代的性格」（「国語国文」第三七巻第三号、一九六八年三月）、安田徳子「『続古今和歌集』賀部の考察―撰集意図との関わりをめぐって―」（「和歌文学研究」第四六号、一九八三年二月）、「続古今和歌集の一性格―その政教性をめぐって―」（「名古屋大学国語学国文学」第五三号、一九八三年一一月）。

（37）米田明美『風葉和歌集の構造に関する研究』（笠間書院、一九九六年）、金光桂子「『風葉和歌集』の政教性（上・下）」（「国語国文」第六七巻第九・一〇号、一九九八年九・一〇月）。

第三章　『石清水物語』と近衛長子

――成立年代についての一考察――

一、『石清水物語』の成立年代と大番役

第一章では、『石清水』作者は成立後間もない時期に『平家物語』等の維盛説話、『西行物語』等の西行説話に接する機会があったと考えられること、第二章では、作者は『源氏物語』に関する知識の共有なくしての享受を想定していないであろうことを述べた。

『石清水』の第一次享受者として想定されるのは、広く捉えるならばおおよそ都の貴族社会であろうし、あるいはそれは貴族の家を単位とした範囲に限定される可能性もある。『石清水』は、いったいどのような場でどのように享受されることを想定して制作されたのだろうか。本章では、『石清水物語』が制作された成立年代、文化圏について探ることとする。

まず『石清水物語』の成立年代について検討しておきたい。第一章でも述べたが、『石清水物語』は、文永八年（一二七一）成立の『風葉和歌集』に五首の和歌が採られていることから、文永八年までには成立していたことが明らかな作り物語である。成立時期は後嵯峨院時代（在位　寛元元年－四年（一二四三－四六）、院政　寛元四年－文永九年（一二四六－七二））かとされ、三角洋一氏は「その見当でよかろう(1)」とする。確かに『苔の衣』や

『いはでしのぶ』などとよく似た和歌が散見し[2]、同時代の好尚といったものを感じ取ることはできる[3]が、現在のところ引歌や作中和歌の本歌等を見る限りでは、成立の上限についてはっきりしたことは言えない。江戸後期の国学者黒川春村は『古物語類字抄』で「按に此物語は風葉にすこし先だち、色葉[4]よりは後に出来しなるべし」とする。平出鏗二郎氏は、物語本文に、

失せにし常陸守が子は、幼くて鹿島と言ひし、今は大人びて伊予守と言ふ。国々をめぐらして、さるべき兵《つはもの》の習ひとして、三月づつ京に上りて、大番といふことをつとむること、昔より今に絶えぬ習ひなりければ、…　（上巻六六頁）

とあることから、「大番役は鎌倉幕府以前は三年を以て交替することなりしに、頼朝改めて六月となす、後宝治元年更に三月に減せり。さればこの書も宝治元年以後、文永八年以前、二十四年間の作と見るべし[5]」とする。これに対し、後藤丹治氏[6]は以下のように、『石清水』を宝治元年以後の成立とすることを「早計」とする。

宝治元年以来の制度を「昔より今に絶えぬ習ひ」など云ことは、文永八年（それは宝治元年より二十四年後）以前には既に作成されてゐた岩清水物語としては、時代があまり接近してゐる関係上、甚だ不穏当な書き方とすべきではあるまいか。…大番役が三箇月の固定になつたのは、宝治元年以前、もつと古い頃から存在したのではなかろうかとの疑問を抱かざるを得ない。

いずれにせよ、『石清水』の成立年代については京都の大番役が一つの指標とされてきたので、京都大番役について再確認しておくこととする。

平出氏が根拠とした古活字本『承久記』には以下の通りある。北条政子が武士達を説得するときの発言である。

日本国ノ侍共、昔ハ三年ノ大番トテ、一期ノ大事ト出立、郎従・眷属ニ至迄、是ヲ晴トテ上リシカ共、力尽

> テ下シ時、手ヅカラ身ヅカラ蓑笠ヲ首ニ掛、カチハダシニテ下リシヲ、故殿ノアハレマセ給テ、三年ヲ六月ニツヾメ、分々ニ随テ支配セラレ、諸人タスカル様ニ御計ヒ有テ、是程御情深クワタラセ給シ御志ヲ忘レ進ラセテ、…。

「侍共」が大番役に苦しむことを「アハレ」んだ結果、「故殿」すなわち頼朝が、大番役の勤仕期間を三年から六か月に短縮させたのだとする。しかし五味克夫氏[7]が指摘する通り、これを裏付ける積極的な史料は皆無でその真否を確かめ得ない。また、古態を残すとされる慈光寺本『承久記』（水府明徳会彰考会蔵本）では、本文が古活字本とはかなり異なっている。

> 殿原ハ、都ニ召上ラレテ、内裏大番ツトメ、降ニモ照ニモ大庭鋪皮布、三年ガ間、住所ヲ思遣、妻子ヲ恋ト思ヒテ有シカバ、我子ノ大臣殿コソ、一々、次第ニ申止テマシ〳〵シ。

「我子ノ大臣」、つまり実朝が大番役を「申止」た（停止させた）とあるが、そういった事実も確認できない。この時期の大番役について、五味氏は「勤仕期日及び期間については未だ明確には定められていなかつたと思われる」[8]とする。実際、鎌倉初期までの大番役がどれほどの勤仕期間であったのかは判然としない。勤仕期間が確認できる最も古い史料は、建保三年（一二一五）の関東御教書案[9]で、それによれば三箇月半である。鎌倉期以前に遡るものではないが、三箇月という勤仕期間が、宝治元年以降に限定されるわけではないことが分かる。つまり後藤氏の指摘通り、三箇月の大番役勤仕が「昔より」の「習ひ」であった可能性が高まるのである。

以降の大番役については、関連する社会情勢とともに把握することが『石清水』の成立を論じる上で有用であると思われるため、やや詳しく確認しておきたい。

木村英一氏は、鎌倉幕府は建久年間に大番役を御家人役化し、御家人制を固めたが、制度自体の整備は進まず、その後幕府は承久の乱の勝利を契機として、京都大番役の実施・運営に関する主導権を掌握したとする。[10] 大番役の勤仕期間に関しては、文暦元年（一二三四）[11] ごろに、「為京都大番、始自明年、以六箇月定一巡、被結十二番畢、早為一番、自明年正月至六月、可被在京状、依仰執達如件」という追加法が出される。七海雅人氏は、これを以て、一二三〇年代には十二番の編成が行われ、一巡六箇月の勤務体制がしかれた可能性があるとする。[12]

その後、北条経時が執権職を弟の北条時頼に譲り、寛元四年（一二四六）閏四月に亡くなったことを引き金に、得宗家と反得宗派の争いが表面化し、結果として得宗家が勝利した（宮騒動）。反得宗派の名越光時は配流、前将軍九条頼経は七月に鎌倉追放となり、関東申次も頼経の父九条道家から西園寺実氏に変更された。『葉黄記』同年十月十三日条には、北条泰時が始めさせた武士による洛中守護（篝屋）が、これらの騒動のため停止されるかという記事[13]が見られる。また同年の『民経記』十二月暦記八日裏書では、関東の騒動の後、篝屋が廃れたことに触れ、「関東武士於今者大番上洛之條、可停止此、以畿内輩、内裏・仙洞許如形可勤番役云々」と、翌年より京都大番役が停止されるのではないかという噂を伝える。京都の治安を悪化させるなどの影響を及ぼしたこの関東の緊張は、以後も高まり続け、翌年（宝治元年）六月の宝治合戦を引き起こした。これによって頼経に近侍していた三浦光村ら三浦氏が滅び、北条時頼の政権は一応の安定を得た。

おそらくこの事情を受け、大番役についても再整備が進められたのであろう。『吾妻鏡』によると、この年の十二月に「又京都大番勤仕事結番之。各面面限三箇月。可令致在洛警巡之旨[14]」として、有力御家人を番頭とする二十三番の編成で、三箇月勤仕する体制が施行されている。しかし、その後文応元年（一二六〇）の北条時茂挙状[15]では、

上総国御家人深堀太郎跡大番役六箇月〈自正月□□至六月晦日〉五郎左衛門尉行光、於新院御所西面土門、

寄合下総七郎、令勤仕候畢、以此旨、可有御披露候、恐惶謹言

とある。勤仕先が内裏でなく院御所であることを考慮に入れるべきではあるが、勤仕期間は六箇月である。このように、大番役の勤仕期間に関してははっきりしないところが多く、記録される限りではその勤仕期間は概ね三箇月もしくは六箇月であるが、それが常に揺れ動いていた可能性を指摘できる。

ただし、大番役の勤仕期間が三箇月であると改めて意識されるようになったのは、宮騒動・宝治合戦という鎌倉幕府の混乱を経た宝治元年以降であるということは言えよう。つまり、『石清水』の成立はやはり宝治元年以降かと推測されるのである。

成立年代に関しては、他に第一章で検討した維盛・西行の物語との関わりや武士の善光寺信仰、当時の愛染明王信仰[16]も注目に値するが、本章では以下、『石清水』の登場人物の系譜に注目して検討し、その成立年代と文化圏について改めて考えたい。

二、『石清水物語』の系譜と史実

二―一、『石清水物語』の登場人物の系譜

『石清水』の登場人物及びその系譜は、物語自体がそうであるのと同様に、ジャンルも成立年代もさまざまな作品をないまぜに摂取している。一例として、中心人物の一人秋の大将に降嫁する女二宮の系譜を示す（以下、表現が一致する箇所に傍線、表現は一致しないものの内容が重なる箇所に破線を付した）。

麗景殿の女御と聞こえし御腹の女二宮を、上はいとどかなしき者にし奉らせ給ひけるが、御母方などもかす

かに、はかばかしき御後見などもなくて、後ろめたかるべきを、この人々にや言ひつけましと…。
（上巻二一頁）

続いて、『源氏』宿木巻の一部を示す。

そのころ、藤壺と聞こゆるは、故左大臣殿の女御になむおはしける。…心ざまもいとよく大人びたまひて、母女御よりも今少しづしやかにおもりかなるところはまさり給へるを、うしろやすくは見奉らせ給へど、まことには、御母方とても、後見と頼ませたまふべき伯父などやうのはかばかしき人もなし。
（宿木）

宿木巻における藤壺女御は、もともと「左大臣殿三の君参りたまひぬ。麗景殿と聞こゆる」（梅枝）とされる人物であった。つまり、『石清水』の女二宮の系譜は、『源氏』の女二宮のそれをそっくり流用しており、かつ秋の大将が女二宮を北方として迎えることも、『源氏』で女二宮が薫に降嫁することに基づいている。その他、些末な登場人物に至るまで、『源氏』の系譜・設定を借りている例は多い(17)。

次に、『石清水』の姫君の母、宰相君の系譜をたどる。

北の方は先帝の四の宮になんおはすれば、いとやんごとなき御身なれど、いといたうもの怨じをし給ふ。御心さがなくぞおはしける。宰相の君とて、兵衛督にて失せにしが娘、心ざまなどゆゑありて、見る目もなべてにてはあらざりけるを、御覧じはなたずやありけん、ただならずなりにけるを、この女宮、いとど心づきなきことに思して、さまざまはしたなめ、堪へ忍ぶべくもあらぬに思ひわづらひて、むつましく行か交ふ所などもなく、親たちもうちつづき失せにしかば、むげによるべなき人にて、西の京といふ所に、乳母なる者の家に行き隠れにけれど、殿の御心ざし深きことなれば、あはれにのみ思されて、心苦しきことさへ御覧じ知りにければ、そこにも訪れ、忍びて渡りなどし給けるを、やすからぬことに宣ひて、かの西の京をも、お

2　『石清水』宰相君略系図

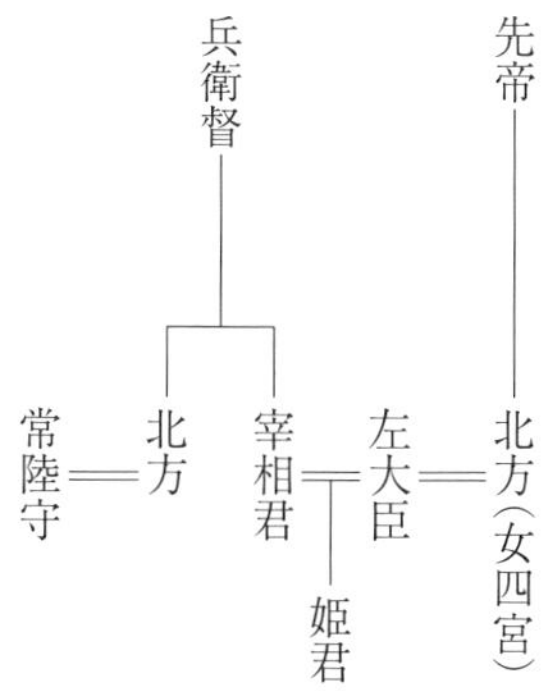

どろおどろしくいましめられければ、すべき方なく悲しきままに、明け暮れは音をのみ泣きて過ぐるほどに、姉なる人、常陸守が妻にてなんありけるが、…。

（上巻八－九頁）

宰相君は、女房としての出仕先で左大臣に愛されるが、北方の嫉妬といやがらせによって西の京の乳母の家に隠れる。これは、三角氏が指摘するように[18]、『源氏物語』の夕顔が、頭中将に愛されるも、その北方の嫌がらせによって西の京の乳母の家に隠れていた、という境遇をもとにして描かれている。しかし、宰相君が男君の家に仕える女房であること[19]や、父の官職が兵衛督であったことは、夕顔の境遇とは異なる。寧ろこれらは、『栄花物語』に描かれる、頼通に仕えていた女房対君の境遇と一致する（以下、便宜上人物に番号を振り、系図3と対応させた）。

3　対君略系図

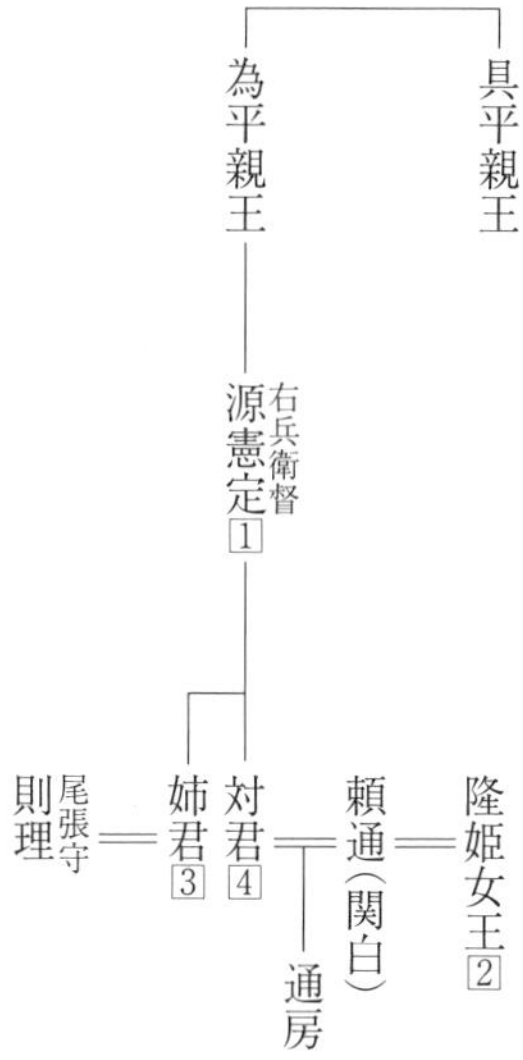

故式部卿宮の御子の右衛門督[20][1]は、関白殿のうへの御おちに子にこそはおはしけめ、…はゝもうせ給ければ、ちゝ君はとしころとかくしありき給て、それもうせ給にしかは、…関白殿のうへ[2]、しらぬ人かはとて、むかへさせ給て、とのゝ御まかなひ、御くしまいりなとにふたところなからさふらはせ給ほとに、あねきみ[3]は致仕の大納言の御子の則理をかたらひたりけるほと

に、おはりのかみになりにければ、おはりへいにけり、おとゝのきみ[4]はわさとなもつけさせ給はて、たゝすみ給まゝに、たいの君とそめしける、この君に殿おのつからむつましくならせ給にけり。御心さしのあるさまに、めさましき事ともありければ、うゐ、こと人よりはさやはなと、めさましけなる御けしきかたはらいたくて、やう〱さとかちになりゆけは、さるへきにやありけん、こと〱はうゐの御けしきにしたかひきこえさせ給に、この事はかりはそれにさはらぬさまに、ともすれば御ありきのついてにもたちよりたまふ。ひるなともかきまきれおはしますほとに、たゝにもあらすなり給にけるを、世の人いとめてたきさいはひひとにいひ思けり。

（『栄花物語』巻二十四）

『石清水』の宰相君の父母は亡くなり、宰相君は左大臣に親しい女房として仕えていた。唯一の肉親である姉は、常陸守と結婚し常陸に居住しており、また亡父は兵衛督であった。同じく、父母を亡くした『栄花物語』の対君も、頼通に親しく仕えていた。対君の姉も、任国こそ異なるが、受領階級の尾張守（源則理）と結婚して地方へ去ってしまい、亡父源憲定も兵衛督であった。さらに『石清水』の女四宮と『栄花物語』の隆姫女王は、いずれも皇族で、嫉妬深いと描かれる北方である。加えて、『石清水』の左大臣が、出仕しなくなった宰相君を乳母の家まで訪ねていく点も、対君が里下がりしているところに頼通がわざわざ立ち寄ることと重なるのである。

　歴史的関心の高まりとともに、『栄花物語』は広く読まれ、しばしば作り物語の創作にも利用された[21]。『石清水』の作者が宰相君を造型するにあたって、『栄花物語』の対君の系譜・境遇をも参考にした可能性も十分考えられるであろう。

二―二、『石清水物語』の登場人物の系譜と史実

端役ともいえる人物の系譜・存在が『源氏物語』を利用していること、宰相君の系譜が『栄花物語』を参考にしている可能性を指摘した。これほどまで先行作品に凭れかかる『石清水』において、主要人物の系譜が既存の何かを参考にした可能性については一考するべきであろう。ある程度複雑な系譜を持つ『我身にたどる姫君』や『苔の衣』『風につれなき』などの作り物語も史実の系譜を基にしているのであり、それが「准拠」という手法を意識しているか否かにかかわらず、特に史実の系譜については注意を要する。

井真弓氏は『石清水』の伊予守の系譜が木曾義仲・源通親をモデルとしている可能性を指摘しているが、[22]私見とは些か意見を異にする。本章では、秋の大将の存在に注目したい。『石清水』は「姫君の父である左大臣（のち関白）家の家の物語という大枠に従って語り進められて[23]」おり、中でも姫君の兄、秋の大将を中心として物語の輪郭が形作られているからである。

この秋の大将は、侍従から中将、三位中将、中納言[24]と昇進し、権大納言を経て右大将を兼ねる。中でも彼が左大将ではなく右大将に任官している点は注意される。勿論『源氏物語』の夕霧や薫も右大将に任官するのであり、秋の大将の官職が特に薫の影響を受けている可能性については言うまでもない。しかし、姫君の兄であり、将来的に摂関の職に就くことが期待される秋の大将が、常に官位で先を越される春の大将という競争相手を設定してまで、あえて右大将という職に就くのは、この時代の好尚かもしれない[25]が気にかかるところである。

ここで、関白家三男の春の大将も、秋の大将と同時期に左大将に任官することに注目したい。秋の大将・春の大将の昇進の道筋は、権大納言に昇進し、そののち一定の期間を経て大将に任ぜられている[26]という点で、中納言にして右大将を兼ねる夕霧、権大納言と同時に右大将を兼ねる薫と異なる。もっとも、権大納言を経て一定期間の後大将を兼ねるという昇進の道筋自体は、一条朝以前から存在し、道長、頼通、通房、また『夜の寝覚』の男君等、史実・物語を問わずその名を挙げられる。

しかし、権大納言を経て一定期間ののち大将を兼ねた人物のうち、右大将に任官した人物は、長久五年（一〇四四）に夭折した藤原通房の後は、鷹司兼平までおよそ二百年間存在しない。そもそも、摂関家の人物の右大将任官は、治承三年（一一七九）の九条良通を最後に、嘉禎四年（一二三八）の鷹司兼平まで六十年の期間が空いており、(27)その後も文永六年（一二六九）の二条師忠に至るまで、摂関家出身の右大将は約三十年不在であった。平安末期以降文永年間に至るまで、摂関家出身で大将に任官した人物は、この三人を除いて皆右大将に就くことなく左大将に就いているのである。

つまり、平安末期から鎌倉時代中期にかけて、摂関家の嫡男的存在は、普通左大将に就任すると言え、実際兼平と師忠は、左大将にそれぞれ摂関家の一条実経、一条家経が就いていたため、右大将への任官となったと考えられる。そして史実に鑑みれば、摂関家の同世代の貴公子二人が、権大納言時にそれぞれ左右大将に初めて任官し、かつその期間が重なるのは、『石清水』成立の下限である文永八年まででは、嘉禎四年（一二三八）二月に左大将に任官する一条実経と、同年十一月に右大将に任官する鷹司兼平のみなのである。その一条実経と鷹司兼平は、大将に至るその昇進の道筋も、春の大将と秋の大将に似ている。(28)

『石清水』の秋の大将のように、他の摂関家の子息が権大納言兼左大将に就いているため、権大納言を経て右大将を兼ねるといえば、嘉禎四年以降まず兼平が思い浮かんだであろう。

それだけでなく、実は『石清水』の系図そのものが、この時期の摂関家の系譜と非常によく似ているのである。以下『石清水』の登場人物たちの系譜をたどる。

このころの左大臣と聞こゆるは、関白殿の御弟にこそおはすれ。御身の才なども賢く、何ごとも、兄の殿にはたちまさり給へれば、帝もいみじく重きものに思ひ聞こえ給へり。北の方は先帝の四の宮になんおはすれば、いとやんごとなき御身なれど、いといたうもの怨じをし給ふ。…女宮の御腹には、男にて二人なんものし給ひける。

（上巻八頁）

関白を兄に持つ左大臣は、先帝の女四宮を北方に持ち、その間には男子が二人誕生する。そのうち弟が秋の大将である。ついで、関白家の系譜を示す。

御兄の関白殿は姫君二人、男三人持ち奉り給ひければ、いとあらまほしく、大君は当帝の后にて、春宮の御母にものし給ふ。太郎君大将にて、右大臣殿の御婿にておはす。その次衛門督、その次は姫君、御かたちなど名高く、殊にかしづき聞こえ給へり。童にておはする君ぞ、中にかなしくし奉り給へりける。

（上巻一〇－一一頁）

関白の子は娘二人に息子三人である。長女は帝の中宮であり、春宮の生母である。その次に生まれた長男は、右大臣の娘と結婚している。のち春宮が即位したときには、「大殿の御大郎、左大臣の女御、后に立ち給ふ」とあることから、この二人の間に生まれた娘が入内し、中宮となることがわかる。以降生まれた順に次男衛門督、次女中君、末子の三男が秋の大将の競争相手となる春の大将である。このうち、中君の結婚相手は以下のように取り沙汰される。

中の姫君はいと盛りに調ひて、あたらしき御さまなるを、ただ今は中宮すきまなくて候ひ給ふに、妹にてきしろひ給ふべき御ことにもあらず、春宮はいまだ幼くおはしませば、くちをしくて、ただ人にておはせんは本意なかるべけれど、今の世には左大臣の太郎君、中将ならではたれかあらむと思しめぐらして、御気色取り給へば、「いとよきこと」と、たれもたれも思して、請け引き聞こえ給ふ。

（上巻一三頁）

4　『石清水』関白家・左大臣家略系図

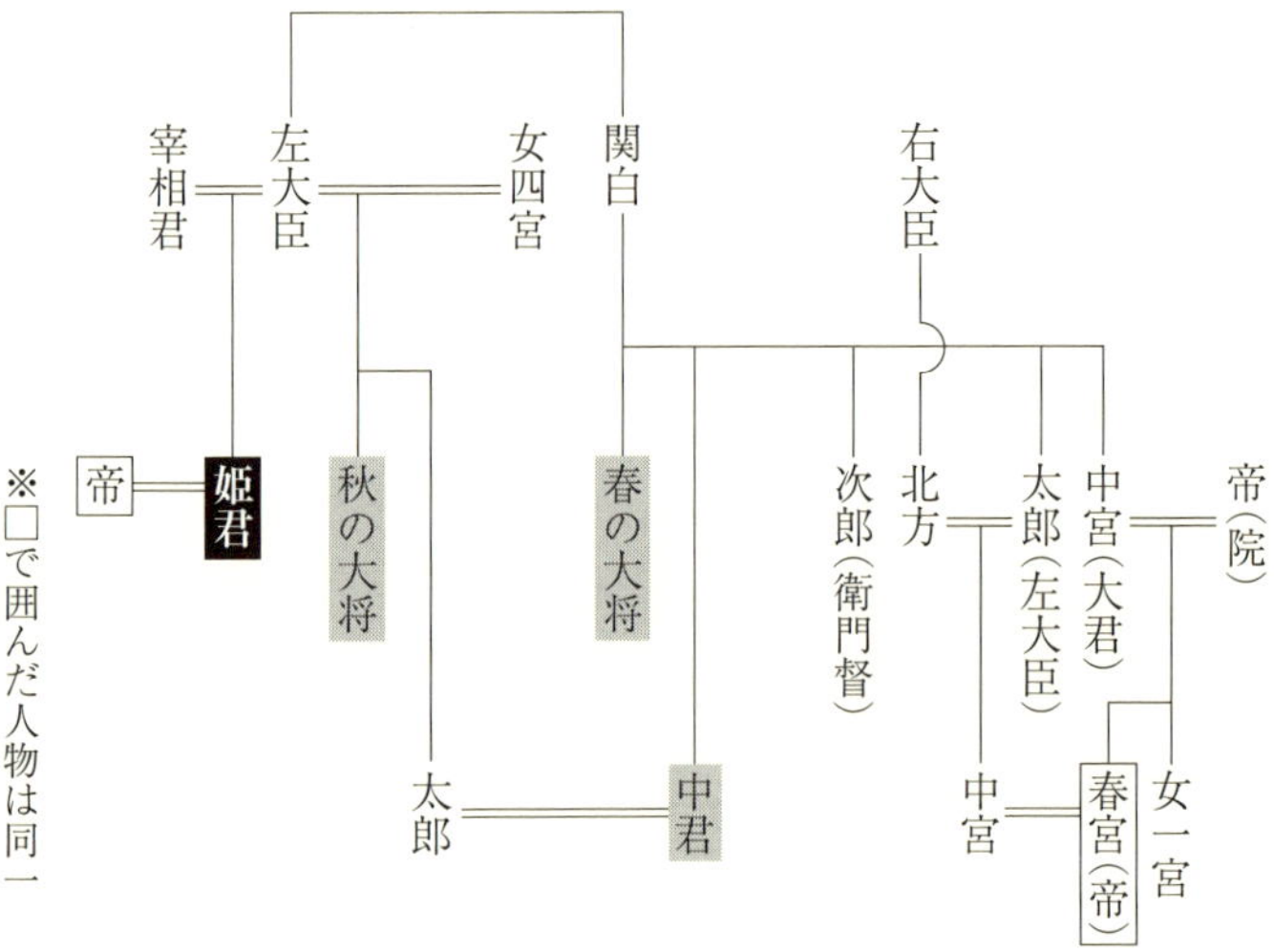

5　九条家・近衛家略系図

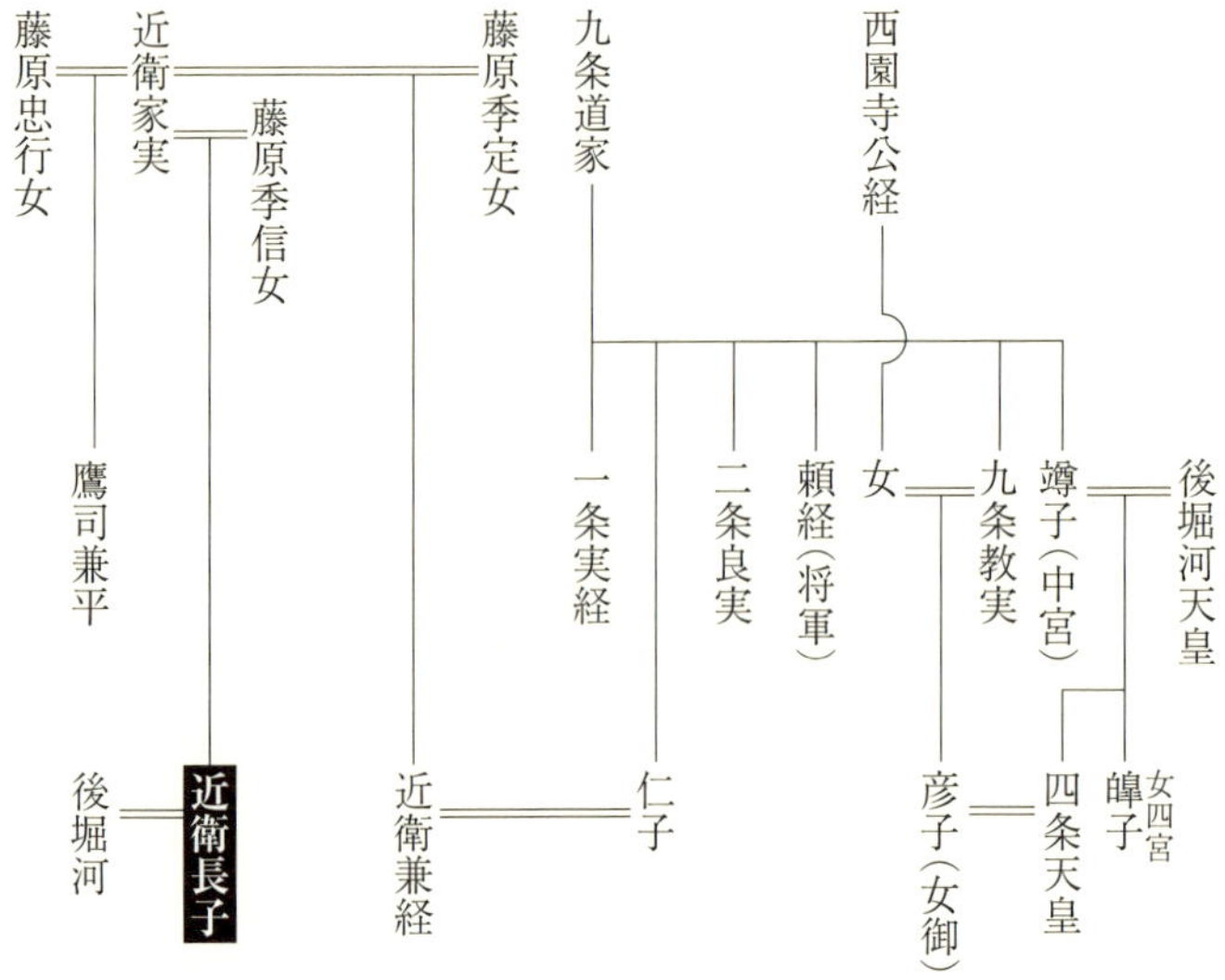

春宮はこの時点ではまだ幼く、結婚相手として、左大臣の長男すなわち秋の大将の兄が選ばれる。以上が『石清水』の主な系譜である（系図4参照）。

比較対象として四条朝（一二三二―四二）当時の史実の系図を示す（系図5参照）。若くして亡くなった人物[29]、僧籍に入った人物は省略する。

　後堀河天皇の中宮は九条道家の長女竴子であり、後堀河との間に四条天皇、女四宮暐子を生む。道家の嫡男九条教実は西園寺公経の娘と結婚し、その間に誕生した彦子は仁治二年（一二四一）四条天皇に入内する。道家の次男は二条良実であり、その下の次女仁子は近衛家との融和を図った道家の意向によって、嘉禎三年（一二三七）近衛兼経と結婚した。四男は一条実経で、彼は先に述べたように、鷹司兼平と左右大将の座を分け合っていた人物である。並べて比較すれば、『石清水』と史実の系譜が非常に似通っていることが見て取れる。『石清水』の関白は九条道家、中宮は九条竴子、中宮が入内した帝は後堀河天皇、その子春宮は四条天皇にそれぞれ対応する。『石清水』の関白の長男は九条教実、春の大将は一条実経に、『石清水』の関白の中君は九条仁子、その夫で左大臣の長男は近衛兼経に対応する。『石清水』の左大臣は近衛家実、秋の大将は鷹司兼平、姫君は近衛長子に対応する。

　しかも『石清水』の左大臣家の兄弟の年齢差は以下のように示される。

　　兄君は二位の中将にて、…弟の君は遙かに隔たりて、心もとなきほどに出で来給ひにければ、いまだむげにいはけなきほどにて、…。（上巻一〇頁）

かつ、秋の大将が中納言の時点で、兄の長男がすでに元服し少将となっていることが知られるのであり、ここからも秋の大将とその兄の年齢差は「遥かに隔た」った、親子に近いものであったと推測される。史実においても、近衛兼経、鷹司兼平兄弟の年齢差は十八歳であり、年の離れた弟兼平は兼経の猶子であった。

　このように、秋の大将を基点として見るとき、『石清水』の系譜と史実の系譜はよく似ていると言えよう。ただし、大きく異なる点もある。『石清水』の関白と左大臣が兄弟であるのに対して、現実の摂関家は当時既に近衛家と九条家に分裂していた点である。しかし、関白家・左大臣家をそれぞれ独立した家として見たとき、家の系譜として類似するものは他にない。さらに、この類似を補強する共通項として、先述した大将の任官事情に加え、摂関家の後宮政策の動向や、新帝即位の翌年に東国で乱が起こる点を挙げられよう。

『石清水』の左大臣家では、女子のないことが以下の通り繰り返し嘆かれる。

・姫君のおはせぬことを、いとさうざうしきことに思して、唐土よりかしこき相人、よく知りたるが渡りけるに勘へさせられければ、…。（上巻一〇頁）

・女君たちの、かく思ふやうにおはするを見給ふにも、左の大殿はうらやましく、…。（上巻二三頁）

・人の身に、女子のあるなん面立たしく、高き家ともなるものにてあなるを、ここにはそのこと欠けて、くちをしき心地する。女御、后と、出で入り響きをなすに、御身親しき有職にて、なべての際ならで出で入りたるこそ、男子の身に光にてあるを、かつは主たちのためにも、むげにさうざうしかりつるに、…。（上巻五五頁）

現実の後堀河・四条朝における近衛家も、後宮政策に苦しんでいた。九条家では、道家が四条天皇の外祖父となり(30)、その孫の彦子も四条天皇に入内する。一方、近衛家実には、確認できる限りでは女子は二人しか生まれなかった。一人は、生まれたことはわかるがその後の消息が不明で(31)、幼くして亡くなったと考えられる女子、もう一人は後堀河に入内するも寵愛を得られず、九条竴子が入内したことを受けてわずか四年で後宮を退出した長子である。長子の異母兄近衛兼経と九条仁子との間には、嘉禎三年（一二三七）、延応元年（一二三九）、仁治二年（一二四一）と相次いで女子が誕生するものの、四条天皇に入内できるような年齢ではない。兼平にもまだ子はいなかった。したがってこの頃、近衛家は摂関家の対抗勢力である九条家に後宮政策において対抗できず、非常に焦っていたと考えられる。

また『石清水』では、新帝が即位した翌年に関東で戦乱が起こるが、現実においても、後深草が即位した翌年に鎌倉で宝治合戦が起こっている。

先述した通り、宝治合戦の前年の関東の騒動によって、京都は既に政治においても治安においても影響を受けていた。その京都で宝治合戦の行方が注目されていたことは、『五代帝王物語』の記述からも窺われる。

鎌倉に、三浦若狭前司泰村・舎弟能登守光村、謀反のことありて、宝治元年六月五日合戦あり。其間事、委く書尽しがたし。…鎌倉は別の事なく静まりぬ。「もし泰村本意を遂たらば、都もいかゞあらむずらん」と申あひたりしかば、御祈ども有しに、誅せられにしかば、聖運もいとゞ目出かりき。

新帝即位の翌年に起こった関東の乱という印象的な出来事に、『石清水』作者が刺激を受け、その記憶が物語に反映された可能性もあるのではなかろうか。

一つひとつの例は憶測に過ぎないが、系譜のみならず当時の社会情勢とも、『石清水』のそれはさまざまに重なるのである。ただし、物語の内部からだけ見ると、『石清水物語』の姫君の母の系譜が、『栄花物語』の頼通に仕えていた女房対の君の境遇と一致する必要はないし、主人公ではない秋の大将・春の大将の系譜が、鷹司兼平・一条実経をなぞらねばならぬ理由もない。『源氏』の「準拠」が、物語を支える重要な要素として史実を基にしたのとは異なり、『石清水』が史実をモデルとしているのだとしても、そこに物語上の必然性は見出しがたく、何らの効果を意図していないように見受けられる。

とはいえ、『石清水』と史実とのこれほどの類似が単なる偶然とは思われない。『石清水』が、取るに足らない人物の事績、系譜においてさえ先行作品をいちいち利用していることと併せて考えると、作者に一から系譜を作成する能力がなかった可能性も含め、当時の摂関家の系譜や状況を、『石清水』が取り込んだ可能性は高いのではなかろうか。

また、これまで『石清水』との共通点として挙げたのが、いずれも宝治元年（一二四七）付近の史実であることは注目に値しよう。『石清水』の成立を考えるうえで、やはり宝治元年はひとつの目安となる時期であろうと思われる。

三、近衛長子と『石清水物語』

三―一、近衛長子と『石清水物語』の姫君

『石清水』が史実を取り込んでいるとしても、『源氏』とはそのあり方が異なる。『源氏』は物語の方法としてある時代の史実を選択し、その時代を下敷きにしている。しかし『石清水』は、作中の時代設定などを取り込んだ史実に拠っているわけではなさそうである。それにもかかわらず特に『石清水』成立直前の史実と重なる点が多い理由として考えられるのは、作者が便宜的に身近な例を参考にしただけである可能性である。そこから『石清水』の作者を絞り込めるのではないだろうか。

つまり、作者は宝治元年ごろの摂関家の系譜、社会情勢を目の当たりにした人物であろう。かつ『石清水』が中心的に描くのが、姫君や秋の大将ら左大臣家の人々とそこに奉仕する伊予守であることからすると、左大臣家に相当する人物の周辺、中でも姫君に相当する人物の周辺に作者を求めるのが最も自然であろう。

『石清水』の姫君に、史実の系譜上で相当するのは近衛長子である。実際、兄弟や親戚の系図は先述した通りよく似ており、姫君が義理の母に養育され同居する点は、長子が准母宣陽門院と同居していた史実と重なるなど、彼女を取り巻く状況も『石清水』と類似するところがあるのである。

さらに長子の周辺が制作に関わっていたのではないかと推測される理由は、長子の出家事情にある。長子の出家の背景には、異母兄近衛兼経、宣陽門院、後嵯峨院らの所領及び政権をめぐる思惑・事情が絡み合っていた。以下、本論から著しく脱線するが、『石清水』の制作の背景を考えるのに必要であるため、長子の出家事情を考証する。その出家の一因としては、近衛家と宣陽門院の関係が深く[32]、後堀河に入内する以前から長子が宣陽門院の猶子だったこと[33]、及び宣陽門院の所領長講堂領への公家の関心を指摘できよう。

宣陽門院は後白河院の皇女で、建長四年（一二五二）に亡くなるまで、広大かつ「後白河の菩提を弔う長講堂八講を支え[34]」る長講堂領を相続していた。九条道家の日記『玉蘂』の嘉禎三年（一二三七）七月十七日条には以下の記述がある。

是日宣陽門院、鷹司院入内、是被准母儀也、故院御存日、主上可為御猶子義之由被申、宣陽門院被申領状、但遺跡事由付鷹司院了、以彼女院可被准母儀云々、仍鷹司院入内之次、宣陽門院密々所相伴給也。

後堀河が存命のころ、おそらくは宣陽門院の所領を目的として、四条天皇を宣陽門院の猶子にするよう要望があった。しかし宣陽門院は、所領は長子に譲ると決めていたため、長子を准母に推した。それにより長子が四条天皇の准母として入内し、宣陽門院が付き添ったと記される。宣陽門院と長子の関わりが密接であったことと併せ[35]、後白河の菩提を弔う行事を継承し、「自らの皇統の正当性を示す[36]」ために長講堂領を伝領することへの、後堀河の関心が高かったことがうかがえる。

さて長子の出家が初めて話題に上るのは、近衛兼経の『岡屋関白記』寛元四年（一二四六）正月十四日条である。正月十日条には「午刻許参六条殿、詣両院御方、明日行幸間事被仰合之」とあり、「六条殿」の宣陽門院・鷹司院（長子）を訪れた兼経は、翌日の後嵯峨天皇行幸のことを申し合わせている。翌十一日、後嵯峨天皇が六条殿に行幸し、宣陽門院に面会する。(37) なお後嵯峨の後深草への譲位は、この前年幕府にも諮って決定されており、(38) この行幸は同月二十九日に譲位する直前の行動であった。その三日後の十四日、宣陽門院から兼経へ使いがあった。

自宣陽門院以小宰相有被仰事、鷹司院今来月間可有落飾之由也、松月上人有夢想云々、此外又有其故之由加愚推也、主上密被仰下之間、余密々致沙汰参内之由、近日有風聞、此事無益事之由被思食歟。

その内容は、長子が今月・来月にも「落飾」するだろう、松月上人が夢想を得たことによる、というものである。しかし兼経は、理由はそれ以外にあると推測している。つまり、後嵯峨が「密」に命じ、兼経が「密々」に長子を参内させる沙汰をしているという風聞が近日有り、それを宣陽門院が「無益事」とお思いになったのだろうか、というのである。兼経は、後嵯峨が六条殿行幸に際し宣陽門院に何かを要求した、具体的には長子の参内を求めたと考えているのであろう。翌十五日、兼経のもとに、後嵯峨の乳母二品源親子と、宰相典侍平棟子（後嵯峨の寵愛を受け宗尊親王を産んだ）が訪ねてくる。

深更二品相具宰相典侍密々入来、有被仰合事等、鷹司院御出家、相構可申止之由也、其間子細千万不能委記、(39)……。

二人の訪問は、長子の出家を止めるように、という後嵯峨の意を伝え、相談するものであった。しかし、説得空しく四月二十日に長子は出家してしまう。

入夜参六条殿、鷹司院可有落餝事也、廿九、自宣陽門院被勧申歟、有子細云々、松月上人夢想ニ、無御出家者、可為重御悩之由見之間、去正月之比申之、又令密参院給〈彼風聞時御在位〉、有世間、此条付惣別宣陽門院被痛思食歟、此趣尤可然、取別御心中ニハ、令恐憚太政大臣給事、過千万事、其故ハ為天下権臣之上、当時一向被馮思食之人也、御戒師良恵僧正、…。

『岡屋関白記』寛元四年（一二四六）四月二十日条によれば、後嵯峨在位中、密かに後嵯峨に長子を参らせようとするという風聞があった。長子の出家は、それを宣陽門院が「被痛思食」たためか。宣陽門院はとりわけ太政大臣西園寺実氏を「恐憚」なさっているのだから、この事情の方がいかにも適当であろう、とある。兼経は「世聞」を否定せず長子の出家とその原因について再び記しており、この件への関心が窺える。布谷陽子氏[40]は、この後嵯峨の行幸の目的を以下のように推論する。

寛元四年当時の親子は、重要案件の取次役として後嵯峨の意志を奉じる女房奉書を出すなどその政治的影響力は増大で、後宮内を取り仕切る立場の人物であったことが知られる。…一方平棟子は宗尊親王の生母であり、「今上寵愛逐日々新」と言われた人物である。この両人が兼経を訪れ、鷹司院の出家を止めるよう伝えたのは、後嵯峨・親子・棟子の三者に、宗尊親王を鷹司院の猶子にするという目的があったからではないだろうか。

そしてその推論の根拠として、宗尊親王が宝治元年、二年と相次いで式乾門院、室町院との猶子関係を結んでいること、菊池大樹氏が、その事情を解釈し、宗尊親王に対して「後高倉王統の後嵯峨王統への収斂の結節点としての役割を期待する後嵯峨の意図を汲み取ることは充分可能[41]」とすることを挙げ、

鷹司院出家をめぐる一件を、この後の女院達との猶子関係を結ぶ前提と見るならば、後嵯峨は宗尊親王を、

後高倉皇統よりもまずは後白河皇統の後嵯峨皇統への結節点と考えていたと推定できるのではないだろうか。とする。

後嵯峨の行幸の目的は、宗尊親王を鷹司院長子の猶子にし、宗尊親王を通じて後白河皇統を接収することにあるとするこの説に関してはしかし、いくつかの不審点がある。まず猶子についてである。宗尊親王が式乾門院の猶子となるときは、以下のように記録される。

今夜若宮入御式乾門院、依御猶子儀也、右小弁奉…於女院有御贈物。(42)

また、室町院の猶子となるときは、『百錬抄』宝治二年二月十六日条に以下のように記述される。

上皇若宮令入室町院給、父子御約契云々、…

いずれの場合も、宗尊親王が女院を訪れている。昇子内親王、諱子内親王らも女院の猶子になるときは、自ら女院を訪れている。(43)また、順徳天皇が春宮のころ、殷富門院の猶子となるときも、自身で殷富門院の御所を訪れている。(44)天皇を猶子にするのでなければ、女院・院の猶子となるときには、春宮であっても自ら女院方を訪れる慣例があることが見て取れる。

対して、長子に関しては後嵯峨への「参内」が取り沙汰されているのであるから、この「風聞」は、長子と宗尊親王及び後深草との猶子関係云々の話ではないだろうと考えられる。

また親子・棟子らは、確かに「禁裏権女」(45)「今上寵愛逐日々新」(46)な人であったが、それだけで、春宮である後深草よりも宗尊親王を優先して動いたとは決めつけられない。後嵯峨院が忍び歩きをするとき、最低限の御供として車に同乗するなど、(47)彼女らは後嵯峨にとってまず第一に、気安く心を許せる側近であったと思われる。だからこそ彼女らを通しての伝言は、他を憚るような後嵯峨の意をも伝え得たであろう。したがって、まずは後嵯峨の意図をこそ考える必要があるだろう。

ここで考慮に入れる必要があるのは、後嵯峨の即位経緯である。後嵯峨は、仁治三年（一二四二）四条天皇が十二歳という若さで急死したために、正統な後継と目される順徳の皇統を除外したいという鎌倉幕府の思惑によって即位した。それまで後嵯峨の後見は土御門定通・中院通方らのみであり、皇統が後高倉院の子後堀河、その子四条へと移りゆく中で、二十歳を過ぎても元服もままならなかった。

四条の急死を受け、京では順徳の皇子忠成王の擁立が図られ、それを支持する貴族が大半であった。そのため、鎌倉幕府の決定は衝撃的であり、貴族たちの不満が噴出した。『平戸記』仁治三年正月十九日条には、「両所共以不請之気炳焉云々」とあり、九条道家は勿論、関東申次となるなど幕府と結びつきが深く、権勢を誇った西園寺公経もこの決定に満足していないことが明らかだと記される。また帝位が鎌倉幕府の意向抜きで決定できないことへの嘆きは、『民経記』仁治三年正月十一日条に見られる。

> 土御門・佐渡両院皇子当其撰給歟、帝位事猶東夷計也、末代事可悲者歟、彼使不帰来ハ空位可及累日歟、希代事也、可驚〳〵、

『古今著聞集』には、いかに後嵯峨の即位が想定外のことであったかが、分かりやすく語られている。

> さだめて佐渡院の宮たちぞ践祚あらんずらんとて、きゝわきたる事はなけれども、時の卿相雲客、四辻の修明門院へまいりつどふといへども、天照太神の御はからひにや侍けん、同十九日、関東より城介義景早打にのぼりて、ひそかに承明門院へまいりて、御位は阿波院の宮とさだめ申侍也。「公家にはいかゞ御はからいも侍らん」と申て、やがて法性寺殿、一条大相国へも申入てくだりぬ。京中の上下あはてさはぎて、いまさらに土御門女院へ、我も〳〵とまいりつどふ。或人、御直衣をとりあへずまいらせたりければ、「この直衣

は、ことのほかにちいさし、こと人のれうにやあらん」とぞ仰られける。「佐渡院の宮へまいらせん料にてこそありつらめとおぼしめししらせ給けるにや」と涙を、さへて、とかく申人なかりけり。

（『古今著聞集』巻八・好色「後嵯峨天皇某少将の妻を召す事幷びに鳴門中将の事」）

貴族たちは忠成王が践祚するだろうと予想し、順徳院の母修明門院のもとへ集まったが、後嵯峨に決まったとの報を受け、慌てて土御門女院すなわち後嵯峨の祖母である承明門院方に馳せ参じるさまが描かれる。(48)

このように、後嵯峨には摂関家の後見もなく、山田彩起子氏(49)が「後嵯峨の皇位継承の正当性は、甚だ薄弱」であり、「まとまった所領を持たなかった」と指摘する通り、寛元四年（一二四六）当時後嵯峨の地位・皇統はいまだ確立していなかった。

本郷和人氏(50)は、順徳の皇子忠成王を支持し、後鳥羽・順徳の帰京を訴えた九条道家と、後嵯峨の両者は「根本的に相容れぬ存在」であったと指摘する。(51)これは、後嵯峨が譲位した寛元四年に宮騒動が起きたときにも、頼経の父九条道家が得宗を討ち「六条宮」を即位させようとしたという風説が流れる(52)ことからも窺えよう。このように後嵯峨の皇統には、正当性の根拠が薄く、いつ覆されてもおかしくないほど脆弱な側面があった。

これに関して後嵯峨は、譲位後まもない寛元四年三月に、後白河・後鳥羽・土御門三院の追善法要を行っており、(53)後白河—後鳥羽—順徳ではなく、後白河—後鳥羽—土御門から繋がる皇統を正当化しようという意識をそこに看取できる。また、先述したように、後白河の菩提を弔う長講堂八講は、皇統の正当性を主張する根拠として修されていく。一方後高倉院への追善法要等は、「公家御沙汰」でなくなるので(54)あり、長講堂領は後嵯峨にとって、後高倉院領よりも優先的に集積されるべきものであったと考えられる。そして、後嵯峨にとってその継承者は、宗尊親王ではなく、次の帝として己の皇統を伝える後深草であったと考えるべきであろう。いくら宗尊親王を寵愛していたとしても、[55]皇統の安定と天秤にかけたとき、寛元四年時点では、生母の位が低く即位の可能性のない宗尊親王に長講堂領を譲ることは考えにくい。布谷氏は「宣陽門院は皇位継承者にこそ長講堂領を譲与しようとする志向性を持って」いたとするが、後嵯峨こそこの志向性を持っていたと考えられよう。

山田彩起子氏の「後嵯峨の命令により鷹司院の兄兼経が彼女を後嵯峨の後宮入りさせるという噂が流れた」[56]という解釈に従えば、後嵯峨の六条殿行幸は、結局鷹司院（長子）を後宮入りさせることについて宣陽門院に許可を求めることを目的としていたのであろう。

そう解釈すると、長子の兄である兼経が後嵯峨の命に従う理由も、宣陽門院が大宮院（西園寺姞子）とその父西園寺実氏を恐れ憚る理由も納得される。亀山（大宮院が産んだ二人目の皇子）もまだ誕生していない当時、仮に後嵯峨と鷹司院との間に皇子が生まれれば、後宮の秩序を乱し、大宮院を脅かしかねないのである。

ちなみに後嵯峨院の好色は、『なよ竹物語』[57]にも伝えられている。また、『増鏡』には以下の記述がある。

弘安も四年になりぬ。夏比、後嵯峨院の姫宮、かくれさせ給ぬ。後堀川院の御女にて神仙門院ときこえし女院の御腹なれば、故院もいとおろかならずかしづき奉らせ給けり。（『増鏡』老のなみ）

他の記録類には記述がなく、これが事実だとすれば、後堀河の第二皇女神仙門院とは私通だったと考えられる。このようなことに鑑みれば、公的な入内ではないとしても、鷹司院を後宮入りさせようとする意図が後嵯峨にあったとして、不自然ではなかろう。[58]

以上、後堀河死後の長子に後嵯峨の後宮入りの噂があったという、長子の出家をめぐる事情について検証してきた。これまで延々考証を重ねてきたのは、長子が帝に色めいた関心を持たれる点（後宮に入ることを求められたであろう点）が、『石清水』の姫君とも重なることを述べるためである。『石清水』の姫君は、中務宮を装って迎えの車を寄越した帝によって盗み出されてしまう。

女君は、思ひの外なる身の契りのみ心憂く、思し乱れて、宮の御ことに言寄せて、かたちを変へてんと思しまうけたり。…「…御参りのむなしくなりにしことを、くちをしく思し召されしに、宮のかく頼みなくおはしますと聞かせ給ひて、『もしはかなくなり給ひなば、穢れにも籠もり、さまなども変へさせ給ひなん。さらぬ前にたばかれ』と、…」（下巻二二六頁）

姫君は自分の宿命の辛さに葛藤し、結婚相手の中務宮の死にかこつけて出家しようと考えていた。ところが姫君に以前から執心していた帝は、姫君が出家してしまうことを恐れ、一計を案じて先手を打ったのである。姫君の美貌を目にした帝は姫君を寵愛する。

夜昼ただ人のやうに、つと添ひおはしまして、慰めこしらへさせ給へど、聞き分く気色もなく、涙に沈み給へるを…すぐれたるとは聞き置かせ給ひしかど、かばかりとは思しかけざりしに、たとへん方なく、ためしなきまで思しめされて、これを見ざりつらん年月も、悔しきまでぞ思しめさるる。（下巻二三一頁）

事情は世間に知れ渡り、姫君は女御扱いされるに至る。

ましてほどなく世に広ごりて、宮の御方の人々も聞きてければ、思ひの外にあさましく、…君の行方なくなり給ひしほどの心地の悲しさに、藤壺の女御とすでにののしられ給ふを聞くは、いみじくうれしくて、疾く参りなんと、宰相は心もとなく思ふべし。（下巻二三二頁）

つまり『石清水』の帝と姫君の関係は、最初は正式な入内ではなく私通であった。

『石清水』の姫君と帝、長子と後嵯峨の関係のいずれも、女君が一度は皇族に嫁し（入内し）ている点が共通する。近衛天皇、二条天皇の二代の后となった藤原多子のような例もあるものの、一度結婚（入内）した摂関家の姫君が時の帝のもとに出仕した例は、文永年間に至るまで藤原登子のみである。つまり、長子の後宮入りの噂は、おそらく正式な入内をさせようという意図でなく、一度他の皇族と結婚（帝に入内）した女性に、時の帝が関心を持つという点で、他に見出しがたいほど『石清水』の姫君と帝の関係に符号するのである。

さらに言うと、後嵯峨は、後宮入りの風聞によって結果として長子を出家に追い込んだ人物である。結婚後の姫君に関心を示し強引に姫君を盗み出す『石清水』の帝も、姫君からすると「身の憂きより外のことなかりけり」（下巻二三二頁）という嘆きをもたらすいわば悪役であり、姫君の恋の相手としてはふさわしくないところが一致する。

これらのことからしても、『石清水』の作者を長子周辺に求めることは、あながち詮なきことではないと思われる。

三―二、近衛長子と『石清水物語』の制作と享受

近衛長子と『石清水』の姫君を取り巻く系譜、家・社会の状況には重なるところが多いことから、『石清水』の作者は長子周辺の人物ではないかと推測した。

しかし、長子の系譜と人生をたどると、『石清水』の姫君とは相反するところも見受けられる。

まず系譜に関しては、長子が後堀河に入内しているのに対し、『石清水』の姫君は、系譜上後堀河に相当する帝ではなく、その息子の帝に見初められている。ここに史実との大きな相違点が見られるため、長子について確認してみると、長子は嘉禄二年（一二二六）に九歳で後堀河天皇に入内、中宮となる。安貞三年（一二二九）に鷹司院の院号を蒙り、寛元四年（一二四六）に出家する。[59] 幼年での入内であり、後堀河の寵愛は受けなかった。

その事情が『五代帝王物語』に描かれる。

三条太政大臣公房ノ女…御中ヨカリケルヲ、関白〈猪隈殿〉ノ御女マイリ給ヘキニテアレハイテサセ玉フ。互ノ御心中云ツクスヘカラス。ヨソノ袂マテモ露ケクソ有ケル。…サテ関白ノ女、纔ニ九歳ニテ六月ニマイリ給テ、ヤカテ廿九日立后。ユ、シクテサフラヒ給程ニ、同二年十二月関白ヲト、メラレテ、前摂政〈道家光明峰寺殿〉成カヘリ給ニケレハ、中宮ノ御ヒカリモ隠レテ、又今ノ関白ノ御女マイリ玉ヘハ、中宮オリサセ給ヌ。ヨシナカリケル事哉ト上下思タリケリ。寛喜元年四月ニ院号アリテ鷹司院ト申。

長子が入内する以前、後堀河天皇の後宮では、三条公房女が寵愛を受けていた。長子の入内は、彼女を退出させてのものであり、後堀河と三条公房女の別れは「ヨソノ袂マテモ露ケクソ有ケル」と同情的に描かれる。『増鏡』は、長子の後堀河後宮での立場についていっそう直截に言及している。

いみじう時めき給しを、おしのけて、前の殿家実の御女、いまだ幼くをはする、まいり給にき。これはいたく御覚えもなくて、世中すさまじく思されながら、さすがに后だちはありつるを、…（『増鏡』藤衣）

三条公房女を「おしのけ」て入内した長子は、「いたく御覚もな」かったと描かれる。このように、長子は政治的事情に絡んで入内するも、後堀河天皇の寵愛を得られず、さらに父近衛家実が関白を辞任させられると、後宮からの退出を余儀なくされるなど、その後宮生活は近衛家の期待に応えるものではなかった。

その後も長子の半生は、自らの意志決定の関与する立錐の余地の見当たらないほど、政治情勢に翻弄され続けた。長子は寛元四年には後嵯峨に後宮入りを望まれたようであるが、父家実は仁治三年（一二四二）に亡くなっており、兄兼経は同年関白を辞していた。十分な後ろ盾のない中、おそらくは西園寺実氏の意向を忖度した宣陽門院によって、長子は出家させられている。実際の長子の半生は、苦難を乗り越え帝（夫）に愛され春宮を生み幸福に暮らすというような、典型的な物語の姫君のそれとはかけ離れている。それどころか、そもそも高貴な男性に愛されなかった点で、長子には物語の姫君たり得る資格がないのである。

したがって、『石清水』の姫君の系譜や人生に長子と重ならない点があるからといって、長子の周辺を作者でないと結論付けるのは妥当ではない。ここで長子と『石清水』の姫君の人生を比較し相反する点を挙げると、『石清水』の姫君の父は左大臣から関白に上り、兄の秋の大将の昇進も順調で、物語を通じて実家の後見に不安はない。伊予守に強引に契りを結ばされ、入内の予定が立ち消えになるという挫折を味わうが、最初の夫に愛される。最後には本来入内予定であった帝に盗み出されて寵愛され、第一皇子を出産する。腹違いの兄の秋の大将も関白に昇ったことが示唆される。姫君は本心はともかく、表面上は他人から羨まれるような幸福を得る。それだけでなく、姫君は身分以外申し分のない男君伊予守と恋をし、その思いに殉じて出家しようとする。姫君と伊予守の恋は現世では結ばれない悲恋で終わるが、二人は来世での恋の成就を誓い合う。

つまり『石清水』の姫君は、世間からの評価と、男性に愛されるという長子の人生に不足していた体験を補い描かれた人物であり、『石清水』の姫君は虚構世界の中で、長子の系譜や人生を参考にした上で、長子が得ることのできなかった幸福（男性に愛され、春宮を産むといった栄誉を得ること）をあえて与えられている可能性を考えるべきであろう。

ここで長子周辺の物語享受・制作環境について確認しておく。『岡屋関白記』建長二年（一二五〇）六月一日条によれば、長子出家後の宣陽門院周辺でも、『源氏物語』享受はおこなわれていた。

午刻許参六条殿、数刻伺候、自去四月廿一日、毎旬有源氏物語沙汰也、及夕退出、欲参内之処、雷雨不休、仍帰畢。

また、『光源氏物語本事』[60]に、「鷹司院按察局…女院御本とて宣陽門院より御相伝本」とある。宣陽門院所持の『源氏物語』は、伊行や法性寺藤原忠通の筆であるとされていることからも、かなり由緒正しい本であった。それが歌人鷹司院按察局に伝えられていたのは、鷹司院（長子）を間に挟んだ関係であろう。田渕句美子氏[61]は、『物語二百番歌合』奥書の「宣陽門院御本物語」など、「宣陽門院のような、富裕でしかも未婚の女院・内親王のもとには、多くの物語が集積されていた」とする。宣陽門院と長子の関係の深さからすると、それらが長子に相伝された可能性は高かろう。また宣陽門院に『物語二百番歌合』が献上された可能性も指摘[62]されており、長子には、歌人の鷹司院帥なども仕えていた。宣陽門院・鷹司院周辺の物語享受は盛んであり、ある程度の物語制作環境は整っていたと考えられる[63]。

前章で『石清水』の主題は姫君と伊予守の悲恋であり、読者はそれが『源氏』の光源氏と藤壺を踏まえていることを理解してはじめて物語を楽しむことができたであろうと論じた。宣陽門院・鷹司院周辺の物語享受の状況を窺うに、長子は『源氏物語』読者であったろうから、『石清水』がいかに『源氏』を摂取しているかを理解して『石清水』を楽しむことができたと考えられる。

長子周辺は『石清水』が制作される環境として相応しく、『石清水』は、『源氏』蛍巻に「何をか紛るることなきつれづれを慰めまし」とあるがごとく、長子の無聊を慰めるため、長子を下敷きにした姫君を描く恋愛小説として、長子周辺の女房の手によって制作されたのではないか[64]と思われるのである。さらに限定するならばそれは、長子の出家が過去のこととして受け入れられるようになって以降のことであろう。

『石清水』が長子周辺で成ったかどうかについては、もとより直接の徴証は挙げ得ない。ただし、『石清水』と史実の系譜や社会情勢、出来事の重なり具合を認めるとするならば、『石清水』はやはり宝治元年以降の成立であろうかと推測されるのである。

注

（1）三角洋一「『石清水物語』解題」（『中世王朝物語全集五　石清水物語』、笠間書院、二〇一六年）。

（2）子の誕生に際して『狭衣』の「雲居まで生ひのぼらなん種まきし人もたづねぬ峰の若松」（巻二）を基とする和歌が詠まれる例が挙げられる。以下に示す。

種まきし人も尋ねぬ姫小松生ひゆく末をたれか見るべき　（『石清水』上巻五九頁）

植ゑ置きし人はなくとも姫小松今は雲居に生ひ上らなん　（『苔の衣』秋巻一六五頁）

姫小松引く人なくと雲居まで生ひ上りなんことをしぞ思ふ　（『苔の衣』秋巻一六六頁）

種蒔きし人を忘るな雲居まで生ひ上るべき峰の若松　（『苔の衣』冬巻二二八頁）

種まきし我を忘るな姫小松思はぬほかに引き別るとも　（『いはでしのぶ』巻二）

また、結婚に際して「しをる」「女郎花」が詠まれる例も多い。これは、匂宮への六君の後朝の返歌「女郎花しをれぞまさる朝露のいかにおきけるなごりなるらん」（宿木）を踏まえていると思われる。

今朝はなほしをれぞまさる女郎花いかにおきける露の名残ぞ　（『石清水』上巻一〇一頁）

今朝のみやわきて時雨ん女郎花霜がれわたる野辺のならひを　（『石清水』上巻一〇一頁）

秋霧のいとど雲居を隔つれば野辺にしをるる女郎花かな　（『いはでしのぶ』巻五）

朝露にしほれ臥したる女郎花起きゐつる間はなほぞ恋しき　（『苔の衣』夏巻一〇八頁）

女郎花起きゐつる間の露けさにしほれ臥しつつ消えぬべきかな　（『苔の衣』夏巻一〇九頁）

（3）三角洋一前掲注（1）において、「同時代的な好尚の反映か、『海人の刈藻』『忍び音物語』『葎の宿』『言はで忍ぶ』などとも類同性や相似性が指摘されている」とある。

（4）建久九年（一一九八）に成立した上覚著の歌学書『和歌色葉』と考えられる。

（5）平出鏗二郎『近古小説解題』（大日本図書、一九〇九年）。

（6）後藤丹治「岩清水物語は果して宝治年間の作か」（『文学』第一巻第七号、一九三三年一〇月）。
（7）五味克夫「鎌倉御家人の番役勤仕について（一）」（『史学雑誌』第六三巻第九号、一九五四年九月）。
（8）五味克夫前掲注（7）。
（9）「明年内裏大番事、自五月至于七月上旬十五日」（『薩摩旧記雑録』二、建保三年（一二一五）十月四日、『鎌倉遺文』二一八二号）。
（10）木村英一「鎌倉幕府京都大番役の勤仕先について」（『待兼山論叢 史学篇』第三六号、二〇〇二年一二月）。
（11）嘉禎三年（一二三七）の誤りか。鎌倉追加法六十六条（『中世法制史料集 第一巻』、岩波書店、一九五五年）。
（12）七海雅人『鎌倉幕府御家人制の展開』（吉川弘文館、二〇〇一年）。史料の年次記載について問題があるため、可能性の提示にとどめるとする。
（13）「依故泰時朝臣之計、此八九年洛中要害所々、有守護武士、終夜挙篝火、万人高枕了、而皆停止云々、不知是非」。
（14）『吾妻鏡』宝治元年（一二四七）十二月二十九日条。
（15）「深掘家文書」文応元年（一二六〇）八月七日北条時茂挙状（『鎌倉遺文』八五四四号）。
（16）舩田淳一『神仏と儀礼の中世』（法藏館、二〇一一年）第九・十章参照。
（17）以下に具体例を示す。

斎院も降りさせ給ひにしかば、后腹の女三の宮ゐ給ひぬ。隙間なくなりぬる御さまどもを、くちをしと思ひ悩み給へど、何のかひかあらん。（上巻八七頁）

『石清水』において斎院が退下し、「后腹の女三宮」が次の斎院となった、という出来事は、『源氏』葵巻の以下の設定を借りている。

そのころ、斎院もおりゐたまひて、后腹の女三の宮ゐたまひぬ。帝、后、いとことに思ひきこえたまへる宮なれば、筋ことになりたまふをいと苦しうおぼしたれど、…（葵）

また『石清水』の以下の人物、出来事は『源氏』薄雲の設定を借りている。

『石清水物語』 ― 『源氏物語』

春の初めより、世の騒がしき年にて、さるべき人々もあまた失せ給ふ。高き卑しき、はかなき数のみまさりゆく。前斎宮も隠れさせ給ひぬ。入道式部卿の宮も失せ給ひなどして、人の心も静かならぬに、大殿もそこはかとなく悩み給へば、いと恐ろしく、…。

（上巻三八頁）

その日式部卿の親王亡せたまひぬるよし奏するに、いよいよ世の中の騒がしきことを嘆きおぼしたり。かかるころなれば、大臣は里にもえまかでたまはで、つとさぶらひたまふ。

（薄雲）

(18) 三角洋一「王朝物語の行方─実例『石清水物語』」（「国文学」第三六巻一〇号、一九九一年九月、のち『物語の変貌』若草書房、一九九六年）。

(19) 宰相君の姉の発言に、「かく殿のうちをさへあくがれて」とあることから、宰相君が左大臣家に仕えていたことがわかる。

(20) 右兵衛督の誤り。学習院本（国文学研究資料館蔵マイクロフィルム二一六─一四三─一による）には「右兵衛督」、富岡本甲本（東大史料編纂所レクチグラフによる）・乙本（古典文庫による）には「兵衛督」とある。なお本文は『梅沢本栄花物語』（勉誠社、一九七九─八二年）により、学習院本・西本願寺本（国文学研究資料館蔵マイクロフィルムホ一─一─一）・富岡本（甲乙）と対校した。

(21) 金光桂子「『我身にたどる姫君』の描く歴史（上）（下）」（「国語国文」第六九巻第九・第一〇号、二〇〇〇年九・一〇月）、横溝博「『栄花物語』と中世王朝物語の関係について─『風につれなき物語』を例として」（『王朝歴史物語史の構想と展望』、新典社、二〇一五年）、本書Ⅱ部第一・二章等参照。

(22) 井真弓「『石清水物語』の人物造型から読み解く時代性」（「中世王朝物語全集栞」第一二号、二〇一六年一二月）。

(23) 三角洋一前掲注（1）。さらに「左大臣の次男である秋の君は、物語の中心人物であるかのように描写されたり行動したりしていて、…秋の君の存在があってこそ物語が成り立っていると評しても過言ではあるまい」とある。

(24) 中納言時、権大納言時に中将を兼ねたかどうかは定かではない。

(25) 『いはでしのぶ』で出家を遂げる男君、『苔の衣』の男君も右大将である。

（26）　三角洋一前掲注（1）は『石清水』が、「大将は大納言の兼官と決めつけているようである」とする。実際、文永八年までの期間を見る限り、大将は次第に大納言の兼官という色合いを濃くしていく。大将が大臣以上の兼官であるのは、藤原師実・忠通などの摂関家の人物、源俊房・雅通らを経て、寛喜二年（一二三〇）の九条良平までである。以降おおよそ大将は（権）大納言の兼官となる。摂関家出身者で、大将が大納言の兼官であった人物としては、九条良経以後、近衛兼経、一条実経、鷹司兼平らを挙げられる。

（27）　後鳥羽院時代においては、右大将は清華家の官職であった。

（28）　春の大将は、少将、中将、二位中将、中納言、権大納言を経て左大将を兼ねる。一条実経は、少将、中将、三位中将、権中納言（兼中将）、権大納言（二位）を経て左大将を兼ねる。また、春の大将は秋の大将の二歳年長であるが、実経も兼平より五歳年長である。

（29）　近衛家実の長男家通は貞応三年（一二二四）に二十一歳で夭折。次男家輔も承久二年（一二二〇）十二歳で夭折。

（30）　『岡屋関白記』貞永元年（一二三二）十二月五日条は「前関白被候、為皇后之父皇帝之祖、施栄耀於朝野者歟」と道家の栄華を記す。

（31）　『猪隈関白記』建永元年（一二〇六）十一月二十五日条「亥時許或祇候女房有産事〈女子〉」。

（32）　『猪隈関白記』によると、近衛家実はしばしば宣陽門院のもとを訪れていた。また、家実は宣陽門院女房右衛門督との間に家通・兼経をもうけた。

（33）　『岡屋関白記』嘉禄元年（一二二五）十月七日条「太閤寂弟姫君〈八歳〉、被参宣陽門院〈御猶子儀〉、先有著袴事〈太閤衣結腰〉、入夜姫君被参、余寄車経他路参会女院」。

（34）　長田郁子「鎌倉期における皇統の変化と菩提を弔う行事―仁治三年正月の後嵯峨天皇の登位を中心に」（「明治大学大学院文学研究論集　文学・史学・地理学」第一五号、二〇〇一年九月）。

（35）　長田郁子「鎌倉前期における宣陽門院の動向とその院司・殿上人について」（「明治大学大学院文学研究論集　文学・史学・地理学」第二二号、二〇〇五年二月）に「嘉禄三（一二二七）年に造営された宣陽門院の新御所が「此新御所可為中宮御所」（『民経記』同年八月十一日条）とされるなど、宣陽門院は長子と関わりが強かった」という指摘がある。加えて『平戸記』寛元三年（一二四五）七月二十二日条に「今夜為御方違、行幸六条殿、宣陽門院自去比依御不豫事、御坐伏見給、鷹司院同御彼所、仍無御儲事、如御土御門前内府致用意云々」とあり、長子は後宮を退出後、宣陽門院と居を共にしていた。また長子出家後も「参伏見、此一両日両院御坐也」（『岡屋関白記』建長三年（一二五一）七月二十四日条）とあるように両者は行動を共にしている。

(36)　長田郁子前掲注（35）。

(37)　『岡屋関白記』寛元四年正月十一日条「今夜行幸六条殿、宣陽門院内々有御対面云々」。

(38)　『平戸記』寛元三年四月二十七日条「世間重事等、密々風聞伝聞之、逐日普聞歟」、同年六月七日条「大蔵卿入来、仍閑談移時、今朝先参殿下、仰云、重事一定歟、已被仰せ関東訖、但我不仰遣云々子細」、同十八日条「件御返事云、善悪左右不能計申、只可在御計云々、依之早速可有沙汰云々」。山本博也「関東申次と鎌倉幕府」（『史学雑誌』第八六巻第八号、一九七七年八月）参照。

(39)　『岡屋関白記』寛元四年正月十五日条。

(40)　布谷陽子「宣陽門院領伝領の一側面―宣陽門院領目録の検討を通じて」（『歴史（東北史学会）』第一〇〇号、二〇〇三年四月）。

(41)　菊池大樹「宗尊親王の王孫と大覚寺統の諸段階」（『歴史学研究』第七四七号、二〇〇一年月）。

(42)　『葉黄記』宝治元年（一二四七）正月二十八日条。『百錬抄』同日条に「今日上皇若宮〈宗尊親王〉、令入持明院殿給、御猶子之儀也」。

(43)　『三長記』建久六年（一一九五）十二月五日条、『民経記』天福元年（一二三三）二月十三日条。

(44)　『猪隈関白記』建仁元年（一二〇一）十二月十八日条「今夜春宮行啓於殷富門院、母子儀云々」、『百錬抄』同日条「今日春宮行啓安井殿、是依殷富門院御猶子儀也」。

(45)　『平戸記』寛元三年四月十五日条。

(46)　『平戸記』寛元三年二月十八日条。

(47)　『岡屋関白記』建長元年（一二四九）二月十四日条。この二人と兼経が後嵯峨の車に同乗し、「密々」に月を見る。

後嵯峨はこの夜のことを「今夜事尤有其興者」と賞する。
(48) なお、『平戸記』仁治三年(一二四二)正月十七日条には、「談世事、阿波院宮、依武士縁、一定御出立之由、世以風聞、件縁者前内府〈定通公〉妻者、泰時、重時等姉妹也、如此之間、私差遣使者於関東」ともあり、後嵯峨と北条氏との縁戚関係が、新帝決定に影響するかということが取り沙汰されてはいる。
(49) 山田彩起子「鎌倉期における後宮の変容とその背景」(『明治大学大学院文学研究論集 文学・史学・地理学』第二二号、二〇〇五年二月)。
(50) 本郷和人『中世朝廷訴訟の研究』(東京大学出版会、一九九五年)。
(51) 建長五年正月三日御元服アリ。女御ハ大宮院ノ御妹マイラセ玉。モトハ大宮院ニ候ハセ給テ、御熊野詣ノ時モ御マイリ有シヲ、円明寺殿ヲ聟ニトルヘシトテ日次マテ定リタリケルヲ、院ノ御計ニテ俄ニマイラセ給ハ、引カヘ目出キコトニテソアリケル。
九条道家鍾愛の一条実経との結婚が日取まで決まっていた西園寺公子を、後嵯峨が我が子後深草に入内させたという『五代帝王物語』の記述は、後嵯峨と九条家との軋轢を思わせる。
(52) 『岡屋関白記』寛元四年六月十六日条「入道将軍示合東山禅閤廻謀、相語猛将等欲討故泰時朝臣子息等、…」。また寛元四年六月二十四日九条道家願文に「仏子行慧若危国位謀重事、奉立六条宮、欲行入内事、…」(「九条家文書」『鎌倉遺文』六六二七〇号)とある。なお「六条宮」については、雅成親王説に加え、忠成王説(金澤正大「寛元四年政変は「宮騒動」と何故に称されたのか」(「政治経済史学」第五九〇号、二〇一六年二月))も示された。
(53) 『葉黄記』寛元四年三月十三日条。徳永誓子「後鳥羽院怨霊と後嵯峨皇統」(「日本史研究」第五一二号、二〇〇五年四月)参照。
(54) 『平戸記』仁治三年(一二四二)五月七日条で、後高倉院の菩提を弔う安楽院法華八講を「公家御沙汰」で行うかどうかが問題になり、寛元三年(一二四五)には式乾門院の沙汰によって行われている。長田郁子前掲注(35)参照。
(55) 『平戸記』寛元三年二月一日条に、「今日若宮御入内依客星変延引畢、件儀如后腹親王有其沙汰」とある。宗尊親

王が后腹の親王のごとく扱われていたことが分かる。

（56）山田彩起子前掲注（49）。

（57）別名『鳴門中将物語』。鎌倉時代後期成立か。『古今著聞集』巻八好色第十一にもほぼ同話が「後嵯峨天皇某少将の妻を召す事幷びに鳴門中将の事」として収録される。

（58）後嵯峨の意図は、第一には長講堂領を皇統へ集積することにあったであろうが、それだけとも思われない。本筋からは外れるが、ここで改めて政治情勢を確認しておきたい。当時の西園寺家と九条家は、『平戸記』仁治三年（一二四二）四月二十二日条、同五月一日条によれば、「一条入道殿下相国禅門之所為也、天下□蠢□歟、…彼両所奇謀、已以露顕之後…」とある。九条道家は西園寺公経と「奇謀」をめぐらすなど、一定の良好な関係を築いていたようであるが、後嵯峨はいずれからも干渉を受けていた。

『葉黄記』宝治元年（一二四七）八月十八日条、二十七日条によれば後嵯峨は、西園寺実氏の口入によって、宝治元年大宮院西園寺姞子に宗像社領を譲与している。また、譲位に先駆け、道家の圧力によって、二条良実は関白を罷免され、一条実経が就任した。これについて兼経は九条道家に心中を書き送り、また後嵯峨から「自内以宸筆有種々仰〈執柄間事非御本意之由也〉」（『岡屋関白記』寛元四年正月二十四日条）と、この人事が不本意なものであるとの宸筆を得ている。

近衛家は、本郷和人前掲注（50）によれば「九条家の人々と違い、幕府との結びつきも、訴訟を主導した実績も持っていなかった」ため、後嵯峨が接近するには都合が良かったろう。実際、近衛兼経は、『岡屋関白記』宝治二年（一二四八）閏十二月七日条によれば、摂政を兼平に譲ることに関しての「関東返事」を後嵯峨に進覧し、「返事之趣叶御意之由」との回答を得ている。また、建長元年（一二四九）二月十四日条、十七日条など後嵯峨の忍び歩きに付き従っている。兼経はこの当時後嵯峨とは良好な関係であったと考えられる。

つまり、鷹司院を後宮入りさせることで近衛家と接近し、九条家・西園寺家との距離を取り、独自の権勢を築こうとする後嵯峨の意図が透けて見えるのである。

（59）『女院小伝』には、以下の記述がある。

鷹司院〈藤長子〉。後堀河后。猪隈関白女。母修理大夫季信朝臣女。嘉禄二六十六叙従三位〈九〉。七二為女御。廿九為中宮。安貞三四十八院号〈十二〉。寛元四四廿為尼〈廿九。蓮華性〉。文永十二二十一御事〈五十八〉。

(60) 今井源衛著・田坂憲二編『今井源衛著作集四　源氏物語文献考』(笠間書院、二〇〇三年)。

(61) 田渕句美子「『物語二百番歌合』の成立と構造」(『国語と国文学』第八一巻第五号、二〇〇四年五月)。

(62) 江草弥由起「『物語二百番歌合』の成立をめぐって―宣陽門院との関わりを軸に」(『和歌文学研究』第九九号、二〇〇九年一二月)。

(63) 長子周辺ではもしかすると『平家』や西行説話も読まれていて、武士伊予守という架空の主人公を想像するのに一役買ったかもしれない。

(64) 上のかたちは、思ひなしも気高く、あてやかにおはしませど、濃かなる愛敬などは、少しおくれさせ給へるにや、…。(上巻二三一頁)

などと、作者が男性貴族や帝の外見について、かなり厳しい評価を下していることや、『石清水』で描かれる東国世界や武士の生態がさほど正確とは言えないことからも、作者は女性かつ、身分の高い男性貴族・皇族を目にする機会の多かった女房の可能性が指摘できるのではなかろうか。また『石清水』の和歌は本文量に比して少なく、かつ先行和歌の利用が顕著であることから、そこまで和歌に優れた人物でもなさそうである。

Ⅱ 『苔の衣』

第一章　『苔の衣』の大将

一、問題の所在

『苔の衣』は春夏秋冬の四巻から成る作り物語である[1]。作者未詳で、『風葉和歌集』撰進の文永八年（一二七一）に近いころ成立したとされる[2]。描く年代は三世代四十年余にわたり、年月の経過やさまざまな人物の昇進等も詳しく記す。その巻頭文、

逢ふての恋も逢はぬ嘆きも、人の世にはさまざま多かなる中に、苔の衣の御仲らひばかり、あかぬ別れまで、例なくあはれなることはなかりけり。（春巻八頁）

は、『夜の寝覚』の巻頭文、

人の世のさまざまなるを見聞きつもるに、なお寝覚の御仲らひばかり、あさからぬ契ながら、世に心づくしなるためしは、ありがたくも有りけるかな。

の、「寝覚」を「苔の衣」に、「心づくし」を「あかぬ別れ」に言い換え、ほとんどそのまま模倣したものであることが知られている[3]。『夜の寝覚』に限らず、先行する作り物語をあからさまに摂取することは、『苔の衣』の特徴として第一に挙げられるほど著しい。それゆえ、『苔の衣』という作品は、「その構想は『源氏物語』『狭衣物

語』『住吉物語』等の先行物語のそれを襲ったものであり、また文章にしても、『夜の寝覚』の巻頭を模した巻頭文にも明らかなように、見るべきものはない(4)」と評されてきた。

しかし、物語の主題自体実はそれほど歴然としていない。『夜の寝覚』巻頭文の「寝覚の御仲らひ」という表現が、寝覚上を中心とした、彼女と男君とのままならぬ契りという主題を提示するものである点に基づき、『苔の衣』も「苔の衣の御仲らひ」で示される男女の契りと、その「あかぬ別れ」が主題だとされてきた。素直に読めば「苔の衣の御仲らひ」とは、描かれる三世代のうち第二世代にあたり、出家遁世して「苔の衣」を着るに至る苔衣大将と、その最愛の北方である女君との契りを示すと考えられる。

ただし、この「苔の衣の御仲らひ」とその「あかぬ別れ」については、これまで様々な読みが試みられている。たとえば豊島秀範氏は、それが《肉親・親子の愛別離苦》という主題のもと、第一世代から第三世代の全てにあてはまるとし(5)、辛島正雄氏は、第三世代について「いま一つの苔の衣の御仲らひ」とした上で、最後の場面で「西院の姫君との「あかぬ別れ」へと回帰した(6)」とする。いずれも「苔の衣の御仲らひ」の「あかぬ別れ」が、物語を貫く主題であることを読み取ろうとしてきたが、「苔の衣の御仲らひ」「あかぬ別れ」それぞれが何を指すのかについてはいまだ定説を見ないようである。その一因としては、主題を担う人物という意味での主人公が曖昧なまま、主題を論じてきたことが挙げられよう。

そもそも、春巻から秋巻においては、話の展開からしても第二世代の苔衣大将と女君が中心的人物であることは論を俟たない。ところが『苔の衣』は前述したように三世代を描く物語でもあり、特に大将出家後の冬巻は春巻から秋巻までと様相を異にし、苔衣大将の子供たち、つまり第三世代を描くことにその大半を費やしている。このため冬巻は秋巻までと切り離して捉えられることが多く(7)、自然主人公も第三世代の男女、兵部卿宮（苔衣大将の甥）と中宮（苔衣大将の娘）に移り変わったと捉えられがちであった。しかし現在に至るまで冬巻に関しては、主人公はおろか、物語全体の中でのその位置付けも定まっていない。勿論『苔の衣』全体の主人公の有無についても統一的見解を見出せない状況である。

仮に苔衣大将が物語全編を貫く主人公性を有するならば、「苔の衣の御仲らひ」を、わざわざ苔衣大将と女君以外に拡張して考える必要はない。逆に『我身にたどる姫君』のように、統一的な主人公が不在であるならば、物語全体に通底する主題を読み解く必要があろう。いずれにせよ、『苔の衣』の主人公を探ることは、主題を明らかにする上で必要不可欠であると考えられる。

本章では、苔衣大将が、『簾中抄』(8)『二中歴』等によっても知られた史実の系譜及び『栄花物語』に範を取って造型されていることを検証した上で、苔衣大将がその出家遁世という主題を担う人物として、特に力を注いで描かれていることを明らかにし、主題を考察する備えとしたい。

論ずるにあたり、以下にごく簡単な梗概と系図を記す。

（春巻〜秋巻）一世源氏の次男右大臣には二人の北方、東院上と西院上とがいた。右大臣の愛情は西院上に深く、共に石山観音に祈願して女君が生まれる。子に恵まれない東院上は養女を迎え、帥宮と結婚させる（帥宮上）。しかし帥宮上が双子の姉妹を出産して以降、帥宮の愛情は薄れてしまう。西院上は、姉の前斎宮（関白の北方）に娘のことを託して亡くなり、女君は東院上方に迎えられる。

関白の一人息子苔衣大将はある日、美しく成長したこの女君を垣間見て恋に落ちるが、女君には入内が要請されていた。亡き妻の姪にもあたる中宮への配慮から、右大臣はなかなか入内を承引しなかったが、帝（三条院）からの度重なる要請にいったんは入内が決まりかける。苔衣大将は女君への恋慕のあまり病になるが、それが両

1　『苔の衣』主要人物系図

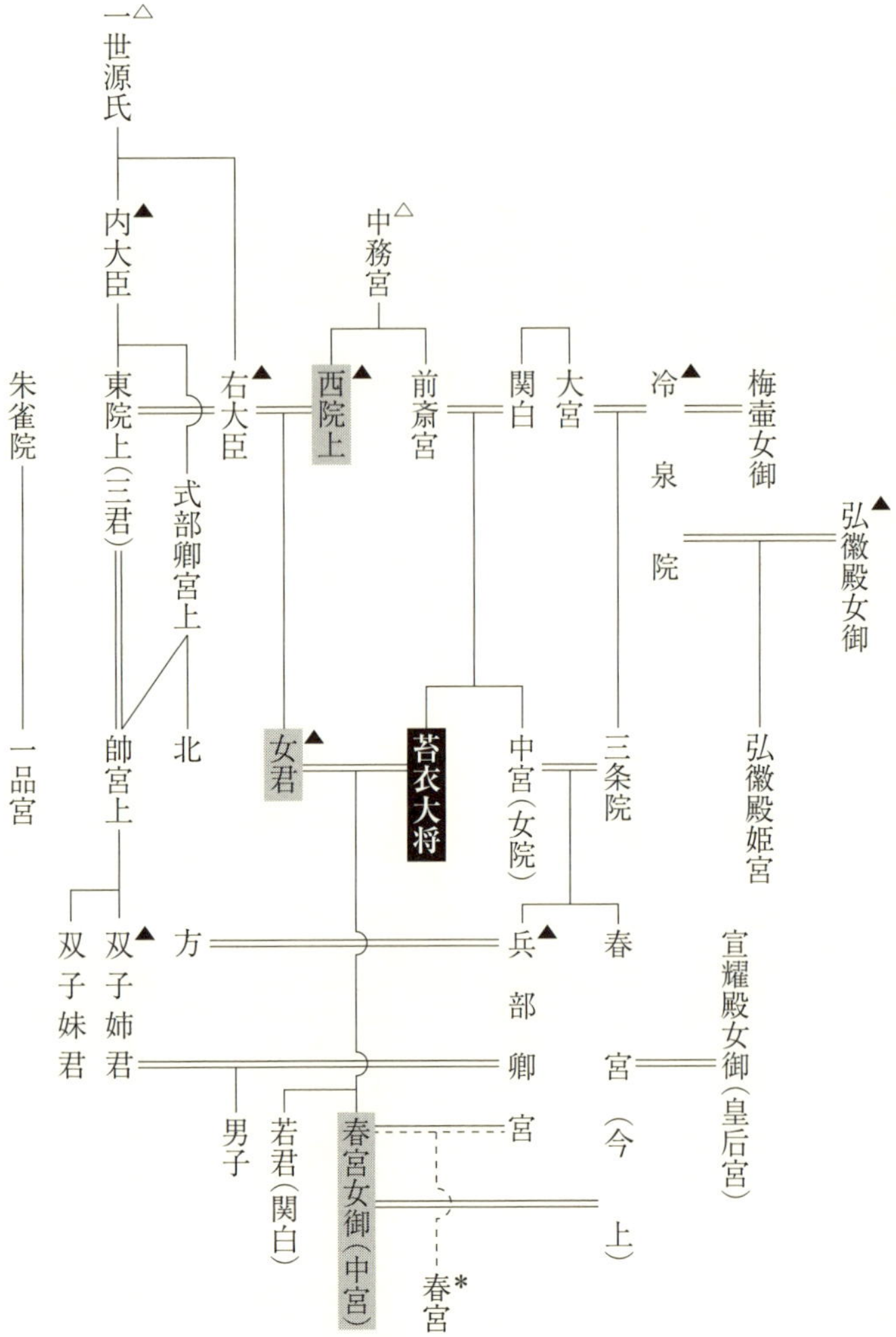

＊…世間的には春宮（今上）と春宮女御（中宮）との子として遇される。系図8・21についても同様。

親に漏れ、父関白の力添えにより女君と結婚できることとなる。女君の恵まれた結婚が気にくわない東院上は、結婚前日、自分の兄に女君を盗み出させようと計略を練るが、誤って自分の養女帥宮上を盗み出されてしまう。苔衣大将と女君は、一男一女を得て幸せな結婚生活を送るが、女君の父右大臣の死後、冷泉院の鍾愛する弘徽殿姫宮の、大将への降嫁が決定的となり、二人はそれぞれ葛藤する。その年、女君は発病して亡くなり、その一周忌に大将も横川で出家遁世した。

（冬巻） その後苔衣大将の娘は春宮に入内して春宮女御となるが、春宮の弟で、女御とは兄妹同然に育った兵部卿宮に忍び入られ、不義の子を産む。兵部卿宮は、自身の北方と同居する双子姉君とも契りを結ぶ。双子姉君は世間から存在を隠されており、帥宮上が盗み出されて以降はその手元で育てられていたが、帥宮上の死後、素性を知られることなく式部卿宮上（祖母）のもとに引き取られていた。兵部卿宮は、春宮女御への恋に思い悩む余り命を落とす。春宮の即位に伴い春宮女御は中宮となるが、故兵部卿宮の一周忌以降、その物怪に悩まされ重態に陥る。根本中堂における夢告によりそれを知った苔衣大将は、今は山伏となった身で関白邸を訪れ、祈禱によって中宮を回復させ、素性を明かさずにより深い山へと去る。

二、苔衣大将の出家

二―一、「苔の衣」

この物語における「苔の衣」という表現は、主題を示すとされることからも注目され、既に豊島氏が「「苔の衣」という表現及び『苔の衣』物語の発想の源には、小町との贈答歌を中心とする遍昭の説話や、藤原高光の出家遁世譚などに依るところが大きい(9)」と指摘している。これを踏まえた上で、この「苔の衣」という表現が、巻頭文以外では苔衣大将出家場面にのみ見られることは注意される。大将出家場面を次に示す（以下本章では、表現が一致する箇所に傍線、表現は一致しないものの内容が重なる箇所に破線を付した。「苔の衣」は□で囲った）。

御有様の、阿私仙の目にも言ひ知らず懐かしうあはれに見え給へば、うち泣きつつ、「かくばかり思し染みにける御心地、この世一つならず尊く侍れど、かかる身にだに忍び難く侍る山下ろしの険しさ、苔を衣として、風を防ぎてのみ過ぎ侍る身一つだに悲しく候ふに、いとかくあたらしき御様をやつし捨て、いかで片時も過ぐし給ふべき」とて、許しきこえげにも思ひ立たぬを、「いと心憂くものたまふかな。常に三界火宅にむせびつつ、出づることなく、輪廻の絆に纏はれて出離の方法も知らず、枕定めぬ夢の中に惑ひつつ、終に奈落の古里へ帰りなん、心憂くは思されぬにや。仏も衆生利益をこそ先とし給へ、かくばかり思ひ立ちて侍ることとなれば、ここには否とのたまはば、いづくへも罷りなん。いみじからん綾羅錦繡にも、苔の衣、岩の枕はこよなく替へ優りに侍りぬべければ、菜摘み水汲みても、かの世界へ参り侍らむこそ、年頃の願ひにて侍らめ」とて、いと口惜しと思したる御気色は言ひ知らずめでたく見奉る。例の作法にとりまかなひてやつし果て給ひぬれば、阿私仙の苔の衣着給ふとて、

色々にそめし袂を今はとて苔の衣にたちぞ替へつる

（秋巻一八八―一八九頁）

出奔した大将は、横川にて一人の聖と行き会う。その偶然を嬉しく思った大将は、聖に出家の希望を述べるが、聖は自身の生活の厳しさを引き合いに出し、泣きながら出家を思い止まるよう述べる。しかし、大将は強い決意を示して聖を説得し、出家して「阿私仙の苔の衣」すなわち聖の衣に着替える、というのがこの場面の大まかな流れである。「苔の衣」の語が集中して見られる中でも、聖が「苔を衣として風を防」ぐと語る表現には、典拠

があると考えられる。藤原師輔の息子高光が出家して庵を結ぶまでの経緯を記す『多武峰少将物語』の一節、高光の手紙の一部を次に示す。

山の御かへり、「山伏は苔の衣などのみこそ身には添ひたれ。これは身にも合はぬものどもなれど、御心ざしあるものにてなむ賜はりぬる。…まことや、墨染のきぬはきたまふなればにやいとどぬれまさりてなん。

佗びぬればくものよそよそ墨染の衣のすそぞ露けかりける

露霜はあした夕べにおく山の苔の衣は風もとまらず」

となんありける。

山伏は「苔の衣」のみを着るものだとし、その苔の衣では風も防げないとする表現が見られる。聖の発言は、この表現に影響を受けたのではなかろうか。藤原高光、苔衣大将の両者は共に権勢のある貴族の息子であり、若くして将来の栄達を擲って出家遁世したという共通点を有することからも、「苔の衣」という表現は、遍昭・小町説話よりも、やはり『多武峰少将物語』に直接拠った可能性が高い。『苔の衣』は、史実の人物の逸話を摂取しているのである。しかもこれが、苔衣大将の出家という主題を考える上で重要な場面であることは注目に値する。(10)

これまで、『苔の衣』がいかに先行する作り物語を摂取しているかについては、諸先学によって多くの指摘がなされてきた。

それに対し、史実からの影響については、今井源衛氏が「栄華物語の発想用語はとくに全篇を通して著しい(11)」とするものの、これは年代記的に三世代を描くという記述方法の指摘に留まるものであり、人物造型や構成が史実をどのように摂取したかについては、その意義を含め従来余り掘り下げられて来なかった。

次節では、苔衣大将出家場面をはじめとして、『苔の衣』が歴史物語を含む史実をどのように摂取したかを具体的に検討し、その意図を先行する作り物語摂取と比較しながら明らかにしたい。

二―二、苔衣大将を中心とする系譜

史実に取材した典拠を持つこの大将出家場面において、「苔の衣」という表現の外に目を引くのが、大将を出家させる聖の存在である。聖は大将の出家に際して初めて登場する人物であるが、『苔の衣』は、聖の描写に以下のように言葉を費やしている。

君も理とあはれに見給ひて、横川の方へぞまたおはする。ただ道に任せて谷深く尋ね入り給ふに、人の通ひたる方もなく鳥の跡も見えぬ谷の底に、二三間ばかりある草の庵あるを、いと嬉しと思して尋ね寄りて見給へば、いたく行ひけると見えて、うちさらぼひたる僧の、歳六十ばかりなる、ただ一人法華の供養奉じて居たり。（秋巻一八六－一八七頁）

いわゆる中世王朝物語において出家遁世譚は数多く見られるが、男君を出家させる人物の描写は基本的にごく簡潔であり[12]、このように年齢まで明かされるのは珍しい。

しかもこの聖は、大将出家後にその系譜までもが詳細に示されるのであり、その存在はいよいよ際だつ。聖の系譜は次のように示される。

この阿私仙は、母上の御は丶に[13]、中務宮の上にてものし給ひし人は、故大臣の兄の、帥大納言にて失せ給ひし人の御娘ぞかし、かの御兄にて学問のかたなどもめでたく言はれ給ひしに、俄に道心を起こして、深き谷底に籠り居給ひつるを知る人なかりけり。（冬巻二〇七頁）

聖の系譜を具体的にたどってみよう。「母上」とは苔衣大将の母であり、その母、すなわち大将の祖母は中務宮の上であった。そして祖母の兄が阿私仙こと聖である。つまり聖は、苔衣大将から見て、母の母の兄に当たる人物である。「はゝ」には、「はら」「つら」という異同もあるが、「はら」では苔衣大将の母は再婚していることになるものの、そのような記述は一切見られず、子にあたる聖が「年六十ばかり」であることとも矛盾する。「つら」は同列、同類という意味であり、そもそも系譜を明らかにする用語ではなく不自然である。よって、「はゝ」を採るべきであろう。また、大将の祖母の父は、「故大臣」の兄であり、帥大納言であった人である。「故大臣」が誰を指すか不明であるが、この系譜の基点となる苔衣大将の血縁である可能性が高く(14)、おそらく父方の血も繋がっていると考えられる。

聖の系譜はこのように、聖と苔衣大将が血縁関係にあることを明かすものである（一二七頁系図2参照）が、「はゝ」「はら」「つら」など、系譜を読み解く上で欠かせない部分に本文異同が目立つ。それも道理であって、そもそもこの聖は、大将の出家場面においては比較的詳しく描かれるものの、系譜が語られた後は、大将の師としてその死が簡潔に記される程度の人物に過ぎない。少なくとも本文を読む限りでは、大将出家後にわざわざその系譜を明かす必要性は見出せず、唐突な系譜の提示に読者が混乱を来すのももっともである。

しかし、『苔の衣』が通例「右大臣の二郎の中納言」のごとく系譜を事細かに示さず、系譜の提示において不親切甚だしいことに鑑みると、詳細に示される系譜はそれだけで注目される。しかも、聖の系譜を含めて僅か三箇所しか見られない詳細な系譜のうち、他の二箇所の系譜は物語中重大な役割を担っている。その第一は巻頭文に続き、第一世代にして女君の母である西院上の系譜を示すものである。

この頃権大納言と聞こゆるは、故先帝の御弟、一世の源氏と聞こえし二郎、大将の御弟ぞかし。人様などもゆゑゆゑしくおはすれば、世の人も兄君の大将よりはいますこし思ひ増しきこえ給ふ。北方二所おはす。一人は大将殿の三君、三位の中将と聞こえ給ひし時より婿に取り給ひぬれば、…故中務宮の姫君二所持ち給ひたりける、姉君はいまだ幼くより斎宮にゐ給へりしが、今は関白殿の北方にて並ぶ人なくておはす。妹宮は、容貌などもいますこしらうたきさまにものし給ひければ、…いかなる隙にか、この大納言ほのかに見給ひて、ねんごろに聞こえ給へば、心安きさまにもやと思してゆるし給ひてけり。

（春巻八－九頁）

この系譜は、同時に主要人物の系譜をも明らかにし、物語の枠組を規定する。また第二の系譜は、結末部分において語られる春宮女御のそれである。

「このことこそあぢきなけれ。春宮の御母、中宮にて分くかたなくめでたきことに申せど、限りある道は力及ばぬことにこそ。終に」と言へば、またある僧、「これは誰が御娘」と問へば、「今の入道殿の御子またもおはせざりしが、大納言の大将にて、世になくかなしきことに思ひきこえ給ひたりしに、見目、容貌よりはじめて、ざえ、才覚につけて、世にとりて何事にも余り給ひたると言はれ給ひしかばにや、俄にいづちともなく失せさせ給ひてこの二十四年に及びたれど、生きてやおはすらん、いかがなり給ひける、知る人なし。その御娘ぞかし。妹の女院に申し置き給ひたりけるとて、当時の春宮と申す時より参らせ給ふ。わづらひ給ひけるが、今は限りになり給ひたるとて、今宵も度々誦経もて参りつる」など語るを聞き給ひ、「さることありしぞかし」と夢の心地して、…

（冬巻二七三－二七四頁）

大将は根本中堂に参籠し、夢告を受ける。その近くで世間話に興じている僧たちの会話の中で詳しく語られるこの系譜は、大将に夢告の内容を理解させると共に、読者にも時間の経過と物語の枠組を再認識させる働きを有している。

このように両者の系譜はいずれも、物語の構成上必要欠くべからざるものであると言え、それらと並んで示される聖の系譜も、『苔の衣』にとって不可欠なものであった可能性が高いと考えられる。

では、『苔の衣』が敢えて聖の系譜を示した意図は何処にあるのだろうか。ここにおいて、前節で名の挙がった高光と、藤原道長の息顕信の血縁関係が、聖と苔衣大将のそれと近似することが指摘できるのである。

2　苔衣大将と阿私仙

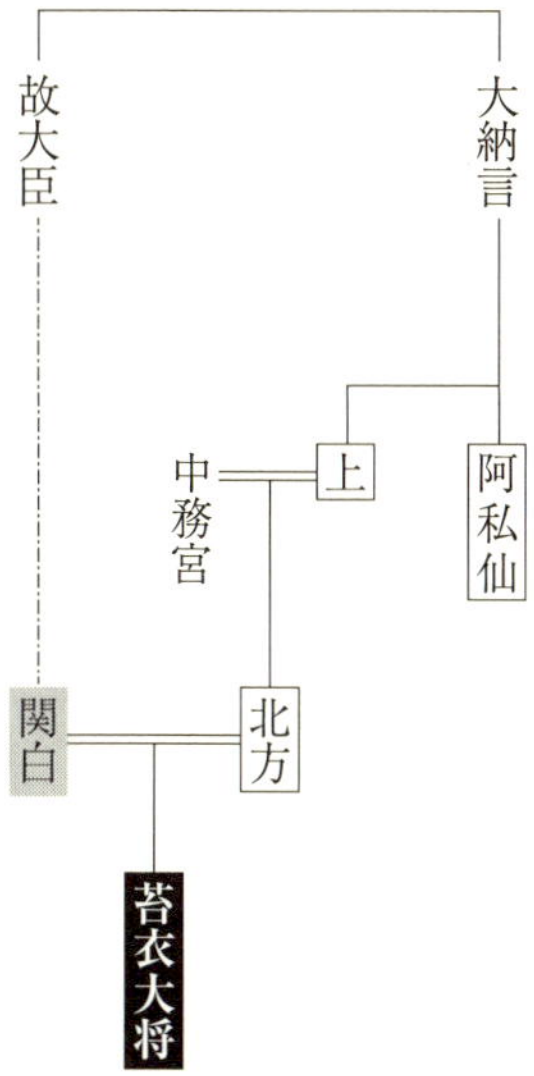

3　顕信と高光

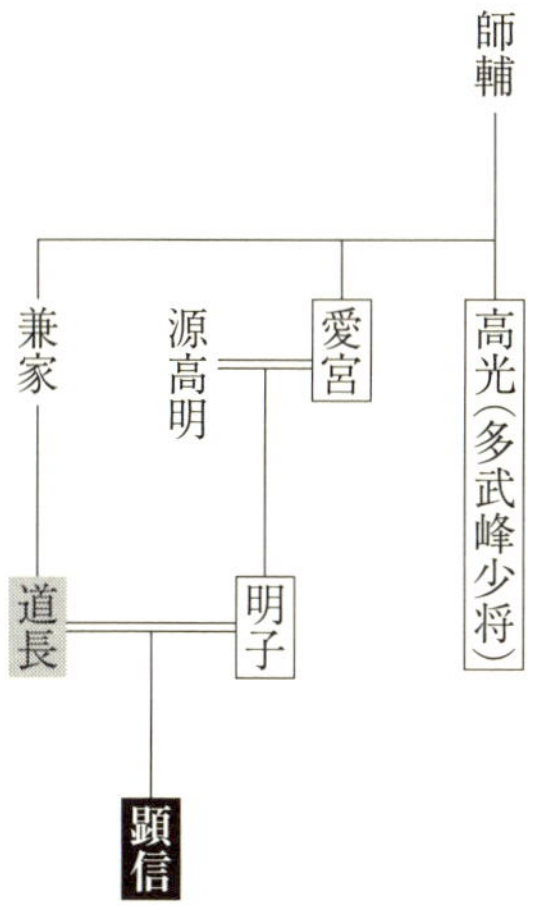

高光と顕信はいずれも平安時代中期の著名な出家遁世者である。それぞれ摂関家の礎を築いた藤原師輔、摂関政治全盛期の栄華を誇った藤原道長という時の権力者の息子であり、時代が下っても、両者は貴公子が将来の栄達を擲って出家遁世を遂げた例として並び称される存在であった[15]。

その上、高光と顕信は血の繋がりをも有する。顕信から系譜をたどると、顕信の母源明子の母は愛宮であり、その兄、すなわち顕信の母の母の兄に当たる人物が高光である。加えて父方も九条流の血を引く。

つまり、苔衣大将から見た聖は、母の母の兄かつ父方の血縁という点で、顕信から見た高光と見事に対応している。顕信と苔衣大将は、共に関白[16]の息子であり、父関白が健在のうちに出家した点において、まさに重なるのである。

しかも、顕信の出家が描かれる『栄花物語』の場面は、いずれの現存する作り物語よりも苔衣大将出家場面との間に多くの共通項を有する。ここで『栄花物語』の顕信出家場面を次に示す。

かかる程に、殿の高松殿の二郎君、…いかに思しけるにか、夜中ばかりに、よかはの聖の許におはして、「われ法師になし給へ。年ごろの本意なり」とのたまひければ、聖、「大殿のいと貴きものにせさせたまふに、かならず勘当はべりなん」と申して聞かざりければ、「いと心ぎたなき聖の心なりけり。殿びんなしとのたまはせんにも、かばかりの身にては苦しうや覚えん。わろくもありけるかな。ここになさずとも、かばかり思ひたちてとまるべきならず」とのたまはせければ、ことわりなりとうち泣きて、なしたてまつりにけり。聖の衣取り着させたまひて、直衣、指貫、さるべき御衣など、みな聖に脱ぎ賜はせて、綿の御衣一つばかり奉りて、山に無動寺といふ所に、夜のうちにおはしにけり。（巻十）[17]

顕信が「よかはの聖」に会って出家を望み、一旦は聖に出家を拒絶されるものの、「たとえあなたに拒否されようとも、私は必ず出家する」という強い意志で以て出家を迫る点は、苔衣大将が「横川の方」で聖に出会って出家を望み、聖に反対されると、「かくばかり思ひ立ちて侍ることなれば、ここには否とのたまはば、いづくへも罷りなん」と脅しさえする点に重なる。さらに、苔衣大将は「阿私仙の苔の衣着給」と、聖の衣に脱ぎ替える点が強調されているが、これも顕信が「聖の衣」に脱ぎ替える点と共通するのである。

苔衣大将が出家遁世を遂げる場面展開それ自体は、男君が出家を決意した後、各所に心中で密かに別れを告げ、他人には出家の意志を明かさず出奔するという、出家遁世譚によく見られる類型に則ったものである。それらの類話の中で『苔の衣』との共通項を数えた時、現存する作り物語の出家遁世譚のうち最も多くの共通項を有するのは、現存『しのびね』である。『苔の衣』も『しのびね』も、男君の出家を思い止まらせようとする聖を、男君自身が説得し出家に及ぶという点が共通する。ただし、『しのびね』の男君は、面識のある聖のもとに、「出家の志ありとはのたまは」ず、法文の次第を尋ねるという名目で訪れる。そこで出家の意志を打ち明け、「年月のことなれば、ゆめゆめ制し給ふともかひあるまじ」と聖を説得するのである。偶々出会った初対面の聖に出家の希望を述べ立て、あなたが駄目だと仰るならばどこへでも行ってしまおう、と脅しめいて迫る苔衣大将とは経緯も内実も異なる。『しのびね』と比較することでますますあぶり出されるのは、苔衣大将の出家遁世への一途な覚悟である。

したがって苔衣大将の出家場面はやはり、『栄花物語』の顕信出家場面を摂取して描かれている蓋然性が高い。勿論系譜全てが一致する訳ではないが、作者は苔衣大将の系譜において、意図的に顕信を下敷きにし、かつ『栄花』の顕信出家場面を摂取して、苔衣大将の出家場面を描いていると考えられるのである。

そして『苔の衣』が聖の系譜を語ることによって明かされる史実との対応関係を踏まえることによって、読者は聖の系譜を示した直後の、

互みにしかじかと聞きあはせ給ひては、見ず知らざらん人よりは、いとあはれに悲しく思しけり。（冬巻二〇七頁）

という一文に表された「あはれ」に、単に血の繋がりが判明したことに対する感慨以上のものを読み取ることができよう。出奔した大将と聖の偶然の行合は、実は顕信と、出家して年経た高光との邂逅という、史実では有り得なかった「もしも」を描いてみせたものでもあった。この史実との重ね合わせの妙をも、聖の系譜は同時に明かしているのである。

このように史実の系譜との対応が見られる『苔の衣』であるが、大将と顕信は確かに関白の息であるという大きな共通点を有するものの、大将は嫡男であり、同腹の姉が中宮として入内しているという相違がある。『苔の衣』においては、関白の娘すなわち大宮の姪が、大宮腹の三条院に入内し中宮となる。中宮は皇子を二人産み最終的に女院となる。ここで改めて関白家の系図を示すと、次のようになる。

4　苔衣大将の系図

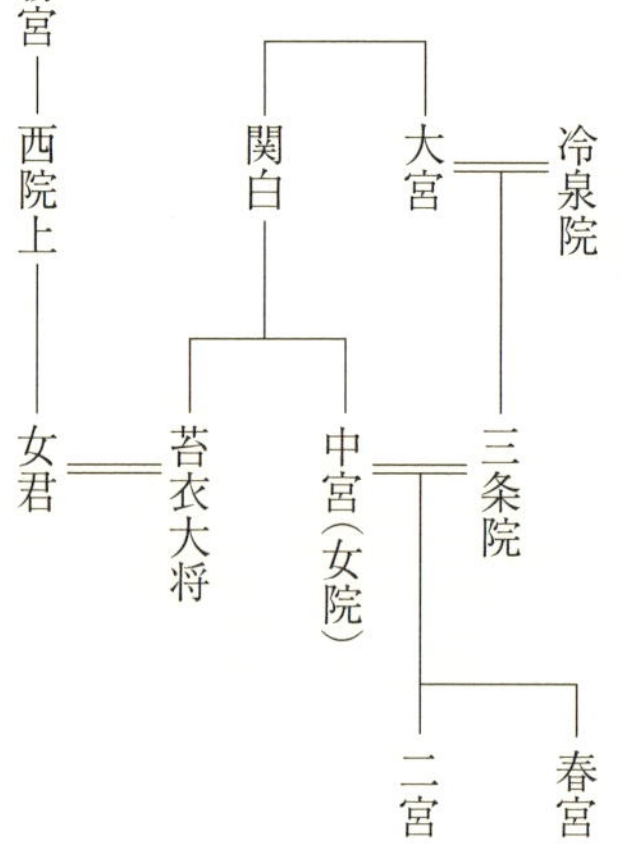

5　頼通の系図

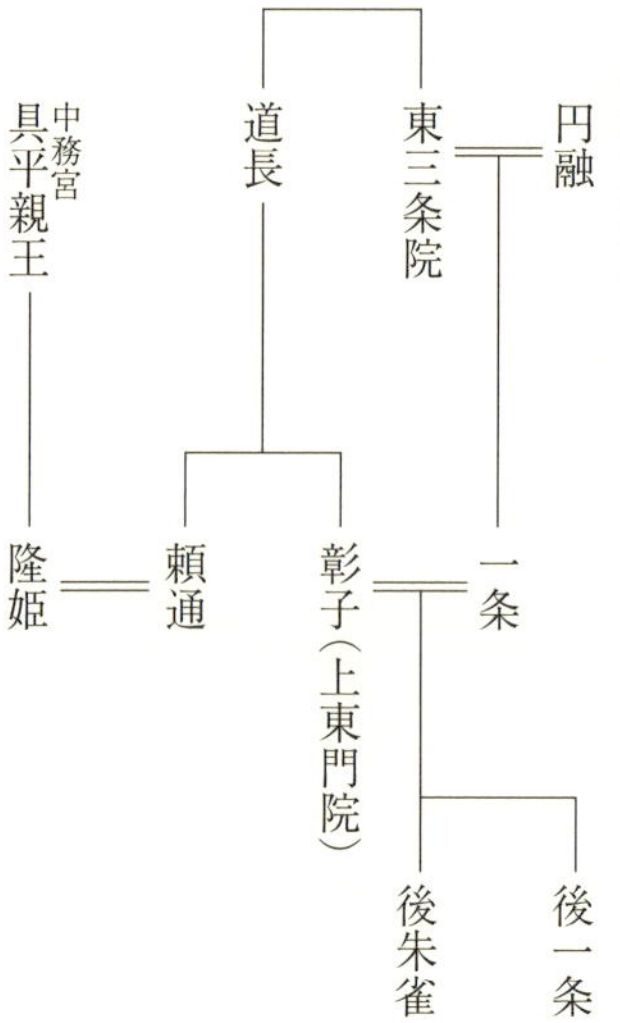

このような系図は、史実の道長周辺の系図と見事に重なる。道長の娘彰子は東三条院の姪であり、東三条院腹の一条天皇の中宮となる。彰子は後一条、後朱雀天皇を産み、後に女院上東門院となる。また、大宮が唯一の皇子三条院を産んでいる点は、円融天皇に入内した東三条院が、唯一の皇子一条天皇を産んでいる点と対応する。こういった系譜は歴史上他には見られない。ここにおいて、『苔の衣』における関白家と皇統の系譜は、平安時代中期の系譜をほぼ忠実になぞっている[18]のである。無論、あるがままの系譜をなぞることが目的なのでなく、そ

れは作者によって都合よく抽出されたものであろう。

さらに、『苔の衣』の系譜と平安時代中期のそれを見比べ、関白が道長に相当することを踏まえると、苔衣大将は道長の嫡男頼通にも相当する。道長の嫡男頼通は、中務宮具平親王の娘隆姫女王と結婚している。苔衣大将も中務宮の孫の女君と結婚しており、系譜の重なりに鑑みると、これも単なる偶然とは思われない。苔衣大将の系譜は、顕信のみならず道長息の頼通をも下敷きにしていると考えられるのである。

史実の系譜を下敷きにするにあたり、道長の息という共通項を、『苔の衣』作者がその構想の核として意識していたことは、出家場面における苔衣大将が出家に際して詠んだ歌、

色々に染めし袂を今はとて苔の衣にたちぞかへつる

からも窺える。この和歌は、「袂」や「衣」「苔」という語から想起されるであろう遍昭の有名な歌、

みな人は花の衣になりぬなりこけのたもとよかわきだにせよ　（『古今集』哀傷・遍昭）

ではなく、一首の組み立てからしても、『新古今集』にも採られた藤原道長の歌、

なれみてし花の袂をうちかへしのりの衣をたちぞかへつる

（『新古今集』雑下・藤原道長・あまになりぬとききける人に、さうぞくつかはすとて／他出『御堂関白集』）

に拠った蓋然性が高いと考えられるのである[19]。

つまり、苔衣大将の系譜は、道長の息という共通項に基づき、顕信と頼通という異母兄弟二人の系譜を集約して下敷きにしていると考えられるのである。以上の系図を次にまとめて示す。

6　『苔の衣』関白家系図

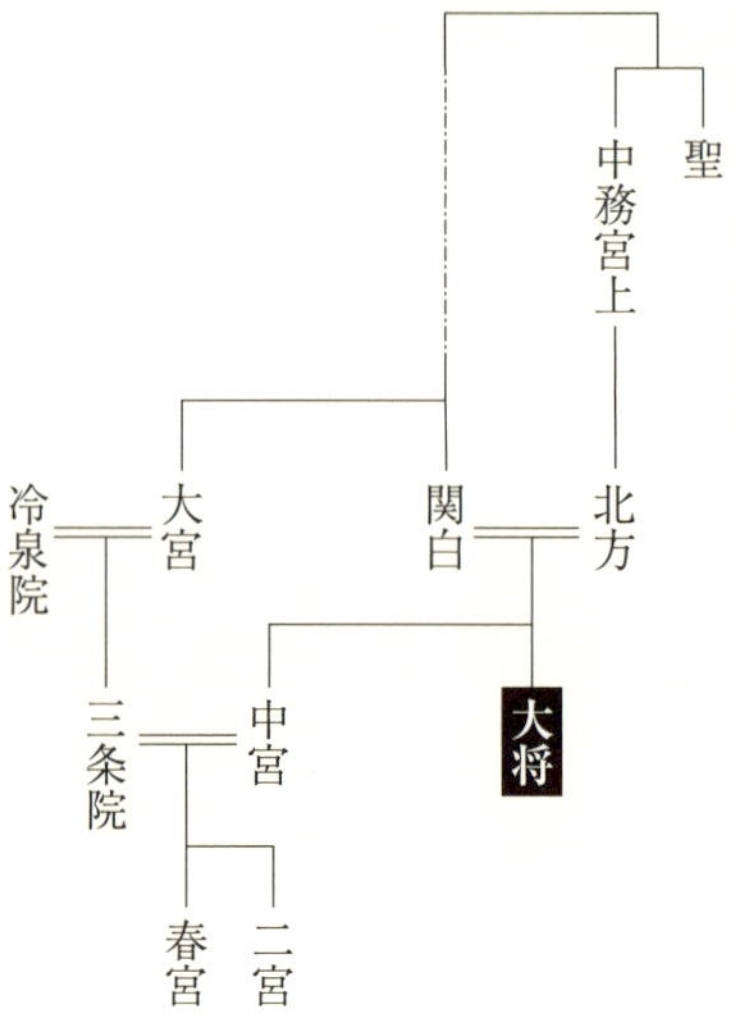

7　道長周辺系図

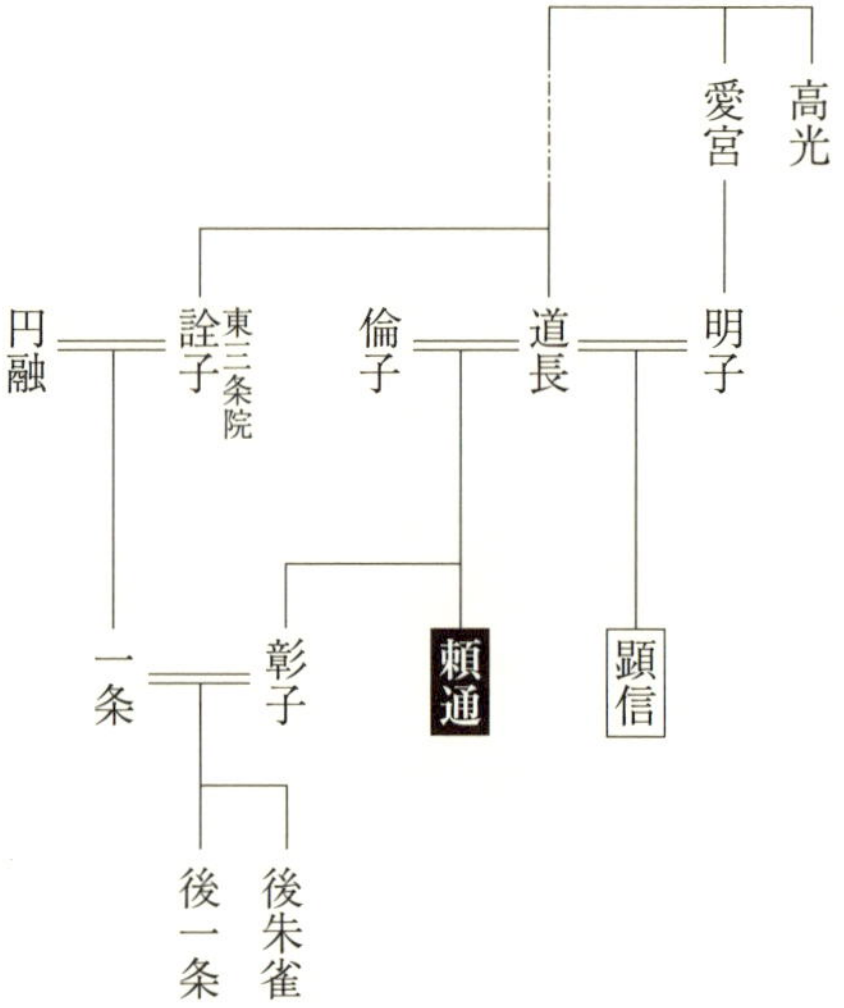

※苔衣大将の系譜は顕信・頼通の系譜を集約していると考えられる。

二―三、苔衣大将の出家と『栄花物語』

苔衣大将に関しては、その系譜のみが道長の息子たちを集約して下敷きにしているのではない。次章で詳述するが、当時の貴族社会において『栄花物語』をはじめとする歴史物語や歴史教養が、ある程度常識として共有されていたであろう[20]ことを併せて考えると、既に指摘したように、苔衣大将出家場面が『栄花物語』の顕信出家場面を利用しているであろうことに加え、大将が出家の決意を固め、出家に至るまでの要所要所において、『苔の衣』は『栄花物語』に描かれる教通・頼通という道長の息子たちの逸話をも利用していると考えられるのである。

最愛の女君を亡くし悲嘆に暮れる苔衣大将は、悲しみの余り満足に眠ることもできない有様であったが、ある時、わずかなまどろみの中に亡くなった女君の夢を見る。その場面を次に示す。

暁方にいささかまどろみ給へるに、女君、ありしながらの御有様にて、いたくもの思はしげにうち泣き給ひて、

「ふりかかる涙の雨にいとどしく小倉の山に迷ふとを知れ

いたう思し入りたるが、我が身にはいと苦しきことにて侍る」とのたまふを、「あなうたて。おはしけるぞ」とて、引き止めんとし給ふに、やがてうちおどろき給ひぬ。（秋巻一六八頁）

女君は生前の姿で現れ、埋葬された小倉の地にちなんだ歌を詠む。その歌意は、「あなたが悲しんで流す涙の雨のせいで、私は（往生できず）ますますこの暗い小倉山の死出の山路で迷っていると知ってください」というものである。「小倉の」という言葉が、「ほの暗い」という意味を掛けて詠まれる例は多いものの、この歌のように「小倉山」が暗い道すなわち冥途を指す、という歌は珍しい。管見の限りでは、他には『栄花物語』巻二十一の一首にしか見られない。その一首が詠まれる『栄花物語』の場面を次に示す。

殿の御夢に、ありしながらの御様にて白き御衣あまた着させ給ひて、

ともし火の光はあまた見ゆれども小倉の山をひとり行くかな

とのたまひて、やがて失せ給ひぬと御覧じて、大納言殿にかうかうと聞こえ給ひて、所どころに御灯奉らせ給ふ。（巻二十一）

北方を亡くした「殿」すなわち教通の夢に、『苔の衣』同様北方が現れ歌を詠む。この教通北方の詠も、「（小倉山の鹿を射るための）燈はたくさん見えるけれども、（私のための法の燈はないので）私はこの小倉山の暗い死出の山路をひとりで行くことよ」という意味で、「小倉山」は『苔の衣』の例と同じく冥途を意味していると考えら

れる。

『苔の衣』の女君が葬られた地としては「嵯峨」や「化野」ではなくわざわざ「小倉山」の地名が挙げられているが、これもこの『栄花』の逸話に基づいた「小倉の山」の和歌を詠ませるために、『苔の衣』があえて指定したのではないだろうか。

また、教通北方は「ありしながらの御様にて白き御衣あまた着」た姿と描かれる。『苔の衣』の女君も、「ありしながらの御様」と描かれる。女君の姿はおそらく、

すこし起き上がりて見奉り給へば、白き御衣ども八つばかりなよよかにて、御髪の側の方にうちやられたるに、…　（秋巻一五七頁）

とあるように、亡くなった時の「白き御衣ども」を何枚も着た姿であろうことが推測される。教通北方と『苔の衣』の女君は、その装束を同じくして男君の夢枕に立ち、「小倉山」の和歌を詠むことまでもが共通すると考えられる。

加えて、女君死後の苔衣大将の女性関係描写においても、『苔の衣』が『栄花』の教通の逸話から同じく影響を受けている可能性を指摘できる。女君が夢枕に立つ以前の様子を次に示す。

大将殿は、月日の行き変はるに従ひても、なれ給ひし面影は恋しう、はかなく語らひ給ひし言の葉のみ忘れ難く思さるる。そのままに、やがて御精進にて行ひ給ふさまを、近くつかうまつる人は、旧り難かりける御覚えのほどと見奉るに、いとほしう悲しく覚え給ふ。おのづからなげのすさびに立ち寄り給ひし人々にも、なかなかこの後はつゆ思しもよらぬを、恨めしながら心苦しう思ひきこゆる人もあるべし。（秋巻一六六―一六七頁）

大将は精進潔斎し、以前関係があった女性とも全く交渉を持たないと描かれている。ところが、そもそも大将の女性関係について、作中では女君への溺愛ぶりが強調されるばかりで、他の女性との交渉は結婚以後一言たりとも描かれていない。したがって女君の死の直後に、他の女性関係への言及がなされることはいかにも唐突で、不自然の憾みがある。一方『栄花』における教通は好色で、北方以外にも情けを交わす女性達がいた。その彼が北方死後、女性達との関係を絶つという変貌を遂げたのである。

殿はそのままに御精進にて御おこなひにてのみ過ぐさせたまふに、やすからずけしきだちおとづれきこゆる人々あまたあれど、ただ今聞しめしいれず、あはれに、月日にそへて恋しくのみ思ひいできこえさせ給ふことかぎりなし。（巻二十一）

苔衣大将の描写の不自然さは、この『栄花』の描写、教通の人物造型を不用意に摂取してしまったことによると考えるのが自然であろう。

これらを併せて考慮に入れると、『苔の衣』の大将の夢に亡き女君が現れ、歌を詠む一連の場面は、『栄花物語』（巻二十一）の、北方を亡くした教通の逸話を摂取した可能性が高い。

しかもこの教通の逸話が重要なものとして『苔の衣』作者に意識されていたことは、小倉山という語が使用される『苔の衣』の他の場面と比較することによって明らかになる。

女君亡き後の男君が四季を過ごす有様を描くという趣向は、『源氏』幻巻に基づくものであるが、その一節に、

十日よひの月はなやかにさしのぼりて、小倉の山の麓も辿られじかしと思ひやりて、例のつくづくとながめ臥し給ひたるに、…（秋巻一六七頁）

とある。これは『源氏』夕霧巻の次の表現を模倣したものである。

道すがらも、あはれなる空をながめて十三日のいとはなやかにさし出でぬれば、小倉の山もたどるまじうおはするに、一条宮は道なりけり。（夕霧）

一見して露骨な表現の模倣が目につくが、模倣された場面自体は夕霧巻のものであって、幻巻とは全く関わりがない。その上『苔の衣』は表現こそあからさまに夕霧巻を模しているものの、その状況も「小倉の山」の意味するところも、全く重ならない。小倉の山も迷わない、という表現は、『源氏』では夕霧自身が暗さにまごつくことないという意味で用いられているのに対し、『苔の衣』では、苔衣大将が故女君の行末を念頭に置き、その往生を思い遣る文脈で用いられる。すなわち、この場面の基底には、大将の夢に現れた故女君が詠んだ「ともし火の光はあまた見ゆれども小倉の山をひとり行くかな」の和歌がまず存在したことが明らかである。故女君が『栄花物語』（巻二十一）の和歌を摂取して死後の行先を詠んだこの歌を踏まえ、「小倉の山」という単語からの単純な連想によって、物語の文脈とは無関係の夕霧巻の表現がたぐり寄せられたと考えられる。夕霧巻の場面は、ただ表現が類似しているに過ぎないのに対し、教通と北方の逸話は、女君を亡くした大将の心情を描く際の基盤として、連続性を持って利用されているのである。

加えて、この亡き女君の夢は、『苔の衣』の展開上決して無視できない重みを有している。教通北方が夢に現れるのはその四十九日以前の事であるのに対し、『苔の衣』の女君は、夢に現れた時点で既に死後四箇月ほども経過している。ここからは、『苔の衣』の女君が往生していないことが読み取れる。この時点では、大将は女君を失った悲嘆に囚われ、その面影を恋い慕うばかりであった。しかし自身の執着が死後の女君を苦しめていることを知った大将は、女君の夢を契機として、彼女を往生させるため、出家を現実的な行為として意識し始めるのである。

いかにぞや思したりし夢の面影、忘れ難く思さるれば、「いかでかく思はじ」と思ひ返し給ふにも、「終に思ひそめにし本意叶ひて、涼しきさまに見なしきこえたらんぞ、この世には嬉しかるべき」と思せば、月日の行くも心もとなきに、…

（秋巻一六九頁）

そして、出家を考え希望するに留まらず、大将が出家を実行に移すに至る直接の原因となったのは、一度は立ち消えになった弘徽殿姫宮の降嫁が再び持ち上がったことであった。

「一日も、上のしかじかのたまひし。たびたびおどろかせ給ふを、さのみ聞き過ぐし給はんも怪しかるべし。今は思し分くべき方もなければ、時々は文など奉り給へかし」とのたまふを、…

（秋巻一七〇頁）

と三条院の意向を父関白を介して耳にした大将は、「思し立つ方の本意叶ふべきにこそ」と、出家の意を固め、形ばかり降嫁を承諾する。降嫁の時期が決定するにつけても、「大将はいとど憂き世を出でんいそぎのみせられ給ふ」と出家遁世の覚悟は固まるばかりであり、大将はついに女君の一周忌に出家する。最終的に大将出家の引き金となったこの弘徽殿姫宮降嫁問題は、その発端からして、苔衣大将と女君の満ち足りた結婚生活に亀裂を齎し、女君の発病の原因ともなったものである。

『苔の衣』における内親王降嫁問題は、病で出家する冷泉院が、鍾愛の姫宮の将来を不安視したために持ち上がる。

いつとなくてのみ苦しくせさせ給ひて…はかなくなり給ひにし弘徽殿の御腹の姫宮は、いと愛しきものにし給ひて、…御傍らさらず生ほし立て奉り給へば、いと心苦しげに聞こえ給ひつつ押し拭はせ給ふ。「はかばかしき後見などもなき女の身は、いと心細きものなれば、殿の大将に許して、後見に心安くなむ見置かまほしく思ひ侍る…」

（秋巻一三二頁）

既に母も亡い姫宮の後ろ盾が、自らの出家によって失われてしまうことを危惧した冷泉院によって、関白の嫡男であり、前途有望な苔衣大将への降嫁が望まれたのである。

これは『栄花物語』（巻十二）において、三条院が鍾愛の女二宮禔子内親王を頼通に降嫁させようとする場面を髣髴させる。

帝の御物の怪ともすれば起らせたまふも、いと恐ろしく思すに、…女二宮児よりとり分きていみじうかなしうしたてまつらせたまふに、わが御身だに心のどかにおはしまさば、…ただ今さべく思しめしかけさせたまふべきことのなければ、「この大殿の大将殿などにや預けてまし。御妻は中務宮の女ぞかし、…」と思しとりて…（巻十二）

三条院も、物の怪に苦しむにつけて、禔子を「大殿の大将」すなわち道長の嫡男頼通に降嫁させようとするのである。

勿論『苔の衣』『栄花物語』いずれもが、『源氏』から多大な影響を受けているのであり、既に結婚している男君に内親王降嫁が持ち上がるという展開は、双方とも若菜巻を念頭に置いていることは言うまでもない。よってまず若菜巻の展開を以下に簡単に述べる。朱雀院は有力な庇護者無き女三宮の将来とその後見についてあれこれと苦慮し、結局准太上天皇である源氏を婿とする決意を固める。源氏も一旦は辞退するものの、結局女三宮降嫁を承引し、それが紫上の苦悩をもたらし発病の遠因となる、というものである。

しかし、『苔の衣』『栄花物語』双方に共通し、かつ『源氏物語』若菜巻と相違する点として、まず苔衣大将と頼通の両者がいずれも大将であって、摂関家嫡男として父の意向を無視できない立場に置かれていたことが挙げられる。加えて、男君があくまで北方の女君のみに一途な愛情を注いでおり、そのために突然の降嫁要請に苦しみ追い詰められる点、ついに内親王降嫁が実現しなかった点も、『苔の衣』の大将と『栄花物語』の頼通にのみ共通する点として指摘できる。これらにおいて苔衣大将・頼通両者の人物像は近似している。彼らと、准太上天皇であり、自らの意思一つで女三宮との結婚の可否を決定できたにもかかわらず、藤壺の面影を女三宮に追い求めた源氏とは、人物造型の上で本質的に大きく異なると言えよう。

『苔の衣』における内親王降嫁の話は、具体的には以下のように描かれる。

内裏には、殿の参り給へるに、このことを忍びて御気色あるに、またいかにぞやと煩はしく心苦しく思さるれど、いかでかさばかりのことを否と申し給ふべき。いとかたじけなき由にのみ畏まりて出で給ひて、大将殿に「かかることとなん」とほのめかし給ふに…　（秋巻一三四頁）

関白は参内した折に冷泉院から、息子の苔衣大将への内親王降嫁をほのめかされ「かしこま」って退出する。それを告げられた大将は、

まして昼間のほどだにおぼつかなき心いられも、我ながらもいと物狂おしきを、さやうに参り初めなんは、我が身も心にえ任すまじきにこそ。なほ人の御ため便なき心遣いひせんをば、よに殿、上も良しと思ひ給はじ」など、時の間に思ひ続け給ふに、いとむつかしく胸痛く、御答へもせられ給はぬを…　（秋巻一三四頁）

と、承引する外ないことを悟りながらも、女君への一途な愛情故に深い衝撃を受け、応答も出来ない有様である。

言少なにて立ち給ひぬ。帰りて御方を見給へば、白き御衣なよよかにて、あまた重なりたるを、懐かしく着なし給ひて、臥し給ひて、うち遣られたる御髪、例の今始めたらん心地してめづらしう思さる。やをら傍らに添ひ居給へるに、うちおどろきて見あけ給へる御顔の匂ひなど、すべてこの君達の母とも見えず、らうたげに若く美しきを見給ふに、そのこととなく涙もこぼれて、「かけてもこの有様に本意無きやうに見えんこ

そ、あぢきなく心憂かるべけれ」と、まだしきに世の中すさまじく思さる。やがて同じさまに寄り臥し給ひて、例の千歳をかねて語らひきこえ給ふ。（秋巻一三五頁）

そのまま苔衣大将が自邸に帰ると、女君の美しさが改めて目に留まり、それにつけても姫宮との結婚が辛く思われる、というのが『苔の衣』の展開である。次に『栄花』において、頼通が内親王降嫁の話を突き付けられる場面を示す。

大殿参らせたまへるに、このことを気色だち聞こえさせたまへば、殿、「ともかくも奏すべきことにもさぶらはず」といみじうかしこまりて、まかでたまて、大将殿を呼びたてまつらせたまひて、「かうかうのことをこそ仰せられつれば、…ただ御目に涙ぞ浮びにたるは、上をいみじう思ひきこえたまへるに、このことはた逃るべきことにもあらぬが、いみじう思さるるなるべし。…かしこまりて立たせたまひぬ。大将殿わが御もとに帰らせたまひて、上を見たてまつらせたまへば、…御衣の裾に御髪のたまりたる、御几帳の側より見ゆるほど、ただ絵にかきたるやうなり。二の宮の御髪の有様は知らず、けだかう恥づかしげにやむごとなからん方は、えしもや勝らせたまはざらんと、御心の中におぼされて、つねよりも心よう御物語聞えたまふに、…「ありつる事ほの聞えたるにや」と、御心の鬼に苦しく思さるるに、人知れず御胸騒がせたまふ…それも御心ざしのかぎりなきなるべし。（巻十二）

『栄花』の頼通も、内親王降嫁の件を父から知らされ、拒否できないことを理解はするものの、北方の隆姫女王を愛するがゆえに葛藤し涙を浮かべる。そして自邸に帰り、女二宮も敵わないであろう北方の髪の美しさを改めて確認する。このように、弘徽殿姫宮の降嫁が持ち上がる場面展開はやはり、『栄花』の頼通の逸話と重なるのである。

以上、『苔の衣』において、苔衣大将に内親王降嫁問題が持ち上がり、女君への愛情から苦悩するが結局破談となる点、大将の夢に亡き女君が現れ歌を詠む点、二―一、二―二で指摘した通り、関白の息子である苔衣大将が出家して聖の衣を着る点は、それぞれ『栄花物語』の頼通・教通・顕信の逸話を取り込んで利用していると考えられる。

史実・現存の作り物語において、これら三点全てを満たす人物は管見の限りでは見当たらないことからも、出家の契機から実行に至るまで、苔衣大将が、『栄花物語』に見える道長の子息三人の逸話を集約して描かれていることが裏付けられるよう。

系図から見ても、『栄花物語』の利用から見ても、出家に至る苔衣大将の人物造型は、顕信・教通・頼通という道長の息子三人を意図的に集約して造型されていると考えられるのである。

二―四、摂取の意図

では改めて『苔の衣』が史実を摂取する意図を考えたい。ここまで史実の系譜及び『栄花物語』を、『苔の衣』がいかに摂取しているかについて検討してきたが、その中心はあくまで苔衣大将にあって、この点で大将は他の登場人物とは一線を画している。史実の系譜に関して『苔の衣』は、大将を中心として一方では顕信と高光の系譜を、一方では頼通をはじめとする摂関家の系譜を下敷きにしている。加えて、詳細は次章で述べるが、『苔の衣』は、顕信らの逸話以外にも歴史物語を摂取・利用している。しかし、史実の人物を三人も集約して描いているのは苔衣大将のみであり、『栄花』摂取の重心もやはり苔衣大将にある。

しかも、北方への愛情ゆえに内親王降嫁に思い悩む嫡男頼通、亡くなった北方が夢に現れた教通、そして摂関家の子息でありながら出家遁世した顕信という、実在した道長の息子達の逸話は、いずれも出家遁世への動機付け及び実行の前例となっている。

つまり『苔の衣』は、苔衣大将の出家遁世を描くために、その裏付けとして史実を援用したと考えられるのである。そしてその意図を正確に理解するためには、苔衣大将の出家遁世が意味するところを把握しておく必要がある。

現存する作り物語に出家遁世譚は数あれど、摂関家の嫡男がその実行者となる例は見出し難い[21]。関白の息子が若くして出家する例としては、『いはでしのぶ』第二部の右大将が挙げられるが、彼は嫡男ではない。他に『浅茅が露』の関白の嫡男二位中将は、『風葉集』では「入道関白」と記載されている。つまり最終的に関白まで昇進した後出家したと見られ、これも貴公子が将来の栄達を擲って出家遁世したものではない。このように摂関家嫡男の出家遁世は、物語においてすら殆ど見受けられない。鎌倉時代中期に至るまでの史実においては勿論のことである。

史実における摂関家子息の出家遁世といえば、顕信の出家遁世は世間を騒がせたようであり、その子細が『栄花』や『大鏡』にも記録されている。顕信は道長と源明子の間に生まれ、源倫子腹の息子たちと比較すると出世の遅さが明白であるが、嫡妻の子でない顕信であってさえ、摂関家の子息の若くしての出家遁世は、後代まで語り継がれる事件となったのである。まして苔衣大将の出家遁世は、摂関家の嫡男にしてただ一人の息子のそれであって、物語と言えどその衝撃たるや顕信の比ではない。

『苔の衣』は、最高の栄華栄達が半ば約束された、摂関家の嫡男にして一人息子がそれを擲って出家遁世するという、他に例を見ないような衝撃的出来事を描いているのである。苔衣大将の出家遁世は、本来ならば現実味に欠け、批判の対象ともなりかねない。[22] そこで『苔の衣』は、出家の契機、動機付けから実行に至るまで史実を援用することで、その出家遁世に説得力を与え、それを必然的なもの、なるべくしてなったものとして描こうとしたと考えられるのである。

ここからも、秋巻までにおいては、歴史物語が『源氏』とはその摂取の有様を異にし、より明確な意図を持って利用されていることが読み取れる。[23]『苔の衣』において史実の摂取は、その主題を探る上でこれまで以上に重視されるべきだと言えよう。

『苔の衣』はこれほど意を注いで苔衣大将とその出家遁世を描いたのであり、『苔の衣』の秋巻までにおける主題は、苔衣大将の出家遁世にあると考えられる。すなわち苔衣大将は、主題を担う人物という意味において秋巻までの主人公であると言えよう。

三、冬巻における主人公

春巻から秋巻における主人公が苔衣大将であるとするならば、大将の出家遁世後、その大半を大将の子供たちの世代にあたる第三世代を描くことに費やしている冬巻における主人公はいったい誰であろうか。

この第三世代の描かれ方については、神野藤昭夫氏が、春巻から秋巻までが『狭衣』をあくまで「断片的」に利用するのに対し、「構想の根幹に『狭衣物語』の変改を意識し[24]」たとされる。すなわち、第三世代の主な登場人物、兵部卿宮・春宮女御・双子姉君の造型の根幹が、それぞれ狭衣・源氏宮・飛鳥井姫君にあることが露骨なのである。一例を挙げると次の如くである。

弥生の十日ごろ、南殿の桜常よりもおもしろきを、…一枝折りて姫君の御方へもて渡り給ひたれば、…うち見おこせ給へる目見、額つき、面様など、絵に描くとも筆も及ぶまじきを、例の胸うち騒ぎて見給ふ。すこし起き上がりて、取り給へる手つきなど、たとへんかたなく美しげなるに、忍び難くて、

人知れず思ひ忍びて今日やさは深き心の程を知らせん

とて、御腕をとらへつつゆるしきこえ給はねば、いと心得ずむつかしくて、うつぶし給へる髪のかかり、髪ざしなど、なほ類なくぞ思さるるに、…

（冬巻二〇九－二一〇頁）

と、兵部卿宮が、兄妹同然に育った入内前の春宮女御に思いを訴える場面は、次の『狭衣』の場面、

三月も半ば過ぎぬ…いかで一枝御覧ぜさせてしがな」とて、うち置き給ふを、宮少し起き上がり給ひて、見おこせ給へるまみ、つらつきなどの美しさは、花の色々にもこよなくまさり給へり。例の胸うち騒ぎて、つくづくとうちまもられ給ふ。「花こそ花の」と、とりわきて山吹を取らせ給へる御手つきなどの、世に知らず美しきを…御手をさへ取りて、袖のしがらみせきやらぬけしきなるに、宮、いとおそろしうなり給ひて、とらへたまへる腕にやがてうつぶし伏し給へるけはひ、…近まさりはいま少し類なくおぼえ給ふに、…

（『狭衣』巻一）

の表現、展開をあからさまに摂取している。こういった先行物語摂取の在り方は、秋巻までのそれとは明らかに様相を異にしている。一例として、自らの死期を悟った女君がさまざま思い乱れる秋巻中の一節を示す。

「終に消え果てなん後は、いかばかり思さん」と、まことに後らかし奉らんも後ろめたく思さるるにも、「故大臣おはせましかば、いかばかりの気色ならまし。よくぞ先立ち給ひにける」と思ひ続け給ふに、…

（秋巻一五五頁）

父が生きていたならば、自らの死によって悲しませたに違いないので、父の死を逆説的に慰めとするというこの表現は、『源氏』須磨巻の表現、

「過ぎはべりにし人を、よに思うたまへ忘るる世なくのみ、今に悲しびはべるを、この御ことになむ、もしはべる世ならましかば、いかやうに思ひ嘆きはべらまし、よくぞ短くて、かかる夢を見ずなりにける、と思ひたまへ慰めはべり。…」（須磨）

を摂取している。これは須磨退去の暇申しに訪れた源氏に対して、葵上の父左大臣が、亡き娘がこの状況に直面しなかったことが唯一の救いであると語る表現であるが、あからさまな摂取が見られる破線部の表現以外、『苔の衣』の場面や状況は『源氏』と全く異なる。諸先学の指摘する通り、『苔の衣』の女君が発病し死に至る展開は、『源氏物語』御法巻の展開を襲ったものである。しかし、『苔の衣』はこの文脈を無視し、全く無関係の須磨巻から表現のみを抜き出し、当該場面に塡め込んでいる。『苔の衣』の秋巻までの先行物語摂取にはこのように、表現のみをあからさまに模倣し、場面展開に意を払わずに継ぎはぎする手法が随所に見られるのである。

対して、第三世代の一部始終は、前述した通り、表現・構想とも全面的に『狭衣』に凭りかかった上で、『源氏』の柏木と女三宮の密通、『住吉物語』の展開及び表現をも模倣している。総じて第三世代の物語は第二世代までと比較して余りにも独創性に乏しく、蛇足と捉えられかねない。大将の出家遁世で幕を閉じてもおかしくない『苔の衣』が、第三世代の物語を延々と紡ぎつつ冬巻を描いた意義はいったいどこにあるのだろうか。

ここで改めて冬巻の構成を確認してみよう。すると、まず年明け、大将不在の除目での関白家と、比叡山の大将の様相が対比的に描かれる。その後大将の子供ら第三世代の中心人物たちの状況が提示され、さらに大将の修行の様子が描かれた後、第三世代の物語が本格的に語られ始める。そして結末部分に至って、苔衣大将と重態に

陥った娘の中宮との再会と別れが、苔衣大将の葛藤と共に描かれる。かくして物語は、行方をくらました山伏が苔衣大将であったと気づいた大将の子供たちと姉の女院とが悲嘆に暮れるところで閉じられる。

すなわち、冬巻は第三世代を描くことに終始してはいないのである。分量が膨大なため、これまで第三世代の物語にばかり目が向けられがちであったが、寧ろ巻頭と巻末において中心的に描写されるのが苔衣大将の行動と心情であることは注目されるべきだと思われる。

ここに目を向けると、冬巻冒頭において仏道修行に励む大将が、物語の結末部分でもある冬巻巻末において、重態に陥った我が子と再会し、出家者としての在り方と親子の恩愛との間で葛藤しつつも別れるという一貫した流れが読み取れるのである。第三世代の物語は、中宮の重病という、大将と我が子の再会に必要な要因を導き出す長大な導入部であると考えられる。

冬巻の構成の詳細については第三章で考察するが、冬巻の意義は、苔衣大将が我が子との再会を果たして別れ、さらなる深山へ去るに至る葛藤を描くことにあると考えられ、苔衣大将は依然として主人公性を有すると考えられるのである。

四、『苔の衣』の主人公

『苔の衣』は史実を摂取するにあたり、苔衣大将をその基点とし、その系譜及び人物造型において、顕信、教通、頼通という道長の息子達を集約して造型した。その意図は、道長の息子という栄達を半ば約束された人物の逸話を集約し、史実に依拠した動機付けを行うことで、関白嫡男にして一人息子である苔衣大将の出家遁世という、他に類を見ないほどの衝撃的出来事を、「実際にありえたかもしれない必然のこと」として説得力を持って描くことにあると考えられる。このような史実の系譜と歴史物語の摂取の在り方は、注目されるべきであろう。史実を援用して『苔の衣』が最も意を注いで描いたのは苔衣大将の出家遁世であり、大将の誕生から出家遁世までを描く春巻から秋巻までにおいて、苔衣大将は紛れもなく主人公であると言えよう。

冬巻における先行物語摂取は秋巻までのそれと様相を異にする。冬巻は構想・表現とも先行物語に凭れ掛かり、独創性に乏しい第三世代（苔衣大将の子供世代）の物語が分量の大半を占める。しかしこれは、物語の結末部分における大将と我が子の再会と別れ、それに伴う葛藤を導き出すために存するものであり、巻頭及び巻末部分において中心的に描かれる苔衣大将は首尾一貫して冬巻の主人公であり続けていると考えられる。すなわち、主題として提示される「苔の衣の御仲らひ」とその「あかぬ別れ」は、あくまで苔衣大将を主体として読むべきであり（冬巻に関してそもそも当初の構想にあったのか否かは第三章にて検討する）、苔衣大将は『苔の衣』の主題を担い、全編を貫く中心人物として描かれていると言えよう。

主題を明らかにし、『苔の衣』がいつどのような場で制作されたかに迫るためには、さらに精細な検討を重ねることが必須であるので、次章では『苔の衣』が歴史物語や史実の系譜をどのように享受し摂取したかについて、より具体的に検証することによって、その全貌を明らかにし、それが主題にどう関わるか探ることとする。

注

（1）今井源衛「『苔の衣』解題」（『中世王朝物語全集七　苔の衣』、笠間書院、一九九六年）に拠ると、その他「春夏秋冬の呼称を棄て」た五冊本や十冊本も存する。

（2）『無名草子』には記述がなく、『風葉和歌集』に二首入集するためである。小木喬『鎌倉時代物語の研究』（東寶書房、一九六一年）は入集歌数の少なさから『風葉集』直前の成立とされる。異説として、山田和則「二条太皇太后宮令子サロンの物語制作―散逸物語『すまひ』の成立を中心に」（『日本文学』第五一巻第一二号、二〇〇二年一二月）、「『苔の衣』成立論―改作仮説と二条太皇太后宮令子サロン」（『国語と国文学』第八一巻第一〇号、二〇〇四年一〇月）がある。

（3）三谷栄一『物語文学史論』（有精堂出版、一九五二年）。

（4）小木喬「苔の衣」（『日本古典文学大辞典』、岩波書店、一九八三―八五年）。

（5）豊島秀範「『苔の衣』主題論」（『物語史研究』、おうふう、一九九四年）。

（6）辛島正雄「「苔の衣の御仲らひ」再考―『苔の衣』読解のための覚書」（『中世王朝物語の新研究』、新典社、二〇〇七年）。

（7）巻四を第三部とし、世代で三部に分ける三部構成説には、森岡常夫「苔の衣にあらはれたる愛情」（『文化』第一巻第一〇号、一九三四年一〇月）、佐々木八郎「『苔の衣』覚書」（『学苑』第六巻第一号、一九三九年一月、のち『中世文学の構想』、明治書院、一九八一年）、二部構成説のうち、巻三までと巻四に分ける小木喬『鎌倉時代物語の研究』（東寶書房、一九六一年一一月）など。巻四のみを切り離さないものとしては、姫君に重点を置き全体を巻一・二と巻三・四とに分かつ安達敬子「擬古物語と源氏物語―『苔の衣』・『木幡の時雨』の場合」（増田繁夫・鈴木日出男・伊井春樹編『源氏物語研究集成　第十四巻』、風間書房、二〇〇〇年）。

（8）たとえば、冷泉家時雨亭文庫蔵の『簾中抄』は文永年間に書写され追筆がくり返された。熱田公「『簾中抄　中世事典・年代記』解題」（『冷泉家時雨亭叢書　第四八巻』、朝日新聞社、二〇〇〇年）参照。

（9）豊島秀範前掲注（5）及び「歌語〔苔の衣〕の用法とその変遷」（『群馬女子短期大学紀要』第二五号、一九九九年一二月）。

（10）本書では、史実といった場合に、歴史的事実だけでなく、歴史物語等によって知られていた逸話等をも含むこととする。

（11）今井源衛『王朝末期物語論』（桜楓社、一九八六年）。ただし、「「はかなく月日うつりてやう〳〵冬にもなりぬ」、「はかなく年もかへりぬ」等々の事項、或は、儀式、慶事などにしばしば月日を詳記する癖のあるのも、一つにはその影響かと思われる」との指摘はあるが、その他については具体的には触れられていない。

（12）具体例を挙げると、現存『しのびね』では「かねてより、聖にかく出家の志ありとはの給はで」、『海人の苅藻』では「年ごろの聖の坊におはしまして」などとあり、聖本人がどのような人物であるかの描写は無いのが普通である。

（13）底本（伊達市開拓記念館蔵本）・島原図書館本・穂久邇文庫本「はらから」。内閣文庫蔵本「はら」、実践女子大学蔵四冊本「はゝ」、実践女子大学蔵五冊本・国会図書館十冊本「つら」。「ら」と踊り字は誤りやすく、また「は」の字母が「八」の場合「つ」と誤りやすい。「はらから」の場合、聖は大将の伯父にあたるが、そういった記述は見られず、「はら」が矛盾すると読んだ後人の賢しらの可能性が高い。

（14）前後の文脈で既に出てきている場合はともかく、突然「故宮」「故殿」「故大臣」等が出てくる場合、多くはその人物の身内である。例えば『源氏』の一例を挙げる、

左兵衛の督、権中納言なども、こと御腹なれど、故殿の御もてなしのままに、今も参りつかうまつりたまふことねむごろなれば、その御子どももさまざま参りたまへど、この君に似る匂ひなく見ゆ。（少女）

大宮のところに、内大臣をはじめ、大宮の実子ではない左兵衛督や権中納言なども、「故殿」すなわち彼らの父の方針に従って、参上しお世話申し上げている、という説明である。また『栄花』の一例、定子が父道隆亡き後の境遇を嘆く場面を挙げる。

中宮は、年ごろかかることやはありつる、故殿の一所おはせぬ故にこそはあめれと、あはれにのみ思さる。（巻四）

このような例は数多い。

（15）たとえば七巻本『宝物集』「我朝に出家遁世する人」。

（16）史実としては道長は関白ではないが、後世「御堂関白」と称されていた。

(17) 新編日本古典文学全集の底本である梅沢本では「よかは」。西本願寺本、富岡甲本等は「かは」であり、史実としては「皮の聖」が正しいようであるが、鎌倉時代には既に「よかは」という本文を持つテキストが存在した。松村博司「栄花物語における皮聖と藤原顕信」(『平安文学研究』第三五号、一九六五年一一月)参照。

(18) 『苔の衣』は「故先帝」「一世源氏」といった物語前史の人物の系譜においても、史実の系譜を下敷きにしていると考えられる。詳細については第二章参照。あくまで苔衣大将を基点としていることを重視すべきである。

(19) 「袂」を出家人の衣に裁ちかえるとする類歌はさほど見られない。他には、

いかでかくはなのたもとをたちかへてうらなるたまをわすれざりけん

(『後拾遺集』雑三・加賀左衛門・中宮のないしあまになりぬとききてつかはしける)

が挙げられるが、道長詠は、取った語句の位置も同じであり、やはり直接には道長詠が影響を与えたと考えるべきであろう。

(20) 加藤静子『王朝歴史物語の方法と享受』(竹林舎、二〇一一年)参照。

(21) 散逸物語のうち、『うぢのかはなみ』『しのぶ』『道心すすむる』などは小木喬『散逸物語の研究 平安・鎌倉時代編』(笠間書院、一九七三年)によって、その可能性があるとされる。他に関白嫡男の可能性がある男君としては、『むぐらの宿』の男君が挙げられるが、彼は悲嘆の余り亡くなってしまうのであり、出家遁世は実行しない。

(22) たとえば『無名草子』では「まことしからぬ」ことが欠点として様々批判される。

(23) 比較すると『栄花物語』は、文章表現そのものよりも寧ろ人物の逸話に関心を持って取り込まれており、『苔の衣』においては、先行の作り物語摂取とは性質を異にしている。

(24) 神野藤昭夫『散逸した物語世界と物語史』(若草書房、一九九八年)。春巻から秋巻における『狭衣』の摂取としては、苔衣大将が、女君を垣間見て恋慕し、女君の入内が近づく苦しさを「室の八島の煙だに燃え出でざらん」(夏巻八四頁)とするほか、琴《きん》の演奏の素晴らしさを、「更けゆくままに笛の音澄みのぼりて、狭衣の大将の、「光にゆかん天の原」と吹きすまし給ひけん笛の音もこれには及ばじや。まことに月の都の人待たるる心地する」とするなどの例が指摘できる。また、和歌における摂取・模倣が顕著である。

第二章　『苔の衣』の系譜

一、史実への関心

今井源衛氏は中世王朝物語全集の『苔の衣』解題において、「作者にはもともと、全四巻を通ずる統一体としての精密な構想の用意がなかったとしか考えられない」(1)と評する。しかし前章において、『苔の衣』が史実の系譜及び歴史物語の逸話を摂取しており、その意図は苔衣大将の出家遁世を説得力を持って描くことにあると論じた通り、『苔の衣』には、苔衣大将の出家遁世を描こうとする構想が歴然と見受けられるのである。

今井氏はその評価の根拠として、まず第一に「「年立」と、物語本文の年数記述の間には十一箇所(2)に及ぶ矛盾箇所が見出さ」れるという「全体を通ずる年代的な不整合」を挙げ、それを裏打ちするものとして、人物名や官職の不統一を指摘する。確かに、『苔の衣』には明らかな年立の矛盾が何箇所も存在し、整合性は端から意識されていないようにも見受けられる。また、登場人物の官位の昇進や死亡、及びその系譜について本文中ではっきりした説明が加えられないため、登場人物の比定が難しく、特に物語の展開に深く関与しないいわゆる脇役の系譜は捉え難い。加えて呼称の錯誤（祖本に遡る可能性がある）や、諸本間での人物表記の混乱も、人物の比定をますます困難なものとしている。

よって年立の矛盾と、人物比定及び系譜を把握することの困難を関連するものとして捉えるならば、『苔の衣』がそもそも統一的な構想に基づいていないのではないかという疑念が生ずるのも自然なことと言えよう。しかし、現代の読者が混乱を来す要因は、まさにここにあるように思われる。すなわち、年立の矛盾と人物の系譜を読み解く難しさは、作品成立当時の読者の価値観、共通認識を想定した時、本来別個の問題として扱われるべきではなかろうか。

歴史物語の影響を受け、歳月の推移、登場人物の年齢や官位の昇進などを事細かに示す(3)『海人の刈藻』や、七代およそ半世紀を描く『我身にたどる姫君』においてすら、年立に全く矛盾がないわけではない。また『無名草子』も年立の不審は話題に上せない。『源氏物語』の年立にしても、正編と宇治十帖との接続、明石君の年齢など、現在でも問題とされる矛盾点は存する。濱橋顕一氏は『源氏物語』の年立に関する一連の論考において、年立に囚われた読みに警鐘を鳴らし、年立について「あくまで読者や研究者が作製した、あるいは作製しようとする、単なる〝ものさし〟にすぎない(4)」とし、「年立の問題と成立・構想の問題とは、慎重に切り離して考えなければならない(5)」と述べる。これは独り『源氏物語』のみならず、物語一般にも当てはまる考え方ではなかろうか。『源氏物語』においては、年立上矛盾を来すにもかかわらず、紫上が厄年にあたる三十七歳であることがその発病直前に明示されるが、これなどは「あれこれの年次上の詮索をしないで、…叙述の一々を読み進めればよい(6)」一例であろう。同様の例は他の物語にも見受けられ、たとえば本書Ⅰ部第一章で述べた通り、『石清水物語』は、武士伊予守に『平家物語』の維盛像を投影して描くために、敢えて年立に矛盾する年齢を記すのである。

ここで『苔の衣』の年立を考えるため、苔衣大将の年齢を基準として『苔の衣』略年表を作成した。すると年立上の矛盾、たとえば西院上の死亡時の年齢が年立に則ったそれより十歳以上も加算されている点、春宮の元服時の年齢が本来よりも大幅に若返る点などは概ね、その場面にふさわしい年齢が示された結果生じたであろうことが見て取れる（章末に略年表を掲げたので参照されたい）。同時に、年立に明示される年齢から考えると、苔衣大将がその北方の女君より二歳年長であること、二人の間に生まれた苔衣大将の若君（のち関白）と姫君（のち中宮）が二歳差の兄妹であること、双子姉君と兵部卿宮がいずれも苔衣大将の若君の二歳年長であることは、物語中でほとんど矛盾を起こさず[7]、これらが年立の基本として意識されていただろうことが浮かび上がる。つまり『苔の衣』は、物語の中心人物たちの関係においては年齢差を違えないが、周辺人物たちに関する年齢は適宜改変する傾向があると言えよう。

このように、作者の意図はしばしば年立の整合性に優先したのであり、年立の矛盾は構想が用意されていないことには直結しない。

一方で系譜は、登場人物の素姓を語るものである。人物の出自が高貴なものであるか否かは、物語を批評する上で重要な要素であると共に[8]、登場人物の系譜は、物語を読解する上で必要不可欠なものとして重視された。『海人の刈藻』や『我身にたどる姫君』などが膨大な系図を擁することも、一面系譜への興味を物語るものであろう。特に『我身』に関しては、皇統譜との対応を軸として、意識的に摂関政治全盛期の「史実をなぞって[9]」いるのであり、系譜を軸とした史実への関心の高さが顕著に見て取れる。これは『我身』に限った傾向ではなく、皇統譜や氏の系譜はそもそも、諸系図や『簾中抄』『二中歴』などにより、貴族社会における一般常識として定着していたと考えられる。

また歴史物語についても、加藤静子氏[10]が指摘するように、阿仏尼の『乳母のふみ』や『無名草子』にはその享受の様相が示されている。『乳母のふみ』には、畏き聖の御代より、女御后の御上まで、世継に見えて候へば、よく御覧ぜられ候へ。三条の后の御もてなしぞ、かたはら痛き御事ながら、末の代まであらまほしく、いみじき御振舞にて候。御心用ひ、世の掟、古きを改め、村上の御代より此の方、御覧じ覚えて、…節毎に故を添へ、思ふ所有るが善き事にて候。

とある。歴史物語は宮仕えする女房などが読み、その「御代」「御上」を知り、心構えを学ぶべき書物だとされたようである。『無名草子』にも同様の言辞が見られる。

「さのみ、女の沙汰にてのみ夜を明かさせたまふことの、むげに男の交じらざらむこそ、人わろけれ」と言へば、「げに、昔も今も、それはいと聞きどころあり。いみじきこと、いかに多からむ。同じくは、さらば、帝の御上よりこそ言ひ立ちなめ、『世継』『大鏡』などを御覧ぜよかし。それに過ぎたることは何事かは申すべき」と言ひながら。

女性について語り明かした老婆は、若い女性達に、男性の「御上」を知るには歴史物語を読むにまさることはないと話すのである。

歴史物語の読者はまた、女性に限定されない。『春の深山路』において飛鳥井雅有は、春宮（のちの伏見天皇）の女房按察に対し、以下のように述べる。

「…大方は世継などぞ坊の御程にてはよく御覧ぜられて、世の成り行くさまも、御まつりごとのよしあしも、思し召し分くべき御事にてぞ侍る。かの文は御位にては御覧ぜられぬ由、古く申し習ひて侍れば、以前に御覧ぜられたらば、よくこそ侍らめ」

雅有は、伏見が春宮であるうちに歴史物語を読み見識を深めることを勧めており、歴史物語は、史実の人物の逸話、行状を知り、政治や社会情勢を学ぶための書として広く享受されていたことが窺える。

そのほかにも、宝治二年（一二四八）に成立し、後嵯峨院にも献上された『万代和歌集』には、後拾遺時代を中心とした王朝期の、歌人としては無名な人物の和歌が数多く採られている。これは、『栄花物語』が『万代集』の典拠となっていたことを示す。安田徳子氏は、その典拠が賀部と哀傷歌に集中していることについて、「『万代集』が個々の歌への興味というより、『栄花物語』に描かれた王朝世界に興味を持」っていたためだと指摘する(11)。後嵯峨院時代には、王朝時代への興味、関心が高まり続けていたと言えよう。

折しも当時の『源氏物語』享受においては、『源氏』の人物や事件が、史実になぞらえているとする「准拠」という概念が成立しつつあり、『源氏』注釈書などでは准拠が意識され始めていた。藤原定家の『奥入』では、『大鏡』や芹川行幸の例を挙げるなど、その萌芽が見られる。建長四年（一二五二）から文永四年（一二六七）にかけて鎌倉で成立したかとされる(12)『光源氏物語抄』も『栄花』『大鏡』を引いて准拠を指摘する。素寂の『紫明抄』に至っては史実と『源氏』の系図を並べて准拠について論ずるのであり(13)、『弘安源氏論議』における問答においても、当然のごとく准拠は問われている。

「準拠」という視点を獲得することによって、『源氏』は架空の世界を描いた作り物語でありながら、よりいっそう史実に近くなった。『源氏物語』は、『六百番歌合』の判詞で藤原俊成が「源氏見ざる歌詠みは遺恨のことなり」と述べたような、歌を詠むための参考文献にとどまらず、王朝時代に憧憬を抱く読者がその時代について知り、王朝時代を追体験する手引きとなったであろうことも推測される。

『我身にたどる姫君』はまさにこのような時代にあって、おそらく『栄花』を主な資料として系譜を対応させ、史実をなぞっているのであり(14)、物語作者が「準拠」という手法を知ってか知らずか、史実を物語制作に活かしている。これらに鑑みると、鎌倉時代初期から中期にかけての貴族社会において、史実は歴史物語や系譜によって広く共有されており、かつ物語の享受・制作とも深い関わりを有していたことが見て取れよう。『苔の衣』は、まさにこれらの、当時の貴族社会における共有された知識教養を踏まえずして、正確な読解が困難な物語と思われる。

本章では、前章で明らかにした、苔衣大将周辺の人物造型及び系譜がいかに史実を利用しているかということに加え、『苔の衣』の全体の系譜や人物造型がさらに、歴史知識を前提とし、史実に取材した構想のもとに構築されていることを明らかにし、その意図を探りたい。

二、『苔の衣』の系譜

現存する『苔の衣』の系図としては、江戸後期の国学者黒川春村のものが古いが、彼はその系図を記すにあたり、次のように述べている。

右は一読のついでに大概をしるせるなれは猶不審のすち〳〵おほかり他日なほ再考／芳蘭（花押）[15]

江戸時代には既に『苔の衣』の系譜を読み解くのが困難になっていたことが窺えるが、それももっともである。なぜならば、官職の異動や血縁関係を、言葉を費やして分かりやすく説明しようという姿勢が、『苔の衣』には見受けられないからである。したがって順を追って本文を読んだ場合、その系譜は非常に把握しづらい。しかし、端々に表れる条件を積み重ね推理すれば、作者の描いた構想を窺い知ることができる。

前章で述べた通り、『苔の衣』は、関白家の嫡男苔衣大将が、右大臣家の女君と結婚しのちに出家遁世するという大筋に、様々な人々が関わる物語であると言えよう。ただし、史実が『苔の衣』に及ぼした影響を詳らかにするためには、改めて系譜の不審点を検討し、登場人物の系譜を政治的状況と共に明らかにする必要がある。ここではまず主な人物の官歴を整理し、各家の系譜に着目して検討することとする。

物語開始時における主な官としては、苔衣大将の父関白［1］（以降官位の高い順に、主な人物に［　］で番号を振る）、関白［1］の娘の袴着のあと、宴で拍子を取る左大臣［2］、梅壺女御の父右大臣［3］(16)、東院上の父左大将［4］、右大将［5］、権大納言［6］（左大将［4］の弟）などが存在した。これは、関白の娘の袴着及び入内に際しての官位の記述や、「右大将」が死去した際の官職の異動などから知られる。まず関白家の系図を次に示す。

8『苔の衣』関白家系図

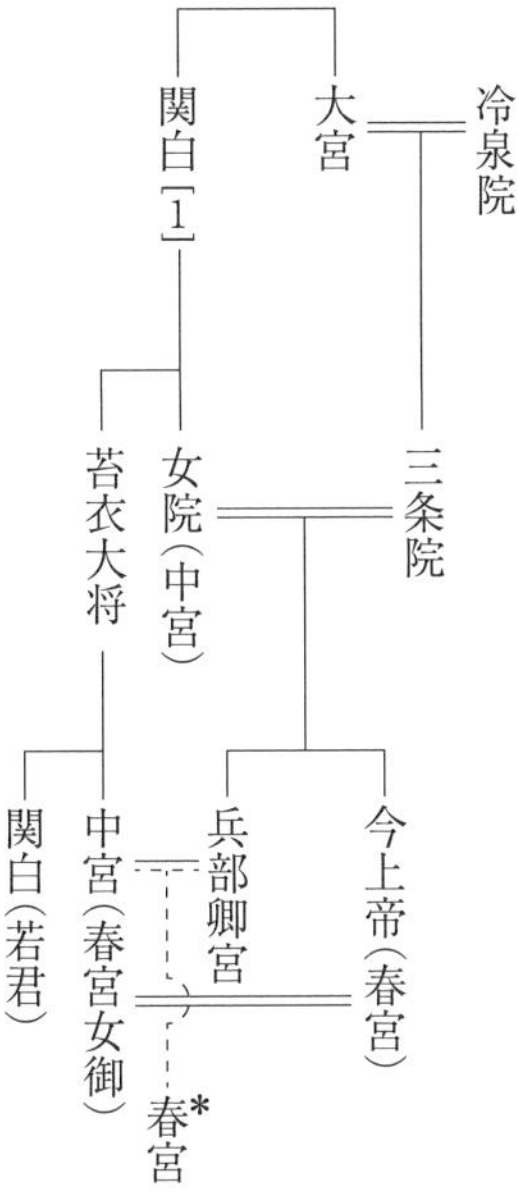

関白［1］のきょうだいである大宮は、冷泉院との間に唯一の皇子三条院を産む。関白の娘（苔衣大将の同母姉）は三条院の春宮時代に入内し、今上帝を産み立后する。さらに二宮兵部卿宮を産み、のち女院号を蒙る。関白家の権勢は盤石に見えるが、今上帝の後宮には関白家に先んじて左大臣家の宣耀殿女御が入内しており、さらには関白の嫡男にして唯一の男子苔衣大将が出家遁世してしまうなど、権力の継承という観点からは一時的な危機を迎えることもある。だが結局関白の職は無事大将の息子の若君に譲られ、かつ大将の娘は今上帝に入内して春宮（実は兵部卿宮の子）を産み立后している。物語を通じて関白家は帝・春宮の外戚となることで後宮を制し、その権勢は比類無いと言える。

ちなみに、苔衣大将の元服時の描写に、

9 『苔の衣』内大臣家・右大臣家系図

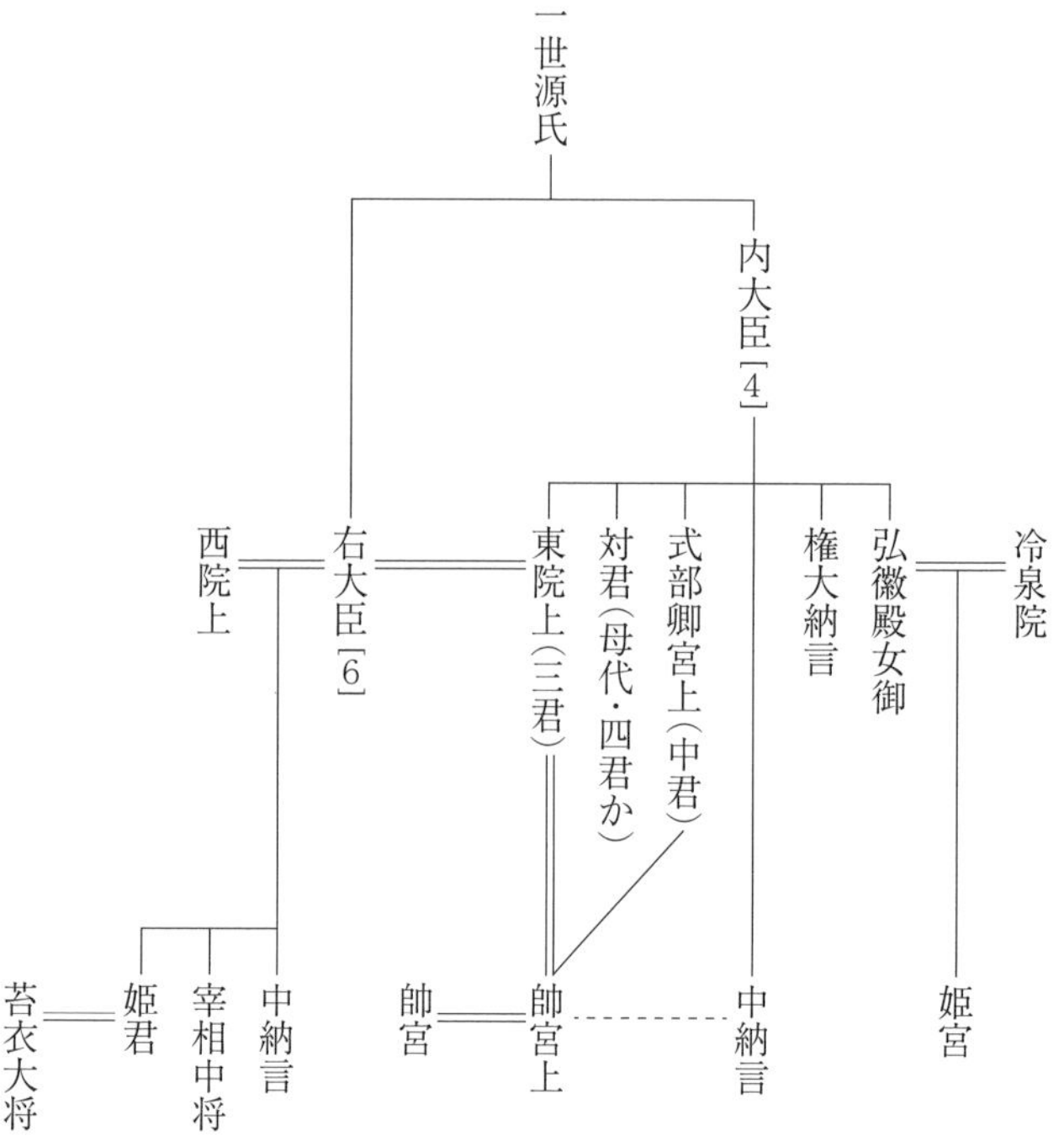

※帥宮上は伯父の中納言に盗み出される。

御引き入れは、昔覚え給ふ人とて左の大臣ぞつかうまつり給ふ。（春巻三六頁）

とある左大臣は、関白[1]の娘（女院）の袴着の折の宴でも拍子を取っていた左大臣と同一人物であり、この左大臣[2]も関白[1]とは何らかの血縁関係を有すると推定される。

次いで源氏の兄弟、内大臣家と右大臣家の両家の系図を上に示す。

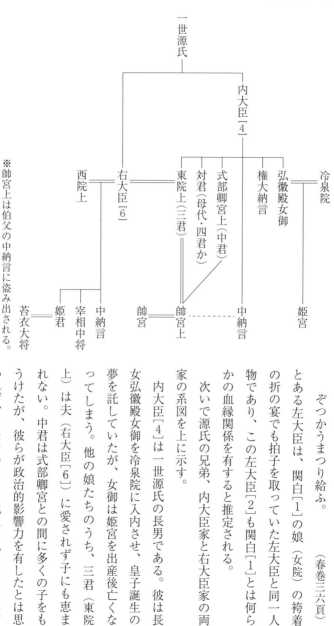

内大臣[4]は一世源氏の長男である。彼は長女弘徽殿女御を冷泉院に入内させ、皇子誕生の夢を託していたが、女御は姫宮を出産後亡くなってしまう。他の娘たちのうち、三君（東院上）は夫（右大臣[6]）に愛されず子にも恵まれない。中君は式部卿宮との間に多くの子をもうけたが、彼らが政治的影響力を有したとは思われず、またそのような記述も見当たらない。さらには弘徽殿女御の姫宮も出家してしまうのであり、内大臣家の後宮政策は成功したとは言い難い。

一方右大臣[6]は、三条院から娘を入内させるよう要請されるが、関白の娘中宮を憚り応じない。三条院の熱意に押され、一度は姫君を入内させることを決意するものの、関白の強い要望によりそれを撤回し、関白の嫡男苔衣大将と姫君を結婚させた。これによって右大臣家は後宮における関白家との権力争いを回避し、かつ関白家と強い結びつきを得た。

ところで冷泉院の後宮には、関白家の大宮、内大臣家の弘徽殿女御の他にもう一人、梅壺女御という人物も入内している。梅壺女御の父は物語開始時の右大臣［3］である。この右大臣［3］の子息に関しての描写が見られる場面を次に示す。

右大将［6］、内大臣になり給ふ。宮の宰相、中納言に上がり給ひにたり。右の大臣［3］の太郎［7］、梅壺の御兄、権大納言と聞こえし、右大将かけ給ふ。さまざま今めかしき事どもに、内の大臣の君達みな籠りおはするぞいとあはれなる。（春巻三六頁）

右は東院上の父内大臣［4］が亡くなってしばらくして行われた、苔衣大将元服の場面である。傍線部より、右大臣［3］の子女には梅壺女御と、その兄で長男の権大納言兼右大将［7］がいることが判明する。右大臣［3］の息には他に男子衛門督［9］がいることも、同じ春巻に示される。

中将は、今は大人しくなり給ぬれば、人々あまた気色だち給ふ中にも、宮の中納言、梅壺の御兄の衛門督［9］などは、故上もさやうにもと思したりしかど、…（春巻四九頁）

この一族は、特に今まで系譜や官歴が不審とされてきたので、以下検討してみたい。

元服から数年が過ぎ、右大臣［6］の娘の女君を垣間見して帰宅した苔衣大将に向かい、乳母が縁談の話をする場面を次に示す。

大弐の乳母寄り来て、「昨夜、左大将殿より文候ひしかば、御覧ぜさせんとて尋ね参らせ給ひしかども、…」

など語るを聞き給ふにも、「いでや、何事も物憂くぞおぼゆる。冷泉院の女御、いとしもすぐれ給はねばこそ、年頃になり給ひたれど、映え映えしきこともものし給はで、今は里がちにものし給ふらめ。これも、いとすぐれても聞こえぬを、ありありてよすがと頼みたらんこそ本意なかるべけれ」など思ひつづけ給ひ、…

（春巻六〇－六一頁）

苔衣大将は、「冷泉院の女御」が院の寵愛を獲得できない理由を、容貌が余りすぐれていないことにあると考え、それを判断材料として、「左大将」の娘がさほど美しくないという評判に信を置く。ここで唐突に「冷泉院の女御」が登場する理由は「冷泉院の女御」、「左大将」の娘の両者の血縁関係にあると取るのが自然であり、この時点で「冷泉院の女御」のうち弘徽殿女御は亡くなっているので、消去法的にここに言う「冷泉院の女御」は梅壺女御と推定される。世代からして左大将はこの女御の兄弟であるが、彼に関しては次の描写が参考となる。

まことや、左の大臣の御忌みも果てにしかば、左大将、内大臣に上がり給にしぞかし。同じ折、右大将に、関白殿の大納言殿なり給ひにき。春宮の御元服果てぬれば、内の大臣のかしづきつつ、大納言に心かけ給ひし姫君、その夜参り給ひぬ。宣耀殿に御局しつらひて、…

（秋巻一三一頁）

左大将は内大臣に昇進し、その娘は宣耀殿女御として春宮に入内するが、彼女こそ右に挙げた春巻において、左大将が苔衣大将と結婚させようとした娘であり、春巻六〇－六一頁の左大将とこの左大将は同一人物であることが分かる。さらに、左大臣は夏巻末の時点で死去するが、その忌に左大将が籠もっていたことが明かされ、左大将の父は左大臣（右大臣[3]が昇進）と判明する。また、この左大臣の次男については、夏巻に、

いとどこのほどは、左の大臣の二郎、今は権中納言と聞こゆる姫君に思し移りて、をさをさ寄りつき給ふこともまれなるを、…

（夏巻八三頁）

とあり、次男は夏巻の時点で権中納言であり、おそらく衛門督［9］が昇進したものと推定される。よって、左大将は左大臣の長男［7］である。

これらを総合すると、夏巻以降の左大臣は梅壺女御の父右大臣［3］が昇進したものである。その息子は長男左大将［7］、次男権中納言［9］である。左大将の娘は春宮に入内し宣耀殿女御となるが、彼女について言及した箇所を次に示す。

母宮などは、「春宮の、右大臣の女御なんどもいたく大人びて、すさまじくのみし給ひつつ、この姫君を得まほしく思したる」と、中納言典侍の語りしに…　（冬巻二〇九頁）

右は冬巻において、春宮が「右大臣の女御」に不満を抱いていることを母の中宮が知り、裳着が近づいた苔衣大将の娘を春宮に入内させようと考える場面である。この時点では、春宮に入内している女御は宣耀殿女御のみであることから、左大将［7］が右大臣に昇進したことが窺える。左大臣家の系図を上に示す。

10『苔の衣』左大臣家系図

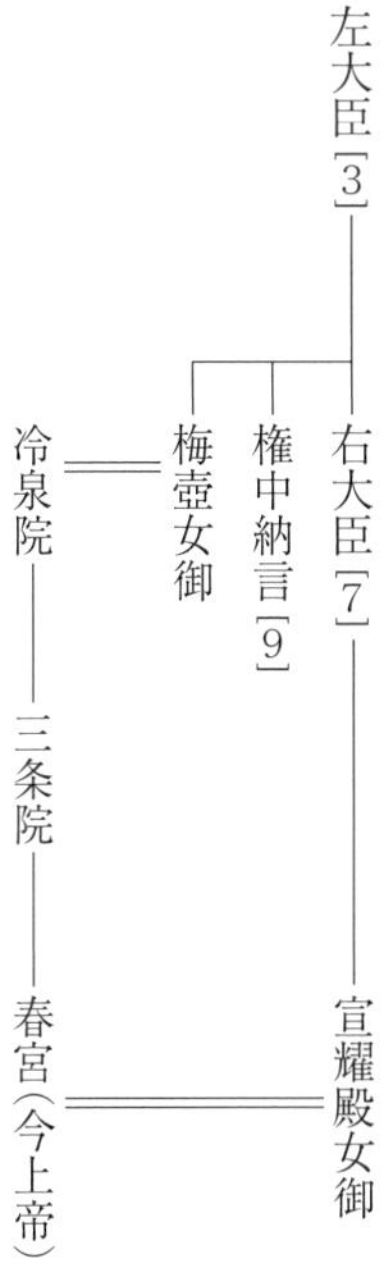

つまり左大臣家は父が左大臣、息子も右大臣まで昇進しており、後宮にも梅壺女御、宣耀殿女御を入内させるなど、一貫して関白家の対抗勢力として描かれているのである。

後宮にはほかに、右大臣［8］（後に左大臣に昇る）が三条院に麗景殿女御を入内させており、これも一定の勢力を保っているようである。朝廷内でのそれぞれの家の立場をさらに具体的に捉えるため、官位の異動を表1にまとめた。次に示す。

表1

	官職の移動に関する事項	関白	左大臣	右大臣	内大臣	左大将	右大将	［7］	苔衣大将
巻一	関白の娘入内	［1］	［2］	［3］		［4］	［5］		
巻一	除目	［1］	［2］	［3］		［4］	［5］		
巻一	右大将［5］死去	［1］	［2］	［3］		［4］	▲［5］		
巻一	右大将死後	［1］	［2］	［3］	［4］	［4］	［6］		
巻一	内大臣［4］死去	［1］	［2］	［3］	▲［4］	▲［4］	［6］		
巻一	苔衣大将元服	［1］	［2］	［3］	［6］	［8］	［7］	権大納言兼右大将	中将
巻一	関白の娘退出	［1］	［2］	［3］	［6］	［8］	［7］	権大納言兼右大将	三位中将
数年経過									
巻一	秋の除目	［1］	［3］?	［8］?	［6］	［7］?			三位中将→中納言
巻一	［7］、苔衣大将を婿に望む	［1］	［3］	［8］?	［6］	［7］		左大将	中納言
巻二	麗景殿女御入内	［1］	［3］	［8］	［6］	［7］			中納言
巻二	除目	［1］	［3］	［8］	［6］	［7］			中納言→権大納言
巻二	左大臣［3］死去	［1］	▲［3］	［8］	［6］	［7］		左大将	権大納言
巻二	追儺の除目	［1］	［8］	［6］				左大将	（権?・）大納言
巻三	左大臣の忌明	［1］	［8］	［6］	［7］		苔衣大将	内大臣	右大将
巻三	右大臣［6］死去	［1］		▲［6］	［7］		苔衣大将		右大将
巻三	苔衣大将出家	［1］	［8］		［7］		苔衣大将	内大臣	右大将
数年経過									
巻四	兵部卿宮元服後	［1］	［8］	［7］			苔衣大将の若君		

・人物が没した時は▲で示し、推定官職には?を付した。苔衣大将が出家した時点で就いていた官職には斜線を施した。
また兼官については、明記されている場合を除き無視した。
・事項は本章末に付した略年表と対応している。
・下部の［7］及び「苔衣大将」の段は、それぞれの人物の官位の異動を示した。

この表を見れば分かるように、『苔の衣』における官位の異動は概ね正確であり、不自然な昇進などは見受けられない。このような中にあって、特に右大臣[7]は常に苔衣大将よりも上位の官職にある。しかもその娘宣耀殿女御は、苔衣大将の娘よりも先に春宮に入内している。ここからも窺えるように、もし宣耀殿女御が皇子を産むことがあれば、左大臣一族が次の春宮の外戚となる可能性も充分あったのであり、この一族が一貫して関白家に対抗し得る勢力として描かれていることが確認される。

このことは、双子の姉妹を出産したことを契機に内大臣家出身の北方を公然と疎んじ始めた帥宮が、左大臣[3]の次郎[9]の娘のもとに通い始めるという挿話（夏巻）からも窺えよう。帥宮の行動は、彼が内大臣亡き後の内大臣家に見切りをつけ、左大臣家を後ろ盾とすることを選んだことを暗に物語っているのである。左大臣家は、物語中では内大臣家よりも強大な勢力と位置付けられていることが読み取れよう。

以上、『苔の衣』における登場人物の系譜を一通り整理した。『苔の衣』は確かに、関白家の嫡男苔衣大将が右大臣家の女君と結婚し、その女君の死後出家遁世する物語である。しかしそれのみに留まらず、その背後には、関白家の対抗勢力である内大臣家及び左大臣家が競合する政治情勢も、物語を通じて構想されていたと考えられる。

こうした政治情勢と系譜を踏まえ、次に『苔の衣』が史実をどのように下敷きにしているかを具体的に検討したい。

三、史実との対応

前章において、苔衣大将の系譜は、顕信と頼通という異母兄弟の系譜を、道長の息という共通項に基づいて集約し下敷きにしていること、また系譜のみならずその人物造型においても、『栄花物語』に見られる道長の息顕信・頼通・教通の逸話を下敷きにしていることなどを指摘した。以下に、前章で明らかにした系譜における史実との対応を、改めて図示する。

このように、『苔の衣』は、苔衣大将を中心とした一連の系譜において、史実を下敷きにしているのである。しかも、系譜の対応は左に図示した範囲に留まらない。史実への依拠は、遡って物語の前史にも認められる。

11 苔衣大将周辺系図

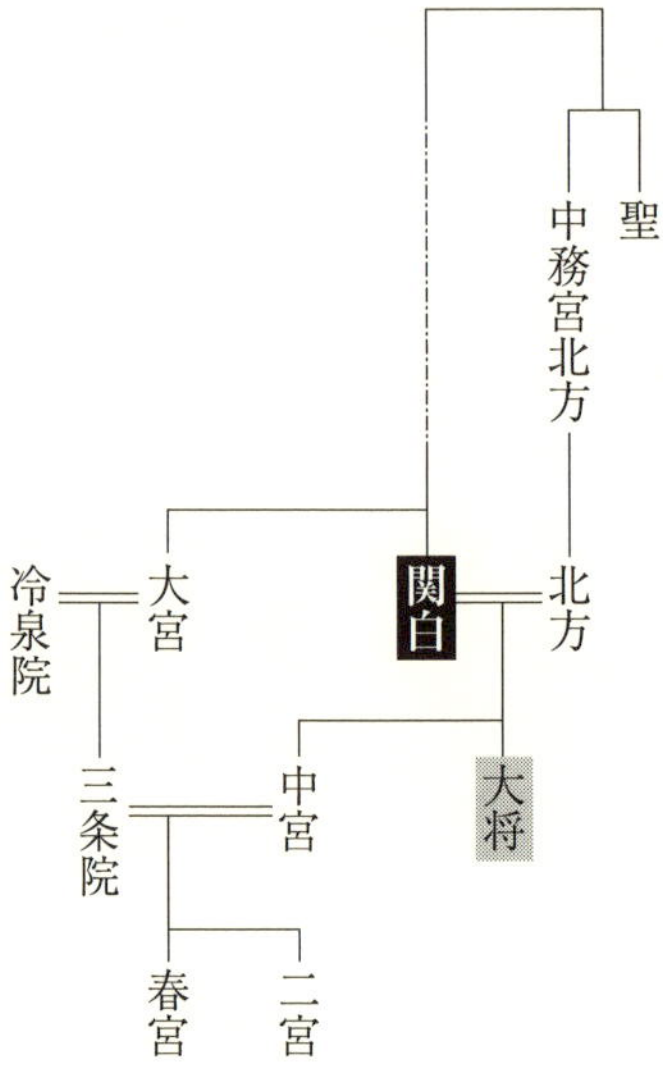

12 顕信・頼通周辺系図

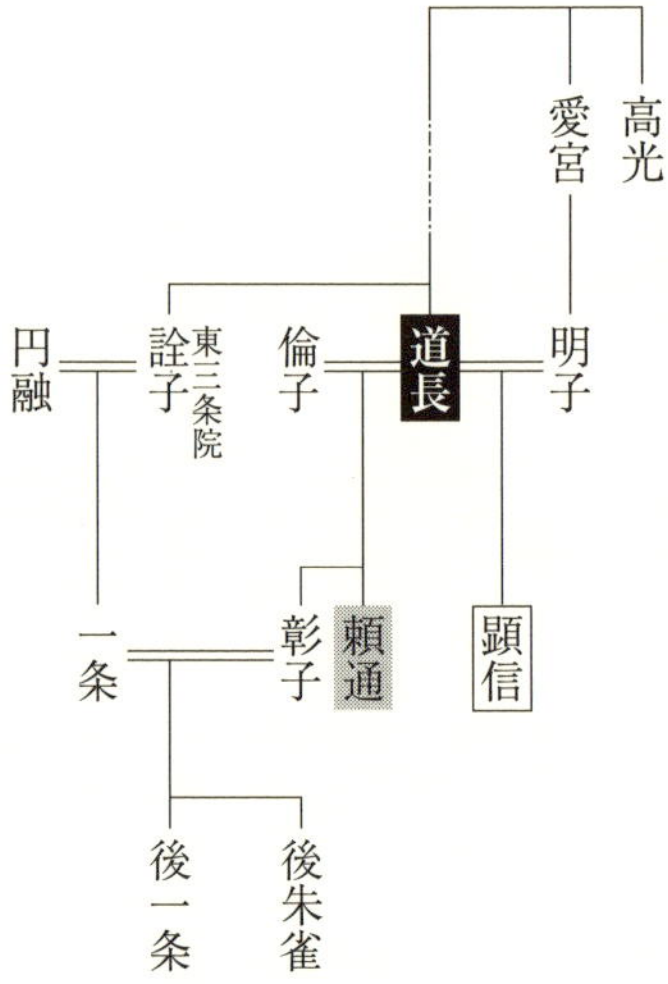

物語冒頭、女君の父右大臣は次のように紹介される。

この頃権大納言と聞こゆるは、故先帝の御弟、一世の源氏と聞こえし二郎、大将の御弟ぞかし。（春巻八頁）

ただし、この「故先帝」と「一世源氏」が、異母兄弟であるか同母兄弟であるかは物語中で語られず、「故先帝」と物語開始時の帝、冷泉院の続柄も明示されない。さらに、苔衣大将は密かに朱雀院の一品宮と通じているが、一品宮の父「朱雀院」と、「故先帝」「冷泉院」の関係も不明である。その他の皇族にしても、前斎宮・西院上姉妹の父である「中務宮」や、東院上の姉中君の結婚相手「式部卿宮」などはいずれもその系譜が不明である。しかし、『苔の衣』が史実の御堂関白家を中心とした系譜を踏まえているとすると、これらの皇統についても一定の説明を行うことが可能になる。

まず朱雀院と冷泉院の関係について言えば、苔衣大将の姉が冷泉院の一人息子三条院に入内し、かつ苔衣大将が朱雀院の娘一品宮を結婚相手として検討していることから、三条院と一品宮、並びにそれぞれの父である冷泉院と朱雀院はほぼ同世代と考えられる。

ここで、『苔の衣』の冷泉院―三条院という系譜が、系図11・12で図示した通り、史実の円融天皇―一条天皇の系譜と対応すること（前章参照）と併せて考えると、朱雀院は、円融天皇の同母兄冷泉天皇に対応するのではないだろうか。そしてこの仮定に立てば、内大臣・右大臣が冷泉院とほぼ同世代であることから、内・右大臣の父「一世源氏」の兄である「故先帝」は、冷泉院の父世代に相当し、史実の冷泉・円融天皇の父村上天皇を踏まえている可能性が高い。

加えて村上天皇の異母弟には、一世源氏となった源高明らがいる。『苔の衣』の「一世源氏」が、右大臣にまで昇った源高明になぞらえられているとすれば、その子供が大臣まで昇ることとも、内・右大臣の父という世代とも矛盾が生じない。したがって「故先帝」は村上天皇に対応すると考えてよいであろう。

以上をまとめると、故先帝・朱雀院・一世源氏は系譜上、それぞれ史実の村上天皇・冷泉天皇・源高明になぞらえられており、皇位継承順は故先帝→朱雀院→冷泉院の順によると考えられる。(17)さらに内大臣家の中君の夫式部卿宮、(18)前斎宮の父中務宮(19)なども、史実の系譜を踏まえる可能性がある。(20)

村上天皇には皇子女が多く、『栄花』などの描写からも、その時代は皇族が多数活躍する時代であったことが窺える。『苔の衣』の登場人物に皇族が多い理由も、この時代の系譜に基づいているとすれば納得されるのである。以上をまとめた系図を次頁に示す（系図が史実と対応していると推定される人物を◆で示した）。

つまり『苔の衣』は、苔衣大将を中心に据えて、平安中期の史実の系譜をなぞり、それを登場人物の系譜の基本的な枠組として利用しているのである。『苔の衣』において、苔衣大将の存在に重きが置かれていることが改めて確認される。

ただし『苔の衣』の系譜は、史実の系譜を何の操作、意図もなくそのままなぞっているわけではない。苔衣大将を基点とする系譜がいわば物語の根幹の枠組であるとすると、枝葉に相当する左大臣家・内大臣家の系譜は、苔衣大将を基点とする系譜がなぞる史実とは世代をずらし、あるいは複数の家系を組合せ、家単位で史実の系譜を取り込んでいるのである。

たとえば内大臣の大君は弘徽殿女御として冷泉院に入内し、姫宮を出産後亡くなるが、彼女は『栄花』に描かれる一条天皇の中宮定子を髣髴とさせる。弘徽殿女御は次のように描かれる。

左大将殿の大君、弘徽殿とて候ひ給ふをぞ、らうたきさまに思したれど、いかなるにか、つねは物の怪に煩ひ給ひて、をさをさ参り給ふこともなくて、…（春巻一七頁）

13『苔の衣』皇統周辺系図

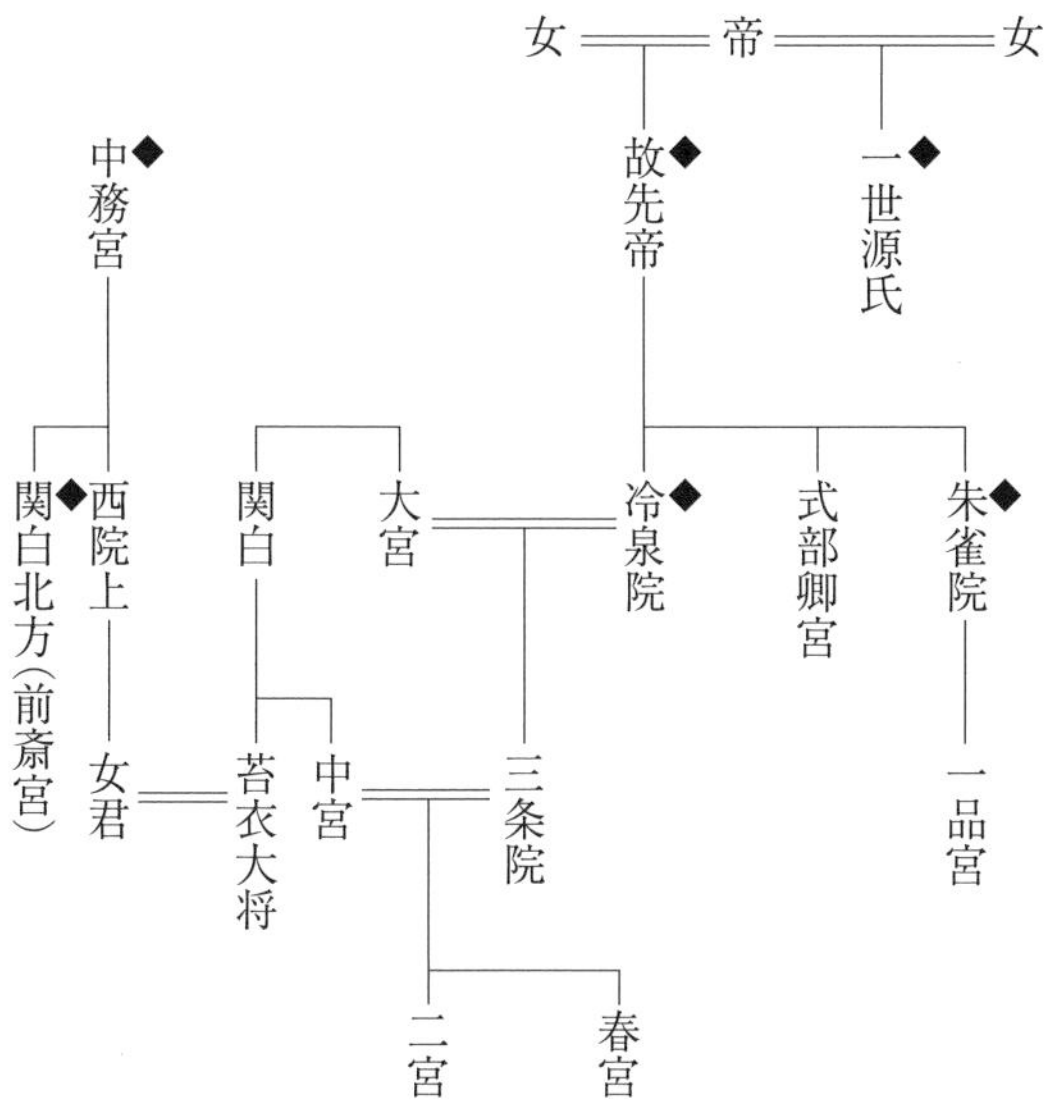

14　皇統周辺系図

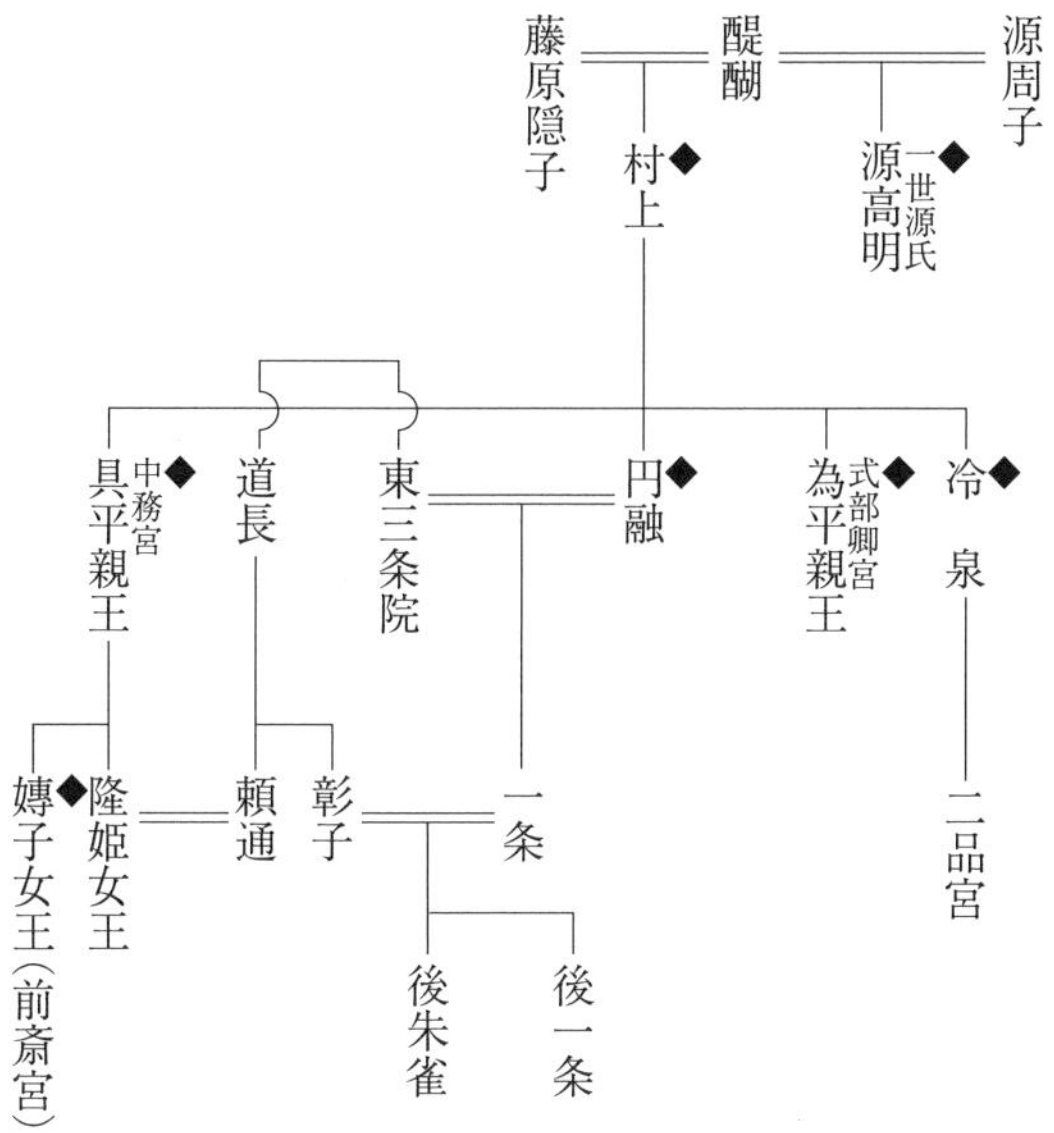

帝の愛情は深いものの、物の怪に悩まされ参内することも殆どない。一方定子も彰子入内後は憚って参内せずにいたが、一条帝の愛情は変わらず、彰子退出後に参内した結果定子は懐妊する。それは本人が望まない懐妊であり、退出後は、

その後、つゆ物をきこしめさで、ただ夜昼涙に浮きてのみおはしませば、帥殿も中納言殿もいみじき大事に思し嘆きたり。（巻六）

という状態に陥る。一方、

日頃も強く悩み給ふ積りにて頼もしげなくおはするを、誰も誰も思し嘆く。（春巻二二一－二二三頁）

と描かれるように、弘徽殿女御も懐妊はするものの、体調がすぐれず周囲の嘆きを誘う。この両者が姫宮を出産するそれぞれの場面を並べて示す（以下、表現が一致する箇所に傍線、内容が重なる箇所に波線もしくは破線を付した）。

『苔の衣』

十二月にもなりぬ。弘徽殿の御事この月なれば、内裏にも父大臣も騒ぎ思したり。…二十日あまりのほどに、女御の御気色あれば、内裏よりも御使ひ隙なし。さは言へど頼もしき人々立ち添ひ給へる御様はいとものものしくこちたし。起き臥し悩み給ふさまあさましく、三日も過ぎゆくを、大臣は同じさまにのみ、ものも覚えず思し嘆く。上もなのめに思さんやは。かくて五日といふ暮つ方ぞからうじて事なりぬ。まづ何にかと思さるるに、姫宮にていとらうたげにおはするを、大臣は、同じくはと本意なく思せど、内裏にはかくと聞かせ給て、「何にてもおはせよ、いとめづらしう嬉し」

『栄花物語』

かかるほどに十二月になりぬ。宮の御心地悩ましうおぼされて、今日や今日やと待ちおぼさるるに、今年はいみじう慎ませたまふべき御年にさへあれば、いかにいかにと悩ましげにこの殿ばら見たてまつらせたまふに、いとど苦しげにおはします。さるべき祓、御誦経など隙なし。やむごとなき験ある僧など召し集めてののしりあひたり。御物の怪などいとかしがましういふほどに、長保二年十二月十五日の夜になりぬ。内にも聞しめしてければ、いかにいかにとある御使しきりなり。かかるほどに御子生れたまへり。女におはしますを口惜しけれど、さはれ平らかにおはしますを勝るこ

と思す。…日数ふれども、女御はただ同じさまにて、…やがて消え入り給ひぬ。（春巻二三－二四頁）

となく思ひて、今は後の御事になりぬ。…むげになき御気色なり。あさましくてかい探りたてまつりたまへば、やがて冷えさせたまひにけり。（巻七）

帝から頻りに使いがある中十二月に姫宮が誕生、男子でない落胆と出産の喜びが語られ、その後に回復しないまま逝去する展開までも、『苔の衣』は『栄花』と重なる。(21)併せて『苔の衣』の弘徽殿女御の葬送の場面を次に示す。

かくてあるべきことにも侍らねば、三日過ぎ給ひてぞ、岩蔭といふ所へ渡しきこえ給ふ。年の暮れなれど、この殿には涙ぞ隙なき。帝も、今宵ぞかしと思しやらるるにいととあはれに思されて、やがてただ一人ながめ出し給へるに、雪、道も見えぬまで降り積もれば、

亡き人の煙やそれとながむれば雪げの雲も懐かしきかな

とひとりごち給ひて、御涙おし拭はせ給ふ。岩蔭にはただ時の間の煙と上がり給ぬることを、また夢かと思し惑へり。かくて御忌みのことなど思し掟つるもいとかなし。（春巻二五－二六頁）

葬送を帝が宮中から「今宵ぞかし」と思いやる点、ひどい雪が視界を遮る点、亡き人をはるかに思い遣って帝が歌を詠む点は、これも次に示す『栄花』定子葬送の場面と重なるのである。

…今宵しも雪いみじう降りて、おはしますべき屋もみな降り埋みたり。…をりしも雪、片時におはし所も見えずなりぬれば、…内には、今宵ぞかしと思しめしやりて、よもすがら御殿籠らず思ほし明かさせたまひて、御袖の氷もところせく思しめされて、世の常の御有様ならば、霞まん野辺もながめさせたまふべきを、いか

にせんとのみ思しめされて、
　野辺までに心ばかりは通へどもわが行幸とも知らずやあるらん
などぞ思しめし明かしける。　　　　　　　　　　　　（巻七）

このような逸話は『大鏡』等には見られず、弘徽殿女御は『栄花』に描かれる定子を下敷きとして描かれている可能性が高い。

さらに、彼女の娘弘徽殿姫宮の半生は、異母兄三条帝に気遣われながらも、苔衣大将の出奔の後は世を背くことを決意し、最終的に「山の座主」を召して出家するというものである。これは『栄花』において、定子の娘で信心深い人柄の脩子内親王が、異母弟後一条天皇たちに気遣われ、共に宮中に住むよう勧められながらも、突然「山の座主」院源を召して出家したことと重なる。

つまり、弘徽殿女御とその姫宮は、定子とその娘脩子内親王が親子関係にあることを意識した上で、『栄花』に描かれる定子・脩子の逸話をも下敷きにして造型されていると言えよう。(22)しかも、史実との対応はこれだけに留まらない。内大臣家自体が、定子の父道隆を祖とする中関白家を下敷きにしていると考えられるのである。

内大臣には二人の男子がおり、物語内で確認できる最終官職はそれぞれ権大納言、中納言であるが、これは道隆の男子伊周、隆家の配流後の最終官職と等しい。春巻から夏巻にかけては苔衣大将や西院上の兄も中納言であり、登場人物間の呼称が頗る紛らわしいにもかかわらず、夏巻においてさらに内大臣の次男までもが中納言とされているのは、『苔の衣』が道隆の子息を念頭に置いていたからではなかろうか。加えて、内大臣家の四女かと推測される対君が姪の「母代」となるのに対し、道隆四女も定子の遺児の「母代」となっている。(23)

また、内大臣の三君東院上の人柄について、『苔の衣』は「心逸りのままに、かたはらいたきことやし出で」

（春巻四一頁）かねない人物であると描く。道隆三女も『大鏡』で、「御心ばへなどの、いと落ち居ずおはしければ」と評されている。両者とも落ち着きがない性質であり、結婚がうまくいかない点も共通する。『栄花』において、道隆三女の結婚は次のように描かれる。

三の御方みなかなかにすこし御かたちも心ざまもいと若うおはすれど、さのみやはとて、帥宮にあはせたてまつらせたまひつ。宮の御心ざし、世の御ひびきわづらはしう思されたれば、あはれなり、わが御心ざしはゆめになし。殿もことわりに、とりわき思し見たてまつらせたまふ。されど、南院に迎へたてまつらせたまひぬれば、あべきかぎりにておはします。（巻四）

容貌も性格も「若」い、すなわち未熟な道隆三女に対し、帥宮敦道親王は愛情を持たなかったが、道隆の後見は格別であり、親王は三女を自邸に迎える。これに対して右大臣邸の東院に迎えられた東院上の性格・容貌は次のように描かれる。

「れいの若き[24]ことに、心ゆかずのたまひなす」と、苦しく思さる。これもいとあなづらはしからず、大きやかにものものしきさまにて、御容貌あざやかにらうらうじくおはすれど、け近きさまや後れ給ふらん。御髪はすこし色めきたるやうにて、御衣の裾にいますこしたちまさりけりと見ゆ。（春巻二〇－二一頁）

性格は道隆三女同様「若」いとされ、その容貌も他の姫君と比べて特にすぐれているとは言えない。さらに、

ものものしき御はらからたち、人に劣るべくもなくもてなしきこえ給へば、まことに御心ざしはなけれど、やんごとなきさまに頼もしげなり。（春巻九頁）

と描かれるように、夫の愛情は無いものの、後見は頼もしい。東院上の人物造型においても、道隆三女の逸話を参考にした可能性が指摘できるのである。

以上より、内大臣家は中関白家の系譜を下敷きにし、その人物造型にも『栄花』に描かれる中関白家の影響を受けていると言えよう。対応する系図を示す。

15 『苔の衣』内大臣家系図

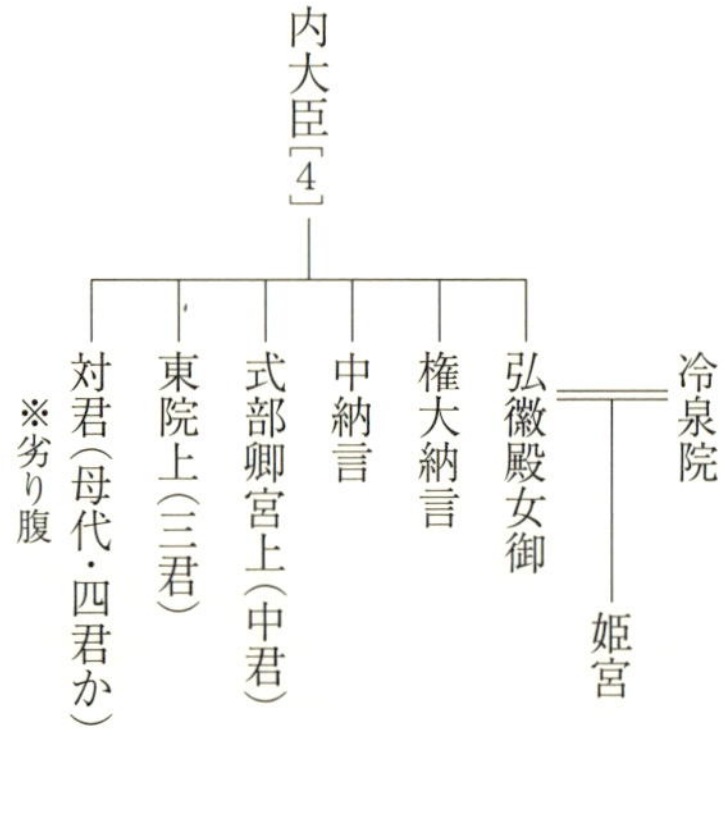

16 中関白家系図

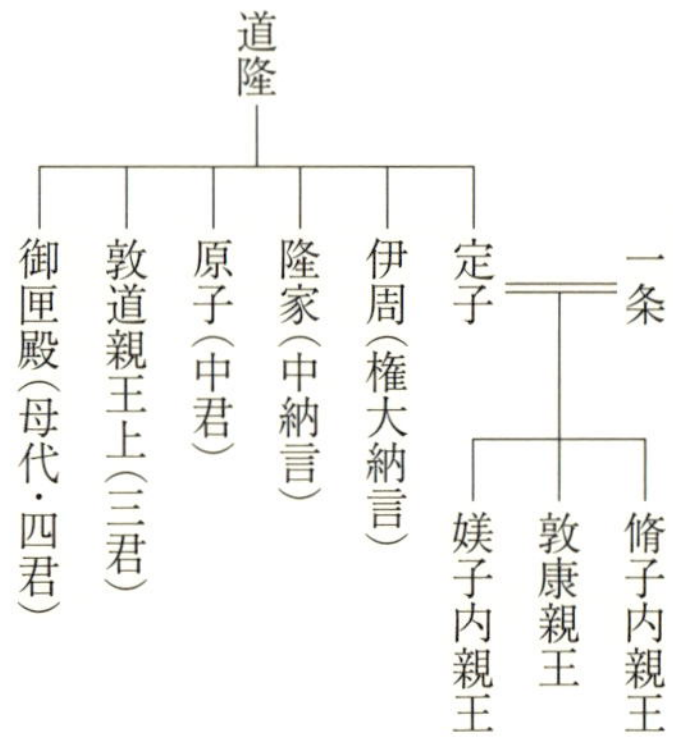

苔衣大将を基点とした史実との対応に則るならば、弘徽殿女御は冷泉院の女御であるゆえに、史実では、冷泉院に相当する円融天皇の女御に比定されるはずである。しかし弘徽殿女御は実際には、一条天皇の皇后定子を下敷きとしていると考えられる。つまり、苔衣大将を基点とし、故先帝から今上帝に至る系譜が、道長息を基点とする史実の系譜とほぼ重なるという対応関係から、内大臣家は家単位で切り離され、中関白家と系譜ならびに人物造型上の対応を見せるのである。

同様のことが左大臣家にも言える。冷泉院が円融天皇、大宮が東三条院（詮子）に対応するのであれば、梅壺女御は、円融天皇の後宮のうち、藤原頼忠の娘中宮遵子に相当すると考えられる。『栄花』における遵子は、殿の御有様なども奥深く心にくくおはします。…このたびの女御はすこし御おぼえのほどやいかにと見えきこゆれど、ただ今の御有様に上も従はせたまへば、おろかならず思ひきこえさせたまふなるべし。（巻二）

と、帝の寵愛は劣り、子も生まれなかったが、形式上は丁重に扱われている。『苔の衣』における梅壺女御も同様である。

右大臣殿の女御、梅壺とて候ひ給ふ、年ごろになり給ふが、なまめかしくあくまでしなやかにおはすれど、いかにぞや、けぢかきさまにはものし給はず、御宿直なども絶え絶えなれど、上の御心あまねくて、つれづれもはしたなからぬほどにもてなし給ひけり。（春巻一七頁）

寵愛は薄く子もいないが、帝が後宮の秩序を気にかけて見苦しくないように扱っているのであり、この点では左大臣家が小野宮家の系譜に対応していると思われる。次に図示する。

17　『苔の衣』左大臣家系図①

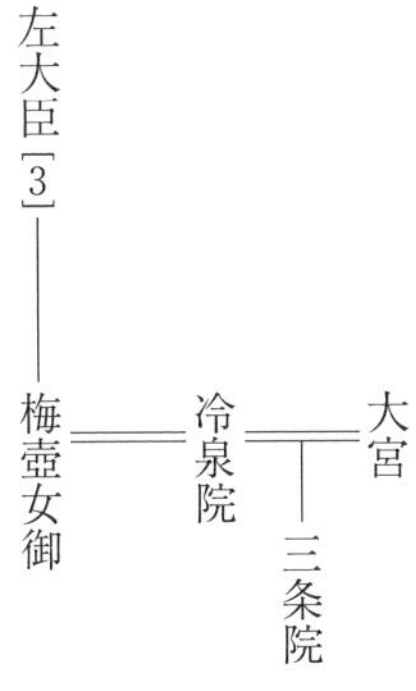

18　小野宮家系図

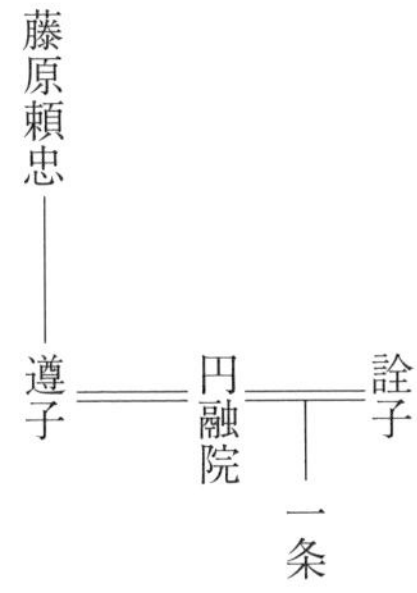

ところが、遵子の弟公任は正二位権大納言に終わり、その娘も入内しないのに対し、梅壺女御の兄は右大臣にまで昇り、娘が宣耀殿女御として入内する。この点については、別に対応する史実が存在するのである。

大臣の女御、幼くおはしましより参り初め給ひて、年頃になり給ぬるを差し置きて越し奉らんもいとほしくて、皇后宮と申すをば、思はずにめでたしと言ひける。さて、宮の女御の君を中宮と聞こえけり。（冬巻二七二頁）

これは、『苔の衣』の今上帝の後宮について述べた部分である。「大臣の女御」すなわち宣耀殿女御が先に入内していたのであるから、彼女を差し越えて苔衣大将の娘の女御が立后するのも「いとほし」く、右大臣の娘である宣耀殿女御が皇后宮、苔衣大将の娘の女御が中宮となったという事情を示すものである。このように、後宮に属する女御が、中宮を経ないで直接皇后となった史実の先例は少ない(25)。

しかし、この条件を満たし、なおかつ二人の女御が近日中にそれぞれ中宮、皇后宮となった先例が存在する。三条天皇の尚侍姸子と宣耀殿女御娍子である。『栄花』にはその事情が記されている。

さて世の中には、今日明日、后に立たせたまふべしとのみ言ふは、督の殿にや、また宣耀殿にやとも申すめり。…二月十四日に后にゐさせたまひて、中宮と聞えさす。いそぎ立たせたまひぬ。…大殿の御心、何ごともあさましきまで人の心の中をくませたまふにより、内裏にしばしば参らせたまひて、「ここらの宮たちのおはしますに、宣耀殿のかくておはします、いとふびんなることにはべり。早うこの御事をこそせさせたまはめ」と奏せさせたまへば、…「…さらば、故大将をこそは、贈大臣の宣旨を下させたまはめ」と奏せさせたまへば…かの御妹の宣耀殿女御、村上の先帝のいみじきものに思ひきこえさせたまひけれど、女御にて止みたまひにき。…その小一条の大臣の御孫にて、この宮のかうおはしますこと、世にめでたきことに申し思へり。さて四月二十八日后にゐさせたまひぬ。皇后宮と聞えさす。（巻十）

姸子、娍子共に立后の噂が立つ中、まず姸子が立后して中宮となった。その後道長は、自身の意向を慮る三条天皇に対し、娍子が立后しないのは「いとふびん」だと立后を勧めた。結果娍子の亡父藤原済時は右大臣を贈られ、娍子は立后し皇后宮となったとある。立后の事情に加え、姸子が摂関家の女であり、娍子が宣耀殿女御である点までも『苔の衣』と重なる。併せて、この宣耀殿女御の入内の様子を示す。

春宮も十一にならせ給へば、…左大将、内大臣に上がり給にしぞかし。同じ折、右大将に、関白殿の大納言殿なり給ひにき。春宮の御元服果てぬれば、内の大臣のかしづきつつ大納言に心かけ給ひし姫君、その夜参り給ひぬ。宣耀殿に御局しつらひて、昔覚え給へるあたりなれば、故なからず心にくげなり。女君も殊の外に大人び給ひけるに、何事も後ろめたからず思し掟てつつ候ひ給ふ。（秋巻一三一頁）

宣耀殿を「昔覚え給へるあたり」とする記述があるが、先に確認した通り、宣耀殿女御の叔母は梅壺女御であり、かつ梅壺と宣耀殿の殿舎は近いとは言えない。ここで注目すべきはやはり『栄花』であろう。娍子が入内する場面を次に挙げる。

春宮の十五六ばかりにおはしましけるに、…姫君、十九ばかりにおはしますべし。…かくていそぎ立たせたまひて、十二月のついたちに参らせたまふ。昔思し出でて、やがて宣耀殿に住ませたまふ。かひありていみじう時めきたまふ。されば大将殿、わが君をば誰の人かおろかに思ひきこゆることあらんなどぞ思しのたまひける。（巻四）

春宮よりも年上の女御が入内する点が『苔の衣』と共通し、さらに「昔思し出で」て、宣耀殿を殿舎とするという表現までも見られる。ただし『栄花』における「昔」は、左大将済時（死後贈右大臣）の妹芳子が村上天皇の宣耀殿女御であったことを指し、この表現はただ事実関係を述べたものである。『苔の衣』で宣耀殿を「昔覚え給へるあたり」とする不自然な表現が生じたのは、宣耀殿の春宮入内を描くにあたり『栄花』の娍子立后記事を下敷きにした結果、「昔」を思い出すという表現がそのまま取り込まれてしまったためであろう。

加えて宣耀殿女御の父が右大臣左大将、その父が左大臣である点も、娍子の父が贈右大臣左大将済時、済時の父が左大臣師尹である点と重なり、左大臣家が史実の小一条家を踏まえて描かれていることが裏付けられよう。

左大臣家を中心とした、史実との系図の対応を次に示す。

19 『苔の衣』左大臣家系図②

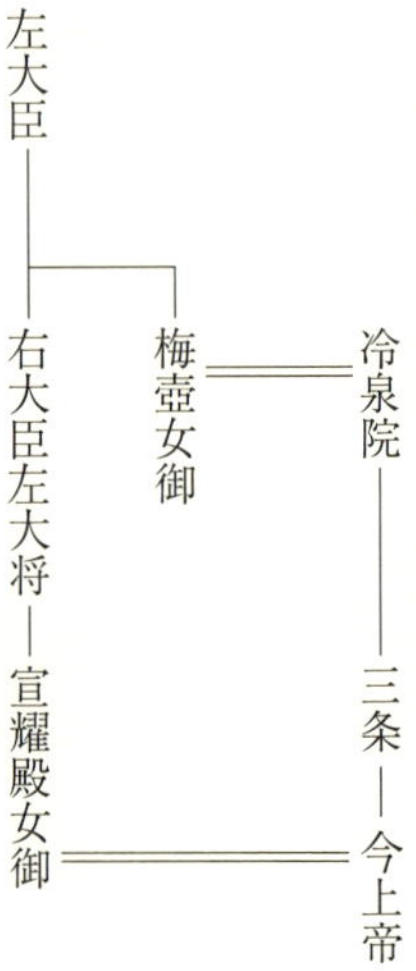

20 小一条家系図

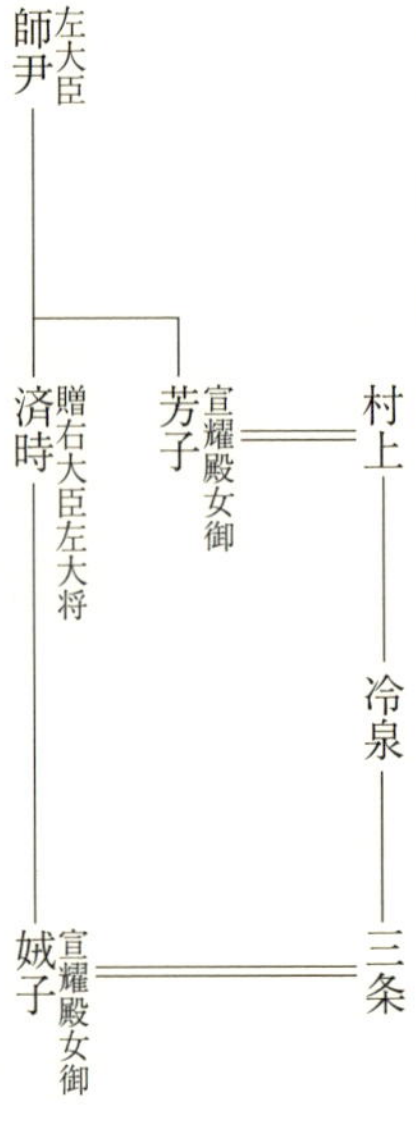

左大臣家を中心とする小一条家との対応関係に基づけば、今上帝は史実の三条天皇にあたると考えられる。しかし、苔衣大将を中心とする対応関係から考えれば、今上帝は後一条天皇に該当するのであり、右図の対応は、あくまで左大臣家を中心とした時の部分的なものに過ぎない。

ただし、梅壺女御と父左大臣は、一面では、苔衣大将を中心とする史実との対応の中に組み込まれ、円融天皇の後宮のうち、中宮遵子及びその父藤原頼忠を下敷きにした可能性もあり、左大臣家は複数の家の系譜及び逸話を組み合わせているとも考えられよう。

このように、内大臣家・左大臣家の系譜においては、敢えて苔衣大将を基心とする系譜の下敷きとなった史実の系譜とは世代をずらし、家単位の史実の系譜が利用されたと考えられる。この理由及び意図は、単に摂関期を再現することそれ自体にあるのでなく、人物造型において逸話が印象的な人物を下敷きとすることで、それぞれの登場人物に奥行きを持たせることにあると考えられる。

四、史実の共有

以上、『苔の衣』の系譜が基本的に、摂関政治全盛期の史実を執拗とも言える程なぞり、人物造型においてもその逸話を取り込んでいることを明らかにしてきた。

登場人物のうち、史実の人物の逸話を三人も集約して下敷きにしているのはやはり苔衣大将のみであり、最も工夫を凝らして描いているのは、疑いなく苔衣大将の出家遁世である。また、苔衣大将を基点に据えると、故先帝から今上帝へという、物語の前史にして物語世界の枠組を作る系譜までもが、道長の息を基点とする史実の系譜とほぼ重なることが判明する。史実を利用する重心は明らかに苔衣大将にあるのであり、『苔の衣』は苔衣大将とその出家遁世を、御堂関白家を中心とする史実を援用することで、説得力を持って描くことを構想の柱としていることが改めて確認できた。

そしてこの構想のもと、対抗勢力として登場する内大臣家及び左大臣家も、恣意的に中関白家、小一条家・小野宮家といった摂関政治全盛期の摂関家にとっての対抗勢力を下敷きにし、造型されているのである。つまり、『苔の衣』は摂関政治全盛期に取材し、摂関政治全盛期を舞台とした物語であると言える。

構想や下敷きにされた史実について、当時の読者がどこまで気づいていたか確証はない。しかし『苔の衣』は『栄花物語』の印象的な逸話を数多く利用しているのであり、『栄花』を読んだことのある人々には、『苔の衣』が何を下敷きにしているかを見抜くことは、ある程度までは容易であったと思われる。これらからすると、『苔の衣』は歴史物語などの歴史知識を共有する場で、その史実の共有を前提として制作されたと考えられるのではなかろうか。系譜に関して、構想の有無が疑われるほど不親切な態度が見られるのも、それらの史実が、わざわざ説明せずとも共有されているという前提に寄りかかっていると考えれば理解できる。

ただし、それゆえに『栄花物語』などの歴史知識を共有し得ない読者には、作者の意図を理解することが困難であったろう。その点で、『苔の衣』は、内輪向けの作品から脱するに至らず、時代を超えた普遍性を獲得できなかったことも事実である。女君の死と男君の出家遁世が語られる『苔の衣』秋巻のみの伝本が存在することも、或いは物語全体を通じて史実を下敷きにしているという背景が理解されなくなった結果、愛し合う男女の悲劇のみが享受された可能性を示すと言えよう。

当時『栄花』などの歴史物語が、先例や社会の在り方、政治までも学び得る書物として熱心に享受されていたことを認識した上で、我々は『苔の衣』を含む中世の作り物語を読む必要があるのであり、そういったある共有知識を基盤とする限定された文化圏の中で、その共有を前提とし、それに全面的に寄りかかった『苔の衣』という物語が制作された可能性も、後嵯峨院時代の物語制作の一つの在り方として意識するべきであろう。

次章では、そういった知識の基盤を踏まえ、『苔の衣』の主題、物語全体を貫く主題の有無に迫りたい。

注

（1）今井源衛「『苔の衣』解題」（『中世王朝物語全集七　苔の衣』、笠間書院、一九九六年）。
（2）年立の矛盾箇所については意見を異にする。本章末に私に作成した略年表を附したので参照されたい。
（3）市古貞次『中世小説の周辺』（東京大学出版会、一九八一年）。
（4）濱橋顕一『源氏物語論考』（笠間書院、一九九七年）初出「『源氏物語』の年立についての一考察―正続両篇の年立の差違をめぐって―」（「文学論藻」第六七号、一九九三年二月）。

（5）濱橋顕一前掲注（4）所収。第一章七「玉鬘の子息と夕霧の子息の年紀問題―〝年立読み〟の再検討・補遺―」。

（6）濱橋顕一前掲注（4）所収。初出「『源氏物語』作中人物の年齢をめぐっての一考察―明石の上の年齢の問題を中心に―」（「文学論藻」第六六号、一九九二年二月）。

（7）女君が亡くなる場面を除く。また年立上の矛盾箇所のうち、姫君死去時の年齢、三条院の在位期間及び苔衣大将出家後の年月がいずれも二十四年であることは検討を要するであろう。それ以外の矛盾の意図については、その場にふさわしく変更したということで一応の説明はつくと考えられる。

（8）たとえば『無名草子』では、『玉藻』の「むねとめでたき人」について、「はじめの身のありさま、もとだちこそ、ねぢけばみ、うたてけれ」と素姓について散々に貶す。

（9）金光桂子「『我身にたどる姫君』の描く歴史」（「国語国文」第六九巻第九・一〇号、二〇〇〇年九・一〇月）。

（10）加藤静子『王朝歴史物語の方法と享受』（竹林舎、二〇一一年）参照。

（11）安田徳子『万代和歌集（上）（下）』（明治書院、一九九八年）。

（12）陣野英則「『源氏物語』古注釈における本文区分―『光源氏物語抄（異本紫明抄）』を中心に」（「早稲田大学大学院文学研究科紀要　第三分冊」第四九号、早稲田大学大学院文学研究科編、二〇〇四年二月）。

（13）『紫明抄』（京都大学文学部蔵本）の一例を次に示す。

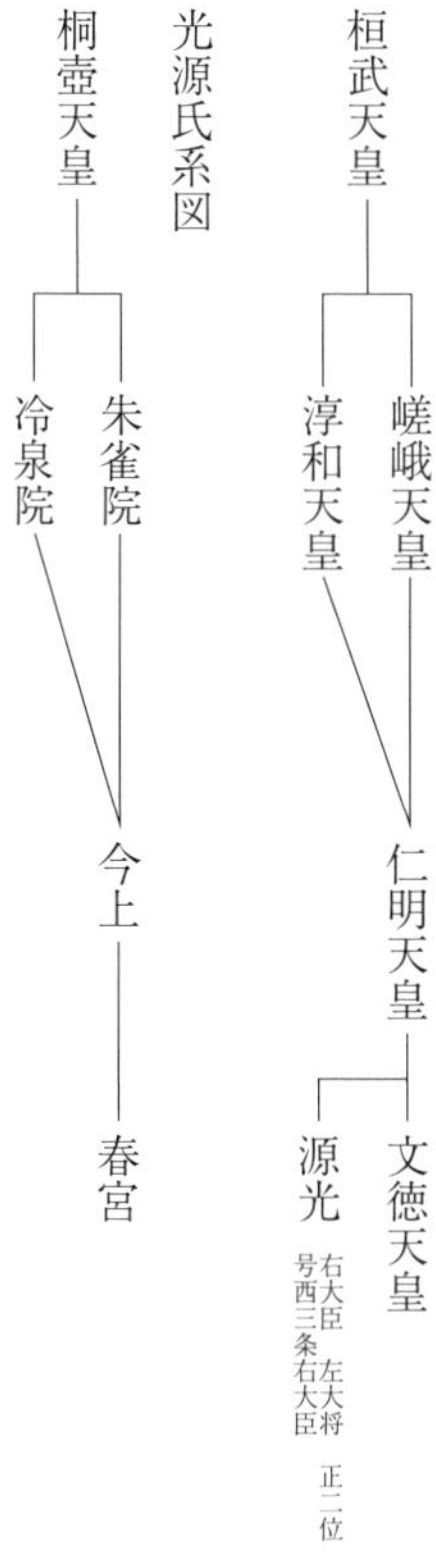

問云、いつれの御時にかといへるおほつかなし、例にひき申へきみかといつれそや
答云、醍醐の帝の御子にこそ朱雀院と申御名もおはしませ、又、高明の親王も源氏におはしませは延喜の聖主をやひき申へからん…位次をかうかへて准拠するに、いさゝかあひにたる例あり

(14)　加藤静子前掲注（10）及び金光桂子「『我身にたどる姫君』の描く歴史（上）（下）」（『国語国文』第六九巻第九・第一〇号、二〇〇〇年九・一〇月）。

(15)　実践女子大学黒川文庫蔵五冊本による。

(16)　梅壺女御の父は最初「右大将」とされるが、その後「右大臣の女御殿のわたりには、いとど御身の程も思ひ知られて、人わろくはづかしく思さるれば」とあり、以後も「右大臣」として話が進むので、ここでは「右大臣」の誤りと取る。

(17)　『源氏物語』の「先帝」が何を指すかについては原田芳起「『先帝』名義弁証　付『先坊』」（『平安時代文学語彙の研究　続編』、風間書房、一九七三年）以降議論もあるが、従来ただ「先帝」と言えばまず村上天皇が想起されたであろうことは、『栄花物語』や『大鏡』等における例を見れば瞭然である。また『とはずがたり』に、久我氏の家系を語るときに、「久我は村上の先帝の御子、冷泉・円融院の御弟、第七皇子具平親王よりこの方、家久しからず」とあるなど、「先帝」はこの時代、直前の帝のみを指すわけではないことも傍証となろう。

(18)　世代等を考慮すると、式部卿為平親王に比定できる。

(19)　鎌倉中期までに、女王が斎宮を退いたのち関白北方となった例は、教通の北方となった嫥子女王のみであり、嫥子女王の父は中務宮具平親王である。具平親王の娘には他に、頼通北方となった隆姫女王がいる。姫宮の降嫁問題に悩まされる『苔の衣』の大将と女君が、頼通と隆姫女王の逸話を取り込んでいることは、前章において指摘した。これからすると、『苔の衣』の女君は中務宮の孫であり史実の系譜とそのまま対応しているとは言えないが、作者が具平親王とその娘達を念頭に置いていた蓋然性は高いと言えよう。

(20)　その他、『苔の衣』の三条院に入内する右大臣の娘麗景殿女御は、史実の一条天皇に入内する右大臣藤原顕光の娘元子を下敷きにしている可能性がある。麗景殿女御の入内は、帝が最も強く望む女君の入内が延引したのを見計

らっての入内であり、官位などのしっかりした右大臣側の人間もいない、と描かれる。対して右大臣顕光も娘元子を一条天皇に入内させるが、これも中関白家が衰え、道長の娘たちがまだ幼い隙に娘を入内させるのであり、この当時顕光の弟は死亡、息子は出家しており、顕光の一族で彼以外に頼りになる人物はいない。右大臣の性格はどちらかというと、同時期に娘義子を入内させた公季に似ているが、長く右大臣であって最終官が左大臣である点は顕光と一致する。

(21)『苔の衣』においては『栄花』の表現よりも、寧ろ逸話が摂取されていることについては前章で触れた。

(22)もっとも定子が亡くなったのは媄子内親王出産後であり、弘徽殿姫宮は脩子内親王及び媄子内親王の二人を取り合わせて造型されていると考えられる。

(23)ただし道隆四女が御匣殿となるのに対し、『苔の衣』の対君は式部卿宮上に仕え、その娘の母代になるので、完全に一致するわけではない。

(24)黒川文庫蔵四冊本、盛岡公民館蔵本、内閣文庫蔵本、神宮文庫蔵本、筑波大学図書館蔵本、前田家本などが「わかき」とする。「わろき」とする本も穂久邇文庫蔵本以下存在するが、ここではやはり「わかき」が本来の姿であろう。

(25)中宮と皇后が並立するようになって以降、鎌倉中期までは、他に歓子(教通女)らがいる。

『苔の衣』略年表

凡例

・便宜上、苔衣大将もしくは女君を基準とし、苔衣大将の若君誕生以後は、大将・女君ともほとんど年齢が記されないため、若君を基準として計算した。

・明らかな矛盾を▒、官職異動表の項目を□で示した。また人物の年齢を○で示した。

・呼称は最終官位による。［　］の数字は表1と対応している。

・官位等を明示したい場合、略称の後ろの（　）に適宜示した。

・官位の異動を↓で示した。

［略称一覧］

苔衣大将：［苔］、右大臣の姫君（苔衣大将の北方）：［女君］、苔衣大将の姉中宮（女院）：［苔姉君］、苔衣大将の若君：［苔若君］、苔衣大将の姫君：［苔姫君］、帥宮と東院上の養女との間に生まれた双子の姉君：［双子姉君］、今上帝の二宮：［兵部卿宮］

関白（苔衣大将の父）：［1］、内大臣（弘徽殿女御・東院上の父）：［4］、右大臣（女君の父、［4］の弟）：［6］、右大臣（梅壺の父）：［3］、左大臣の長男（梅壺の兄、宣耀殿の父）：［7］、左大臣の次男：［9］

巻	年	中心人物の年齢	季節	事項及び年数
春	1		2月	[6]の長男⑨元服→少将、次男⑦童殿上
		[苔]1		[1]の長男[苔]①誕生
	2		夏	[1]は[苔姉君]⑧を袴着させる心積り
			8月	[6]と西院上、石山寺参詣
			11月	[苔姉君]⑪袴着、三条院(春宮)⑫に入内
				大宮㊵、冷泉院㊶
				[6]の次男元服／除目
	3	[苔]3	春	[5]死去。[4]→内大臣兼任、[6](→右大将)
		[女君]1	5月	[女君]①誕生／東院上、養女⑧を迎える
			12月	弘徽殿女御㉙、姫宮①を出産後死去
	4			弘徽殿姫宮、[4]家に引き取られる
	5			石山御礼詣
	6			
	7	[苔]7		[苔]童殿上
		[女君]5	6月	東院上の養女袴着
			秋	[4]重態で[6]に遺言、死去
			11月	西院上㉒・㉓
				[苔]⑦元服、昇進(→[6]内大臣、[7]→権大納言兼右大将)
	8		2月	[女君]袴着
			3月	[苔姉君]懐妊・退出。[苔](→三位)
			8月	[苔姉君]出産、今上帝①誕生
			11月	東院上の養女⑯、帥宮と結婚
	9		4月	冷泉院譲位、三条院即位
	10		秋	西院上㊱病のため死去、[6]の次男⑭、[9]衛門督

巻	年	中心人物の年齢	季節	事項及び年数
春	17	[女君]15	秋 8月	[女君]⑭・⑮に入内要請 除目（[苔]三位中将→中納言） [苔]、[女君]を垣間見 翌朝[7][苔]を娘婿にと望む
夏	18 19 20 21	[双子姉君]1 [女君]17 [苔若君]1	春 秋 10月 春 秋 春	[苔]、朱雀院一品宮を訪問 帝から[女君]へ文 [苔姉君]、[兵部卿宮]（二宮①）を出産 東院上養女、[双子姉君]①を出産 帥宮、[9]の娘に通う [苔]重病、[女君]入内延期／[女君]、[苔]と結婚の約束 宮中で管絃、[8]の娘、麗景殿女御入内 東院上の養女、おじ中納言に盗まれる [女君]⑰、[苔]と結婚／除目[苔]→員外の大納言 [苔]夫妻、[1]邸に移住 [女君]、[1]夫妻・[苔姉君] [女君]懐妊出産、[苔若君]①誕生／[3]（左大臣）死去 追儺の除目[8]→左大臣、[6]→右大臣
秋	22 25 26 27	[苔若君]1 [苔若君]6 [苔姫君]5 [女君]28	秋 5月	[女君]懐妊 [女君]第二子出産、[苔姫君]①誕生 今上帝⑪元服、[兵部卿宮]袴着、宣耀殿入内 [3]忌明後の昇進[苔]→右大将 冷泉院出家、弘徽殿姫宮の[苔]への降嫁話浮上 [苔若君]元服（少将） [6]（右大臣）死去 [苔]、[苔姫君]⑤を袴着させる心積り [女君]㉘重態、死去、四十九日

巻	年	中心人物の年齢	季節	事項及び年数
秋	28			[苔]の夢に亡き[女君]現れる
				弘徽殿姫宮の降嫁11月に決定
			8月	[苔姫君]、[苔姉君]に引き取られる
			冬	[女君]の一周忌に[苔]出家
冬	29		春	[苔若君]→三位中将
				弘徽殿姫宮出家
	34	[双子姉君]17		[双子姉君]⑰、対君に引き取られる
			秋	直物除目　[苔若君]→中納言
			11月	[兵部卿宮]元服
	35	[苔若君]16		[苔若君]⑯→大納言兼大将
			3月	[苔姫君]裳着、今上帝(春宮)に入内
	36		11月	[兵部卿宮]、式部卿宮姫君と結婚
			2月	[兵部卿宮]、[苔姫君]に密通
				[1]出家、[苔若君]関白就任
				[兵部卿宮]、[双子姉君]と契る
			11月	[苔姫君]、不義の子 一宮①を出産
	37		2月	[双子姉君]、[兵部卿宮]の子を懐妊、乳母の里へ
			8月	[双子姉君]断髪、住吉へ
			10月	[双子姉君]、男子①出産
	38			[双子姉君]死去
			8月	管絃の宴
	39			[兵部卿宮]、重病のため宮中より退出
				[兵部卿宮]、[双子姉君]が産んだ男子と対面、死去
			3月	三条帝譲位、御代24年、今上帝即位
				[苔姫君]→中宮　一宮→春宮
			9月	[苔姫君]、故[兵部卿宮]の物怪により重態
	40			[苔](出家後24年)現れ娘の[苔姫君]を救い、深山へ

第三章　『苔の衣』冬巻の意義

一、冬巻の意義と『苔の衣』の主題

第一・二章にて、『苔の衣』に登場する人物の多くが、摂関政治全盛期に実在した人物の系譜及び『栄花物語』等に見られる逸話に拠って造型されていること、その基点となるのは苔衣大将であることを指摘した。かつ『苔の衣』が、秋巻末で出家する苔衣大将に関してのみ、頼通・教通・顕信という道長の息三人もの系譜・逸話を集約し、その出家遁世に史実に依拠した動機付けを与えていることから、秋巻までの主題は大将の出家遁世にあると論じた。ただし、冬巻については、依然苔衣大将が主人公であると読むべきであり、その主題は苔衣大将と我が子との再会と別れにあろうと述べるに留まった。

本章では、冬巻における苔衣大将と兵部卿宮、両者の描写を手がかりに、一見蛇足と捉えられかねない冬巻の存在意義と物語全体の主題を問い直したい。

二、兵部卿宮と苔衣大将

冬巻を論ずるにあたり、以下に冬巻の梗概と系図を示す。

21 『苔の衣』 冬巻略系図

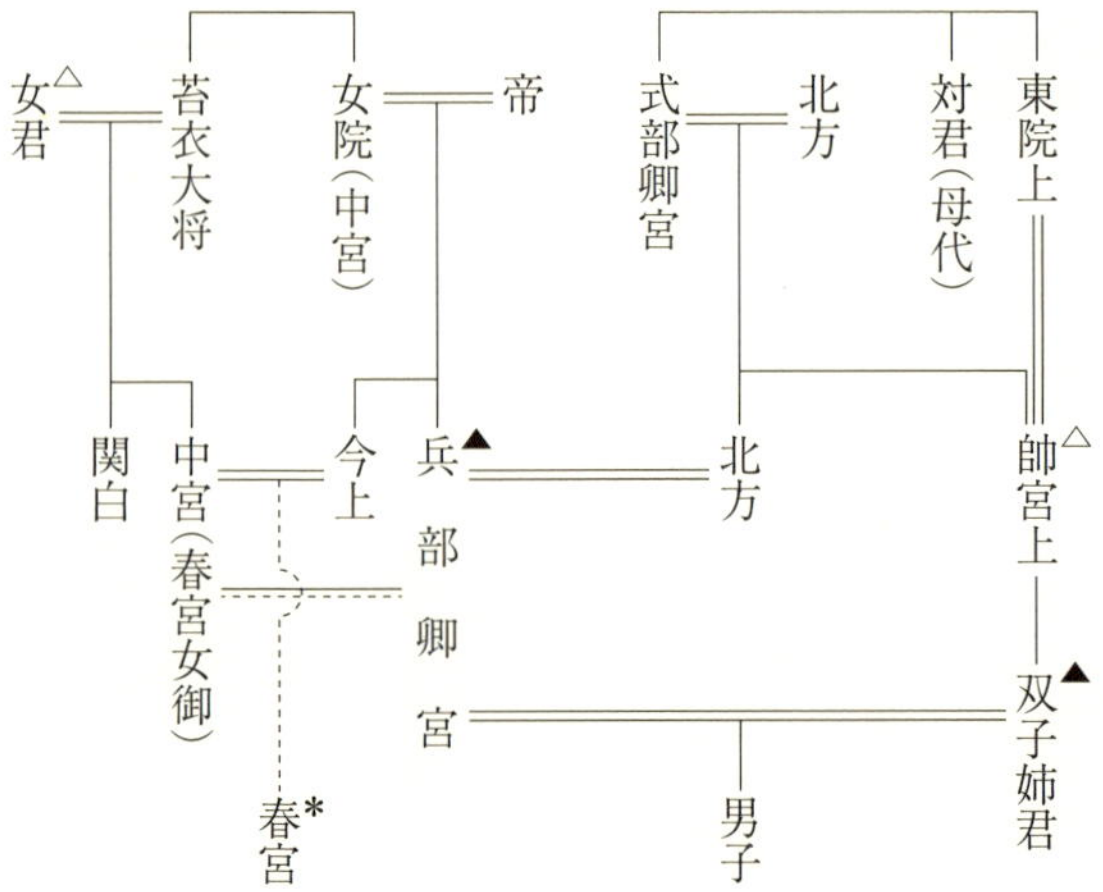

苔衣大将出家後、大将の娘は春宮に入内して春宮女御となるが、春宮の同母弟兵部卿宮に忍び込まれ、男子を産む（春宮の皇子として扱われ、のち春宮となる）。兵部卿宮は、春宮女御への叶わぬ恋に悩みつつ、北方（式部卿宮の娘）と同じ邸内に住む姫君、双子姉君とも契りを結び、彼女はやがて懐妊する。双子姉君は、帥宮上の子であるが、双子であったため姉君だけが世間から隠され、母帥宮上の死後、式部卿宮上に仕えるその腹違いの妹、対君に引き取られていた。兵部卿宮北方と双子姉君の仲は良いが、双子姉君が実の孫だと知らない北方の母（式部卿宮上）の嫌がらせは激しくなる一方であり、耐えかねた双子姉君は住吉へ出奔し、男子を出産した後亡くなる。兵部卿宮は春宮女御への物思いを募らせ命を落とす。その一周忌以降、立后した春宮女御（以下、本章では中宮と呼ぶ）は物の怪に苦しみ重態に陥って後宮を退出した。それを根本中堂における夢告で知った苔衣大将は、今は山伏となった身で我が子関白の邸を訪れ祈禱する。あらわされた物の

怪の正体は故兵部卿宮であった。中宮を回復させた大将は、素性を明かさずにより深い山へ去る。

このように冬巻は、苔衣大将出家後を描き、その子供たちの世代に話の中心が移るため、それ以前の巻々とは性質を異にするように見える。しかし第一章で述べた通り、冬巻冒頭及び巻末においては、苔衣大将の行動と心情が特に取り上げられているのであり、話の重心が子供たちの世代に完全に移り変わったとは言えない。

そこで冬巻の主題を明らかにすべく、苔衣大将と、苔衣大将の甥で彼と「容貌が酷似(1)」し、「対照性を有して描かれている(2)」とされる兵部卿宮が、冬巻においてどのように描かれているか検討することから始めたい。

二―一、兵部卿宮の人物造型

まずは、冬巻に至って物語の前面に登場してくる兵部卿宮(3)を取り上げる。兵部卿宮に関しては、坂井壽夫氏(4)以降、中宮・双子姉君との関係が、それぞれ『狭衣物語』における狭衣大将と源氏宮、狭衣と飛鳥井姫君との関係をなぞっていること、またその人物造型と描写には、『住吉物語』や『源氏物語』等も取り入れられていることが指摘されてきた(5)。

狭衣大将と比較すると、兵部卿宮の人物造型における特徴は以下のようなところに見受けられる。

宮は、「さしも心深くも見えざりし有様に、いかでさしも思ひ取りけん。さりとも、我をつらしと思ふことは何事にかあるべき。ただ一筋に世とつつましと思ひ入りたりしあたりの煩はしさを、いかにせましと思ひ結ぼれたりし有様、このほどとなりては袖の雫もいとど所狭げなりしを怪しと思ひしに、さすがに一方にしも思ひ寄らざりける心の中の苦しさにこそ」と、あはれに心憂く思さるる中にも、「待ちしことも、げに程近くなりにたるに、いかなるさまにてさすらふらん」と、我が御宿世心憂く思し知られ給ふ。

自身の北方に心惹かれない兵部卿宮は、中宮との密通ののち、「つれなき人」すなわち中宮に「つゆばかり思ひよそへられ」たため、北方と同じ邸内に住む双子姉君のもとへ通い、彼女は兵部卿宮の子を懐妊するに至った。右はこの双子姉君の失踪を知った兵部卿宮が慨嘆する場面である。兵部卿宮は、「彼女は思慮深くなかったにもかかわらず、なぜ失踪まで思い詰めたのか。そうは言っても、自分を恨むことはあるはずはない」と考える。つまり、兵部卿宮は双子姉君が追い詰められていたことに気付いていない。実際には、双子姉君は式部卿宮上に疎まれていることを知り、幾度も出奔を考えている。

かやうにてあるも煩はしげに聞き給ふ後は、「いかにして憂き身を隠さん山のあなたもがな」と思ひ回せど、…日に添へてありにくげなることどもの聞こゆるに、宮などはひたすら迎え取りつつもて隠さんなども思したらねば、かやうのことをえ聞こえ給はず。（冬巻二三五―二三六頁）

しかし、兵部卿宮が双子姉君のこれからの処遇について引き取るとも考えていないため、姉君は兵部卿宮に相談したり苦境を打ち明けたりできないのである。兵部卿宮の態度も、双子姉君が独り思い詰め失踪するに至った一因と言えよう。それにもかかわらず、兵部卿宮は自分は悪くないと責任逃れのように考えるのである。その上彼女の失踪の原因を、自身の北方の母（式部卿宮上）に辛く当たられていたことに帰着させている。

狭衣が飛鳥井の失踪を知った直後の場面と比較すると、違いは明らかである。

いかにも、乳母のしつることならん、自らは、何事のつらからんにか、たちまちに行き隠れん、と思はん、東へ行くべし、と聞きしにも、いみじうこそ思ひ嘆きたりしか、うちたゆめて、率て行きにけるにやあらん、いみじきことなりとも、我が心とは、さやうにあらじ、と見し心を頼みて、今日までかくて置きたりつるぞ

かし、ただ、ありし法の師の取り隠しつるならん、あまり我が心のたいだいしさぞかし、…　（巻一）
失踪は乳母の仕業であろう、と狭衣は推測している。たとえ辛いことがあったとしても、飛鳥井が自らの意志で突然失踪することはないと彼は考え、飛鳥井が狭衣に寄せる愛情を信じきっていた自らの油断を悔いている。

狭衣も、後に飛鳥井を「もの深くはなきさま」と評してはいるが、それはあくまで失踪後数年が経ってからのことである。女君の失踪直後に、女君への無理解を露わにし、自省しない兵部卿宮は、少なくともこの場面では狭衣よりも自己中心的で身勝手な性格であると受け止められよう。そもそも兵部卿宮は、失踪直前まで飛鳥井の懐妊を知らなかった狭衣とは異なり、双子姉君の懐妊を知っている。そして生まれてくる子については、

これを私物にもて扱はまほしくおぼえ給ふ。「さもあらば、そのついでにぞ后の宮なんどに申し知らせて迎へ取らせん」と思しけり。　（冬巻二三三頁）

と、双子姉君と引き離して育てることを決めていながら、双子姉君の扱いについては先送りにしたままであった。その理由は、

「…『かやうのことに心留めて、物めかしくもて扱ふ』と聞き給はん、つれなき人の御心の中も恥づかしくねたけれ」　（冬巻二三〇頁）

というものである。他の女性に心を分けていることを、「つれなき人」すなわち恋慕する中宮に知られたくないという計算が、心細い双子姉君の境遇よりも優先されるのである。ここにも兵部卿宮の、狭衣よりも配慮に欠ける人物造型を読み取ることができる。

これを裏付ける例として、時期は少しは遡るが、式部卿宮上に辛く当たられ式部卿宮邸に居づらくなった双子姉君が、乳母の里に退出した後の事情を次に示す。

月日に添へて気色厳しくなりまされば、かくて候ふもいとつつましくて、二月ばかりに里へ出でぬ。宮は里を知り給ひたれば、今少し煩はしきこともなく常に通ひ給ふ。この人のゆゑに誘はれてこそ、宮のわたりにも忘れぬほどに見え給ひしか、ものむつかしきわたりにいとど立ち寄らま憂く思されて、こよなき日数などの経るをば母上はいとど思しむつかりたり。（冬巻二三二頁）

兵部卿宮は、これで面倒が無くなったと双子姉君のもとへばかり通うのである。双子姉君が乳母の里へ移った原因は、正妻に構わず双子姉君にばかりかまけている兵部卿宮自身のふるまいにある。彼はそれを承知しているはずである。それにもかかわらず、兵部卿宮が責任を感じている様子は見受けられない。それどころか、何となく気にくわないあたりだと感じる北方のもとへは、双子姉君がいないと立ち寄りもしない。その結果、双子姉君の立場はいよいよ悪化し、住吉への失踪を余儀なくされるまで追い詰められる。

この双子姉君の住吉への出奔は、明らかに『住吉物語』を踏まえている。継母に女君が迫害される点、しかし男君の正妻である異母妹と女君の仲は良好である点もまさに共通する。ただし『住吉物語』の男君は、多くの諸本では、姫君に思いを寄せ、北方の三君に逢うのも物憂くなりながらも、基本的には三君に通い続ける。(6)『住吉物語』の男君と比較すると、兵部卿宮の振る舞いには相手の女性たちを思いやるそぶりが見られず、やはり自分本位であると言えよう。

また『住吉物語』と比較すると、『苔の衣』はあえて双子姉君の人生を悲劇へ導こうと筆を執っていることが窺える。(7)双子姉君は周囲の助けを受けられず、自ら断髪して出奔し、兵部卿宮が探しに来てもくれないまま、男子を出産後亡くなる。彼女の人生の哀れさによっても、兵部卿宮の悪印象は自ずと高まる。

さらに、狭衣が和歌を詠む場面と、その狭衣詠を利用した兵部卿宮の和歌との比較を次に示す（以降本節では、表現が一致する箇所に傍線、表現は一致しないものの内容が重なる箇所に破線、表現内容が異なることに注目すべき箇所に波線を付した）。

『狭衣物語』

隔てなく見たてまつることさへありがたくなりにたるに、この世のいとはしさも催され給ふべし。

思ひわびつひにこの世は捨てつとも逢はぬ嘆きは身をも離れじ

あな心憂や、この心ならば、後の世もいかがと、うしろめたし。（巻三）

『苔の衣』

先々はこの世、後の世契りつついみじう恨み給へれど、今宵はまことに苦しげに思して、…臥しながらうち休みつつ、かくばかり、

思ひあまり終に我が身は燃えななん逢はぬ嘆きの下砕けつつ

と書き給へる筆の流れなど、その文字ともなく怪しげなるを我ながらあはれに思さる。しどけなく結びて賜はせたり。（冬巻二六七頁）

源氏宮に対面することも難しくなってしまった狭衣は、厭世の思いを抱きつつも、源氏宮への恋慕という執着を抱いたままでは後の世も不安だと、自身の執着を自覚し省みている(8)。

ところが、この狭衣詠を利用した兵部卿宮には、そういった執着に対する反省は見られない。兵部卿宮は、物思いが高じて病になり、臨終が近づいた時に「思いの余り、とうとう私の身は燃えてしまえばいいのに。あなたに会えない嘆きに、苦しみ抜いて」と詠む。兵部卿宮は出家を志向するのでも、執着を反省するのでもない。

「終に思ひに耐へず短くさへ侍るにこそ。かばかりの契りながら今一度見奉らぬなん、いと罪深く苦しき」と、中宮に逢えないことを恨み、自分は中宮への恋慕の余り命を落としてしまうのだ、と訴えかけているのである。ここには、『源氏物語』の柏木像も摂取されている。『源氏物語』当該場面と比較して以下に示す。

『苔の衣』

さばかり心地よげなりし御有様の、ありし人ともなく、影などのやうにて臥させ給ひたるを見奉るに、…「…終に思ひに耐へず短くさへ侍るにこそ。かばかりの契りながら今一度見奉らぬなん、いと罪深く苦しき」とて…先々はこの世、後の世契りつついみじう恨み給へれど、今宵はまことに苦しげに思して、のたまふ言葉もはかばかしくも続かねば言少なにて、ただいと悲しと思したり。御側なる色紙を取り給ひて、臥しながらうち休みつつ、かくばかり、

思ひあまり終に我が身は燃えななん逢はぬ嘆きの
　下砕けつつ

と書き給へる筆の流れなど、その文字ともなく怪しげなるを我ながらあはれに思さる。しどけなく結びて賜

『源氏物語』

いと弱げに、殻のやうなるさまして泣きみ笑ひみ語らひたまふ。…「今さらに、この御事よ、かけても聞こえじ。この世は、かう、はかなくて過ぎぬるを、長き世の絆にもこそと思ふなむいといとほしき。…」…いとど泣きまさりたまひて、御返り、臥しながらうち休みつつ書いたまふ。言の葉の続きもなう、あやしき鳥の跡のやうにて、

行く方なき空の煙となりぬとも思ふあたりを立ち
　は離れじ

夕はわきてながめさせたまへ。…など書き乱りて、心地の苦しさまさりければ、「よし。いたう更けぬさきに、帰り参りたまひて、かく限りのさまになんとも聞こえたまへ。今さらに、人あやしと思ひあはせむを、

はせたり。必ず御返りと、先々のやうにも責めさせ給はぬしもいと悲しくて、道すがらも泣く泣く持て参りぬ。

（冬巻二六六－二六七頁）

わが世の後さへ思ふこそ苦しけれ。いかなる昔の契りにて、いとかかることしも心にしみけむ」と、泣く泣くゐざり入りたまひぬれば、例は、無期に対へ据ゑて、すずろ言をさへ言はせまほしうしたまふを、言少なにても、と思ふがあはれなるに、えもいでやらず。

（柏木）

両者ともひどく衰弱し、臨終が迫って文字がしっかり書けず、以前のように言葉を尽くしても話せない点、それを手引きの女房が悲しく思う点が共通している。

和歌だけを比較すると、死んでも女三宮のそばを離れないでしょう、と詠む柏木の方が一見執念深そうに見える。しかしながら柏木の死後、彼の女三宮に対する執着は描かれない。勿論女三宮が出家していたことも考慮に入れねばなるまいが、死後の柏木に関しては、女三宮への愛執よりも、その手に抱くことの叶わなかった我が子薫への愛情が描かれる。柏木は、自身の一周忌が過ぎ、遺愛の笛が夕霧のもとに渡った際に夕霧の夢に現れ、笛を子孫に伝えて欲しいと望むのである。

これに対して、死後の兵部卿宮は子への愛情を表明せず、それどころか柏木が「思ふあたりをたちも離れじ」と詠んだことをあたかも実行しているがごとくである。以下に当該場面を示す。

九月ばかりより中宮も物の怪だちてわづらはせ給ふ。…年など返りては、いとど重く見え給へば、御祈りなどこちたくて、終に出で給ひぬ。聞こえあるとある験者ども召してさまざま加持し給へど、すこしもその験

なくて、日々に重りつつ、絶え入り絶え入りし給ふ。 （冬巻二七二－二七三頁）

このように兵部卿宮は、一周忌以降物の怪となって愛する中宮に取り憑き、重態に陥らせるほどの執着を見せる。苔衣大将の祈禱によって正体を現してなお、兵部卿宮は次のように述べる。

女院ばかりおはしますに、さし寄り給ひて、

「この世にはさすがに深き契りにて逢はで別れしことのかなしき

思はずなる心の程を、身を変へて後、終にかくと知られ奉りぬるこそ方々心憂く、先立ち奉りにし罪に、いとどやるかたなかりしもの思ひさし添へて、いと苦しく」とのたまふ気色、たゆげさなど、今はの折に紛るべくもなく、ただそれかと見ゆるに、女院は夢の心地し給ひて… （冬巻二七六頁）

「この世にはさすがに深き契りにて逢はで別れしことのかなしき」と詠む兵部卿宮は、中宮とは子供まで為した仲であることを引き合いに出し、中宮に生前今一度会えなかったことを悲しむ。ここにおいて我が子は、女君との宿縁の深さを言うための存在に過ぎない。兵部卿宮はあくまで女君への執着を語っているのである。

柏木と兵部卿宮のさらなる相違点として、柏木に関しては女三宮への執着が描かれる一方で、些か唐突ではあるがその道心、出家志向も語られていた点を挙げられる。病の床についた柏木が己を振り返る場面を次に示す。

何ごとをも人にいま一際まさらむと、公私のことにふれて、なのめならず思ひのぼりしかど、その心かなひがたかりけりと、一つ二つのふしごとに、身を思ひおとしてしこなた、なべての世の中すさまじう思ひなりて、後の世の行ひに本意深くすすみにしを、親たちの御恨みを思ひて、野山にもあくがれむ道の重き絆なるべくおぼえしかば、とざまかうざまに紛らはしつつ過ぐしつるを、つひに、なほ世に立ちまふべくもおぼえぬもの思ひの一方ならず身に添ひにたるは、我より外に誰かはつらき、心づからもてそこなひつるにこそあ

めれ、と思ふに、恨むべき人もなし。神仏をもかこたむ方なきは、これみなさるべきにこそあらめ、…
（柏木）

何事につけてもなみなみならず思い上がっていた自身が、希望が叶わず、「なべての世の中」が「すさまじ」く思われて出家を志向するに至ったことが述べられる。そして最後には、これほど悩み高じて辛いのは自業自得で、自分から自分を損なったのだと観じて、「恨むべき人もなし」と結論づける。このような内省、出家志向は兵部卿宮には全く見られない。兵部卿宮の自省の無さ、執着の強さがここでも浮かび上がる。

兵部卿宮の過ぎた執着と身勝手さは、中宮がどのように描かれているかを、女三宮のそれと比べることからも読み取ることができる。

「なほ、この御返り。まことにこれをとぢめにもこそはべれ」と聞こゆれば、「われも、今日か明日かの心地してもの心細ければ、おほかたのあはればかりは思ひ知らるれど、いと心憂きことと思ひ懲りにしかば、いみじうなむつつましき」とて、さらに書いたまはず。御心本性の、強くづしやかなるにはあらねど、恥づかしげなる人の御気色のをりをりにまほならぬがいと恐ろしうわびしきなるべし。されど御硯などまかなひて責めきこゆれば、しぶしぶに書いたまふ。…「心苦しう聞きながら、いかでかは。ただ推しはかり。残らむ、とあるは、

立ちそひて消えやしなましうきことを思ひみだるる煙くらべに

後るべうやは」とばかりあるを、…
（柏木）

女房の小侍従に柏木への返事を懇願されてなお、女三宮は返事をしようとしない。別段、柏木への嫌悪であるとか、きっぱりと関係を断つ意志によってそうしているのではない。人が死ぬのは悲しいが、源氏の機嫌がよくな

いのを恐ろしく思い、今生最後かもしれない柏木の手紙に応えないのである。そして小侍従に責められてようやく「しぶしぶに」返信する。対して中宮は、幼く頼りない女三宮とは違い、思いやり深く、もののあわれを知る人物として描かれる。兵部卿宮が臨終だと聞き、手紙の返事を促された中宮の描写を次に示す。

御手などのあらぬものと見ゆるを、さすがにあはれに思されて、「げにいかになり給ひなんとするにか。母宮など心殊にこの宮をばかなしきことにし奉り給ふに、いかばかり思し嘆かん。我も幼くより馴れ遊び奉りたれば、おしなべて方々さり難くこそ思ひきこゆるに、思はずなる御心遣ひこそ後ろめたき折もあれど、浅からぬ契りのほどは思ひ知らずしもあらず、あり経て、憂き身の消えやらぬぞ心憂かるべき。若宮の御ためも罪深きことにや」など、とにかくにただ我が御宿世口惜しく思し続けて涙ぐませ給ふ御目見のわたりなどの言ひ知らずめでたきを、「終に人のいたづらになり給ふも理なり」と見奉る。…度々申せば、常よりもものあはれに思されて、ただこの端に、

憂きことを嘆くとならばもろともに我も煙に後るべきやは

と書きつけてうち置かせ給ひたるを…

（冬巻二六七－二六八頁）

状況こそよく似ているものの、中宮は、女三宮とは対照的に手紙をしみじみと見て、兵部卿宮の母の気持ちを思いやる。さらには、幼いころから兵部卿宮に馴れ親しんでいたことを思い出し、「浅からぬ契りのほどは思ひ知らずしもあらず」と感じるのであり、不本意な密通を犯した立場からすれば最大限同情的である。返事も「常よりもものあはれに思されて」書き付ける。しかも、兵部卿宮を恨むよりも自分を責め涙ぐむ中宮の姿は、人の命を損なうのも納得されるほどすばらしい、と描写され、やはりここでも中宮の落ち度は描かれない。

源氏に怯えて柏木の愛情に応えない女三宮の対応では、柏木が満たされず執着の鎮まるところがないのはもっ

ともである。一方、中宮はこれ以上ないほど兵部卿宮に同情的であるが、兵部卿宮はそれに飽きたらず、なお妄執を晴らせない。これはいささか行き過ぎた執着である。

つまり、兵部卿宮は、狭衣・柏木らを人物造型のモデルとしておきながらも、狭衣と柏木の出家への志向、自省などは摂取してはいない。それどころか、狭衣・柏木よりも執着は際だって強く、かつ自己中心的で、死後に物の怪となって女君を重態にまで陥らせるという、好感を抱きにくい人物として意図的に造型され描かれていると考えられる。

この造型が最も際だつのが、冬巻末の、中宮をめぐる物の怪騒動である。兵部卿宮の物の怪に取り憑かれた中宮の容態はいよいよ重篤になり、「限りになりはて給ひぬ」とまで騒がれる。そこに現れるのが、夢告を受けた父、苔衣大将である。冬巻の主な登場人物が一堂に会し、緊張が最高潮に達する場面であるので、ここに至るまでの冬巻における大将の描写を、特に秋巻までと比べての変化に注目してふりかえっておく。

二―二、冬巻における苔衣大将

まず大将が秋巻において出家を遂げる直前の場面を示す。

「いかなる昔の契りにて、いにしへも身にかふばかり物思ひ、今はまた、終にかくなり果つらん。かかることなからましかば、たちまちに何の故かは、憂き世をも厭ひ捨つべき」と思すに、…都の外ならん住まひにては、え見奉るまじきぞかしと思すに、今一重隔てん別れもいと悲しうて、…（秋巻一七八頁）

大将は女君との宿縁を出家の原因だと捉え、出家を決意しつつも、女君との別れを悲しんでいる。ここには現世及び女君への未練が見受けられた。

ところが冬巻に至ると、女君との死別は、己を仏道に導いてくれた「善知識」、「讃仏乗の因」として自覚されるようになる。

何故ぞと思し出づるに、善知識の契りもこの世一つならず、かたがた浅からず思し召されつつ、狂言綺語の誤りを返しても、はかなく消えにし人を讃仏乗の因ととぶらひ給ふ。げにや、夢などにも殊の外に頼もしきさまにぞ見え給ふ。（冬巻二〇七頁）

そして単に出家遁世の本意を叶えたのみならず、大将は仏道修行の結果、女君を成仏までさせていることが示される。出家後、仏道修行に励む道心もいよいよ深まり、その仏道修行の成果も類ないものであることが、冬巻において詳細に描かれるのである。

さらに、冬巻では大将の父母も出家するが、当該場面では、浄蔵・浄眼が父の妙荘厳王を仏道に導いた例が挙げられる。

終に本意遂げ給ひぬれば、大将殿、関白の宣旨被り給ふ。上も同じくやつし給へば、中宮などもあはれに思されつつ出で給ひて見きこえさせ給ふ。「かやうに背かせ給ひぬるも、かつは子の故ぞかし」と思すに、「妙荘厳王浄蔵浄眼の神通」を思し出でられて、善知識も今ぞ嬉しく思されながら、…（冬巻二二三頁）

秋巻の大将出家直後の両親は、悲嘆の余り惑乱し、ものも喉を通らないと描かれていた。冬巻では、そのような状態から、大将の出家を嬉しく思うまでに心境が変化したことが描かれる。大将の出家は浄蔵・浄眼になぞらえられており、大将の出家が結果として両親を仏道に導く善知識となったと語られる。ここでも大将の出家がもたらした功徳が描かれる。冬巻では、出家した大将が迷いを脱し、周囲を仏道に導くことが描かれるのである。

ついで、大将が娘の危篤を夢告によって知り、加持祈禱のため下山して関白邸に参上する場面を次に示す。

さてもかの峰には、頼み給へりし阿私仙も露と消えにし後は、いとど分く世なく高き峰の上、深き谷の底までも思ひ入りつつ行ひ給ふさま、まことに空しからじと見ゆる。伝教大師、末代の衆生のために作り置き奉り給ひけん生身の薬師如来に、今一度参りて、「像法転時の誓ひ、違へ給ふな」と申さまほしくて、わりなく忍びつつ、中堂に参り給ひつる夜、いと物騒がしげに、数珠の度々聞こゆるを、「何事ならん」と思すに、夢ともなく、いと尊げなる僧傍らに立ちて、「この人、汝ならでは助くべき人なし。親子の契りはなほ深き物なり。この度の命生け給へ」とのたまふを、いと心得ず思すほどに、…　（冬巻二七三頁）

大将は、ただ独り「高き峰の上、深き谷の底」に至るまで修行していたと記される。そして偶然訪れた根本中堂において、夢告を受ける。

「さることありしぞかし」と夢の心地して、あはれに思さるる中にも、「かく聞きながら、あれを助けざらんこそ、むげに慈悲なき心地すれ。親子の恩愛は、仏も許し給ふことなり[9]。さるべくてこそ、仏の御教へもありつらめ」など思して、ほのぼのとするほどに都の方へ上り給ふに、あさましき山林にのみ馴らひ給ひて、見馴れにし道も踏み惑はれ給へど、仏のしるべにやありけん、辿る辿る未の刻ばかりにぞ、そのわたりへ参り着き給へる。　（冬巻二七四－二七五頁）

大将は積極的に娘を助けに行こうとするのではなく、あくまでも夢告に背中を押されて都へ向かうと描かれる。夢告を受けるまでは、娘への執着を忘れていたかのような描写しかり、「あさましき山林」に馴れてしまったためにかえって都に途惑うという描写しかり、いずれも主眼は苔衣大将が出家後余念無く仏道修行に打ち込んでいたことを語ることにある。そして厳しい仏道修行の結果、その正体が行方不明になった摂関家の嫡男の大将であることは誰にも気づかれない。

誰も誰もおこがましげに思ひつつ、はかばかしく聞きも入れず。…もの試みんと思して「こなたへ、こなたへ」と、御手づから斎き入れ給へば、やをら参り給ふ気色などあさましげなる姿なれど、あはれにもの懐かしげにて、見目などの言ひ知らずあさましげなる姿に痩せさらぼひたれど、さすがにゆゑゆゑしくなまめかしきやうなるを、殿も怪しく見給へど、思ひ寄るべきことならねば、かかることなど申すに内へ入り給ひぬ。…女院は飽かず悲しく思さる。「さてもこの山伏誰ならむ。かばかり我はと思ひたる人々少しも験なかりつることを、かく安らかに知らせつるよ」と嬉しく尊くおぼえ給ふ。…殿出で会ひ給ひて、泣く泣く喜び給ひつつ、…袖を控へつつ留め給ふさまの、いときなかりしほどの面影思ひ出でられつつあはれに思さるれど、殿はつゆ思し寄りげもなきぞ、変はりにける御身の程知り果て給ふ。

（冬巻二七五－二七七頁）

それどころか、周囲の人物には見下げられ、中宮への祈禱を申し出てもまともに取り合ってもらえない。たまたま出て来た息子の関白の一言で、ようやく内に招き入れられる。だが、関白とて目の前にいる「言ひ知らず浅ましげなる姿に、痩せさらぼひ」ている聖が、まさか父だとは夢にも思わない。「さすがにゆゑゆゑしくなまめかしきやう」である苔衣大将の姿を、「殿」すなわち息子の関白も「怪しく見」るが、それはあくまで、痩せ衰えた聖に「なまめかし」いところがあるのを不審に思うという、一般的な疑問にとどまる。大将の姉の女院も、大将の声は聞くものの、「さてもこの山伏誰ならむ」と思うばかりである。特に関白は二度父と対面してなお「殿はつゆ思し寄りげもなき」とあるように、目前の聖が父親であるとは全く気付きもしない。その原因は「変はりにける御身の程知り果て給ふ」とあるように、苔衣大将の変わり果てた姿にある。大将は、相手が自身の以前の顔を覚えていたところで無意味なほど「あさましげなる姿に痩せ」衰えてしまったのであり、この大将の外見の変化はすなわち、大将がそれほど厳しい環境で仏道に専心していたことを示すものでもある。

男君が出家し、かつ出家後の生活がある程度詳しく描かれる作り物語には、他に現存『しのびね』がある。『しのびね』の出家した男君は、他人と接しながら暮らし、「まみなどのけ高く、色も余の僧より白」く、「いと若くうつくしうおはせし名残にやつれ給へども、人にまぎるべくも見え」ない。『しのびね』の男君と比べると、大将の修行がどれほど本格的で厳しく、実際の遁世者にも劣らぬさまであるかということ、そして作者が強調したいのもまさにその点であることが、顕著に見て取れるのである。

さて、大将と物の怪（兵部卿宮）の対決は以下の通りである。

数珠をすり、左右なく「度一切者病死海」などと読み出だしたる声ぞ言ひ知らずあはれに心細くて、さばかり鳴り満ちたる殿の中の、なごりなく静まりぬるにやとまで聞こえたるを、誰も誰も思はずに、あさましく聞き給ふ。中宮は絶え入り給ひたるが、少しうちみじろきて、妙音品の末つ方になるほどより、泣き給ふさまいみじげなり。一巻果てぬれば、不動の真言ゆるらかに満て給ふに、今すこし泣きまさりて、いと世をつつましげに思したれば、試みに、人々も皆退けつつ、女院ばかりおはしますに、さし寄り給ひて、

「この世にはさすがに深き契りにて逢はで別れしことのかなしき思はずなる心の程を、身を変へて後、終にかくと知られ奉りぬるこそ方々心憂く、先立ち奉りにし罪に、いとどやるかたなかりしもの思ひさし添へて、いと苦しく」とのたまふ気色、たゆげさなど、今はの折に紛るべくもなく、ただそれかと見ゆるに、女院は夢の心地し給ひて、…御物の怪は去りぬれば、今は出でなんとするに、…

（冬巻二七五－二七七頁）

厳しい修行を積み、結果として験力を得た大将によって、兵部卿宮の執着と正体は、白日の下に晒されることとなった。そして、「物の怪」となった兵部卿宮が成仏しないまま、大将のさらなる遁世を描いて物語は閉じられ

る。この兵部卿宮への冷淡な扱いを見るに、『苔の衣』は兵部卿宮の救いを描くことを目的としていない。

寧ろここで引き立てられるのは、兵部卿宮の執着に打ち勝ち娘の中宮を救う大将であり、我が子と別れ、執着を捨てて仏道修行に励んだ大将の行力なのである。「道心」深い大将と「執着」深い兵部卿宮とは、中宮という「愛」の対象を中点に、執着の有無において見事な対照をなしている。

そしてここにおいてこそ、苔衣大将と兵部卿宮の類似性が効果的に活かされる。すなわち、両者は容貌の酷似に加え、いずれも「いかなるさきの世の契り（報ひ）にて」「人知れず心を砕」くのかと嘆き、その恋慕の情は「室の八島の煙」として表現される。また、「ありし人ともなく、影などのやうに」なり、思いが叶わないならば生きていても甲斐がない、とまで思いつめる。ここまで近似的に描かれるからこそ、恋を断念しようとした大将と、強引に密通した兵部卿宮における正反対な恋の結末と、兵部卿宮と対決し、その正体をあらわす苔衣大将の道心及び仏道修行の素晴らしさが一際生彩を放つのである。

ただし、物語の結末部は単純に苔衣大将の勝利を称えることに終始しない。仏道修行を積み兵部卿宮の執着に打ち勝った大将にして、我が子との再会は、山中での修行ではありえなかった煩悩をいったんは惹起させる。

姫君の、寝入り給ひしをおどろかされて、いとはづかしと思ひしてゐ給へりし御顔つきも、只今思ひ出でられつつ、臥し給ふ御ありさまも、さすがにゆかしうあはれに思さるるを、いでや、何事につけても憂き世なりや。恋しとて、終の道には誰も具し聞こゆべきかは。…なほ都近き、心弱き事もまじるなりけりと心憂くて、もとのすみかよりも今一際鳥の通ひもまれにて、檀特山もかくやと見ゆる所にて、行ひ給ふ。

（冬巻二七七－二七八頁）

しかし、最後には自身の欲、執着に打ち克って、名乗りもせず我が子との再びの別れを選ぶ。そして、『大集経』(10)

に見え、『往生要集』に引かれる偈、「妻子珍宝及王位、臨命終時不随身」に示される思想と同じく、「恋しとて、終の道には誰も具し聞こゆべきかは」[11]と、俗世と縁を切り、ますます仏道に専心修行する。つまり、苔衣大将は我が子との再会を機縁として、かえって執着を離れることを得、いちだん高い境地に至るのである。極めて人間的でありながら、厳しく身を律し煩悩を超克するさまがここには感動的に描かれている。

元をたどれば、大将と我が子との再会をもたらしたのは兵部卿宮の所業であり、このように見てくると、大将と似ていながらも対照的な兵部卿宮の存在はやはり、大将が執着を捨て、たゆみなく仏道修行に励む、その道心の類無さと深化を浮き彫りにし、強調するためのものだと考えられる。

ほぼ同時代に成立したとされる『石清水物語』や『いはでしのぶ』においても、出家する男君（主人公）と出家しない男君（傍観者）は対比されて描かれており、寧ろそれが類型化しつつあったかと思われる[12]。その中でも、『苔の衣』冬巻は、男君の出家遁世以後を詳細に、その内面における道心の深まりと共に描く点で他から際だっている。したがって冬巻は、大将が出家遁世後も仏道修行に励み、再びの遁世に至ることを描くためにあると考えられる。

三、遁世と『苔の衣』

では、なぜそれが描かれねばならなかったのだろうか。ここにこそ、『苔の衣』成立時の時代相が反映されていると思われる。

出家してもなお、寺院内あるいは寺院間での権力闘争は激しく、「俗塵」と交わらざるを得ないためか、源平の争乱を経るころから、寺院を出奔して再出家を遂げ、世をのがれて仏道修行する遁世者が多く現れるようになった。

九条兼実の弟であり、天台座主まで昇った慈円は、『拾玉集』の中で、以下のように述べる。

かなしきかなや仏法すゑになるままに其跡はみなたたかひのにはとなりて、はてにはほこさきをあらそひ、むつかしき相論をのみこのみて、天聴をおどろかすことになることぞかし、いへを出でながらみな俗塵にまじはりて心をそらす、心をそめざる事よ、かかるままには法師のみちにさらに二途のみちをなして遁世のひじりといふものいできたり、しばしはたうとしときこしかども、今はまたひじりといふものはみなさまあしきものなり、かかるままにはかへりてみちもなき心ちしはべれど、さりとてはとてこのいたれるまことにせめ出だされて、ふかき山にいりつつ仏道を思惟し侍る中に、…。

ここからは、慈円が実際に遁世し、山に籠もったことがあることが読み取れる。また、九条良経の子慶政は、『閑居の友』において、

あはれ、仏のかゝる心お与へ給ひて、たゞいまも走り出でて跡かたなく、ひとり悲しみひとり嘆きて、袖を抑ゑ涙お流してあらばやと、嘆けども甲斐なくて、年も重なりぬるぞかし。

げに、人も知らぬ境にあらんは、いみじく澄みわたりてぞ侍ぬべき。…「人もとがめぬ山の麓に、鶉お友として、あやしの草の庵の身ひとつ隠すべき結びてみ侍らばや。さてまた、住みにくゞは、いづくにも行き隠るゝぞかし」など常に覚え侍也。

と述べる。「人も知らぬ境」にいれば、心も「いみじく澄みわた」ると賞されている。その遁世のさまは、『沙石集』（巻十）に以下のように描かれる。

松尾の証月房上人は、三井の流れを受けて、三密の修行徳たけて、道心有る上人と聞こえき。遁世の始めの事を語りしかば、「人間に長らへても用事無し。如説の修行して、臨終せん」と思ひ立ちて、ただ一人、松尾の奥に、人にも知らせずして、七日の時料を用意して、仮りに庵を結びて、修行せられけり。

これらを見るに遁世の流行は、貴族社会全体に波及する社会現象とも言える、うねりと勢いを有したものであったと言えよう。

こうした傾向は説話集にも現れる。田中徳定氏は『今昔物語集』の長増と『発心集』の平等の説話を検討し、『今昔物語集』は往生を、『発心集』は遁世を描くことに重点を置いているとする(13)。

また『発心集』は遁世者の説話を集中して巻頭近くに収録しており、彼らは「自己を取り巻く境界を離脱し、名利・名聞を捨てて真の道心を追求した賛仰すべき存在(14)」とされる。つまり、単に出家を遂げるのみではなく、再出家、もしくは出家し山林に離れて独り仏道修行に励むさまが称賛されているのである。

さらに、遁世の流行に伴い、出家者としての名声を得ようとする者に対する厳しい視線が生まれつつあった。

実に道心ある人は、かく我が身の徳を隠さむと、過をあらはして、貴まれん事を恐るるなり。もし、人、世を遁れたれども、「いみじくそむけり」と云われん、貴く行ふよしを聞かれんと思へば、世間の名聞よりも甚し。此の故に、ある経に、「出世の名聞は、譬へば、血を以て血を洗ふが如し」と説けり。本の血は洗はれて、落ちもやすからん、知らず。今の血は、大きにけがす。愚かなるに非ずや。（『発心集』第一の十二）

「本当」の遁世者たちは、自らの名声も評判も求めていない。それゆえ知り合いに見あらわされると逃げるのである。ただし、出家遁世したとしても、名利・名聞の一切を捨てて行方知れずになる者は実際には少なかったと思われ、それゆえに、完全に遁世を遂げ得た人々は、尊崇の対象となったのであろう。為家作者説があり、『風葉集』成立の文永八年（一二七一）に近いころ成立したとされる『浅茅が露』には以下のようにある。

「…中将殿は、さても過ぐさせ給ふべかりしあたら御身を、御心づからもてそこなひて、行方なくなり給ひし。世を背き法師になる人も、後にはおのづから聞こゆることも侍るに、いかにいづくにおはしますとも聞き出で奉らず」とてうち泣きぬ。

遁世した人物であってもその消息が知れることもあるという、当時の貴族社会における実態が、作り物語にも反映されていることが窺える。Ⅰ部で扱った、宝治元年（一二四七）以降文永八年（一二七一）までに成立したとされる『石清水物語』の主人公武士伊予守は、自ら髻を切り高雄寺で出家したのち、そこに留まらない。

古里には、我も我もと、舎人をしるべにて尋ね行きたれど、「その日ばかりぞここにものし給ひし。いづちかおはしましけん、知らず」と言へば、むなしき空を仰ぎて嘆き悲しめど、何のかひなし。生身の阿弥陀のおはします善光寺といふ所に参りて、余念なく行なひ澄まして、いづくにありといふことを知られじと思ひければ、聞こゆることなし。（下巻二四九頁）

この行動には、単に武士であるからといった理由以上に、当時の遁世というもののあり方が関係していよう。

このように、当時の出家遁世に対する世間の評価、価値観が作り物語に滲み出ている中でも、特に、主人公の苔衣大将が出家を遂げたところで終わるのではなく、男君がまさに遁世し、修行を行い道心を深めていくさまを描き続ける『苔の衣』の遁世への関心は、作り物語の中でも群を抜いて高い。ここにはいわゆる王朝物語よりも寧ろ、当時の仏教説話に相当接近した価値観を看取できる。

たとえば先述したように、大将は「いでや、何事につけても憂き世なりや。恋しとて、終の道には誰も具し聞こゆべきかは」と心中を吐露するが、こういった表現は現存する作り物語には存在せず、これはたとえば『撰集抄』に「あはれみ、はぐゝみし妻子眷属も、中有の旅には、ともなひやはし侍る」とあるのと非常によく似た価値観である。また、「猶都近き、心弱き事もまじるなりけりと心憂くて」とあるのは、『発心集』に、

今も昔も、実に心を発せる人は、かやうに古郷を離れ、見ず知らぬ処にて、いさぎよく名利をば捨てて失するなり。菩薩の無生忍を得るすら、もと見たる人の前にては、神通を現はす事難と云へり。況や、今発せる心はやんごとなけれど、未だ不退の位に至らねば、事にふれて乱れやすし。古郷に住み、知れる人にまじりては、いかでか、一念の妄心おこさざらむ。

（『発心集』第一の三）

とある考えと共通する思想である。

加えて、出家遁世の後、我が子と再会するも再び失踪するという冬巻の展開は、突然失踪した玄賓が、後年弟子と再会するも、再び失踪するという『発心集』巻頭第一話に取り上げられた説話と重なる。

おそらくこうした価値観を素直に受け入れた『苔の衣』にとっては、秋巻の大将出家遁世で物語を終わらせず、道心を深め、執着を離れた大将が完全に遁世を遂げるまでを描くことこそが必要であり、秋巻までだけでは当然物語は完結し得なかったのだろう。

そのために大将と対照的な兵部卿宮の存在によって、大将の仏道修行・道心の類なさを強調し、苔衣大将を、真に出家遁世を遂げた理想的な人物として描くこと、それを読者に納得させることを『苔の衣』は意図していたと思われる。

つまり『苔の衣』の主題は一貫して、この当時における「遁世」の理想を描くことにあると考えられる。

逢うての恋も逢はぬ嘆きも、人の世にはさまざま多かなる中に、苔の衣の御仲らひばかりあかぬ別れまで例なくあはれなることはなかりけり。

（春巻八頁）

と冒頭で語られる「苔の衣の御仲らひ」とは、苔衣大将が出家遁世し、再びさらなる遁世を遂げるに至る、そのような機縁となった男女の仲であり、『苔の衣』はそれを男君に重点を置いて描いたのではないだろうか。

『苔の衣』の時代設定のモデルとなった時代は摂関政治全盛期であり、『苔の衣』の登場人物も当時を生きた人物たちの逸話に基づいて造型されているけれども、その背後に見え隠れする価値観は、かえって摂関政治全盛期と『苔の衣』が成立した時代との隔絶を知らしめているのである。

注

（1）安達敬子「擬古物語と源氏物語―『苔の衣』・『木幡の時雨』の場合」（増田繁夫・鈴木日出男・伊井春樹編『源氏物語研究集成　第一四巻』、風間書房、二〇〇〇年、のちに『源氏世界の文学』清文堂出版、二〇〇五年）。

（2）辛島正雄「苔の衣の御仲らひ」再考―『苔の衣』読解のための覚書」（辛島正雄・妹尾好信編『中世王朝物語の新研究』、新典社、二〇〇七年）。

（3）兵部卿宮は冬巻で初めて登場するわけではない。叔父の苔衣大将と容貌の似ていることは、兵部卿宮誕生時（夏巻）及び袴着（秋巻）に際して既に示されている。

・今宮の御うつくしさ、何のあやめも見ゆまじきほどなれど、限りなし。御叔父の中納言殿にいとよくおぼえ給へる。（夏巻八二－八三頁）

・ふくらかなる御顔に、御髪ゆらゆらとして御肩のわたりにかかり給へる御姿言ふ方なくうつくしう見え給ふ。御叔父の大納言にぞよく通ひ給へる。（秋巻一三一頁）

つまり、兵部卿宮と苔衣大将の容貌の類似については、冬巻以前から伏線が張られているのであり、兵部卿宮を描くことは元々作者の構想にあったと推測される。

（4）坂井壽夫「苔の衣」に於ける前代文学の影響」（『古典文学の探究』、成武堂、一九四三年）。

（5）今井源衛「苔の衣について—物語の解体—」（日本文学協会「日本文学」第三巻第一〇号、一九五四年一〇月）後に加筆して「『苔の衣』論」（『王朝末期物語論』、桜楓社、一九八六年）、山森雅樹「『苔の衣』の権成とテーマについて」（「金沢大学語学文学研究」第一一号、一九八一年一〇月）、久下晴康「『狭衣物語』の影響—「物語取り」の方法から—」（『平安後期物語の研究　狭衣・浜松』、新典社、一九八四年）、神野藤昭夫「鎌倉時代の物語—『苔の衣』の方法と特質」（『日本文学講座四』、大修館書店、一九八七年、のち補訂して『散逸した物語世界と物語史』（若草書房、一九九八年）所収）、加藤奈保子「『苔の衣』の人物形成—『狭衣物語』摂取の方法」（「大妻国文」第三〇号、一九九九年三月）等。

（6）数本例を挙げる。

［藤井本］さるまゝに、少将思ひかねて、神仏にいのり給ける。三のきみのもとへもゆかまほしけれども、おもひあまりては、侍従にあひてこそこゝろをなぐさむれ。にしのたいのけしきを、たゞみずなりなむ事の心うくて、つねはかよひければ、…。

［住吉本］少将いと、おもひまさり給て、神仏にぞいのりたまひける。さても三の君のかたへかよひたまへども、心うくて、思ひのあまりに、侍従にあひてなぐさみたまひけり。

［大東急文庫本］ひめぎみの御めのと、れいならぬ心地して、さとへいでにけり。じゞう、をなじくいでぬ。そのゝち、文をだにきこへず、心ぐるしさのみまさりつゝ、すごさせ給ふ。三のきみのもとへも、ものうくてと思して、かよひたまわぬ事もあり。おもひのあまりに、じゞうにあひてこそ心をもなぐさめしに、いまはにしのたいのあたりをだにも、みずなりぬることの心うさに、三のきみのかたへも、うさのみまさりながらかよひ給ひけり。

（7）まず第一に、『住吉物語』の侍従のように、姫君を助け活躍する女房は『苔の衣』には存在しない。双子姉君の傍に仕えているのは、「はかなく若き心地」で東院上の悪巧みに従い、しかも一度それが失敗に終わるや、それを隠すことなく口にしてしまう「ものはかな」く「昔より心幼きもの」である小大輔である。したがって、疎まれた女君が住吉への逃避行に思い至るまでの運びも対照的である。『住吉物語』では、

「乳母だにあらば、ともかくもはからひてまし。今はそこをこそ何とも頼みたれ。この月も過ぎなんとす。いかにもはからひ給ふべし」とのたまへば、侍従も、「いかにともおぼえず」など言ひつつ、とかく案ずるほどに、故母宮の乳母なる女の、宮に後れ参らせて後に、尼になり、住吉になん侍りけるを思ひ出でて、「おぼえさせおはしますにや。しかしか」と聞こゆれば、「さるものありとおぼえ侍るなり。いかでか告げやるべき」とあれば、…（藤井本）

と、姫君は侍従に頼り切る。そして侍従があれこれと思案を巡らせ、逃れる先の尼君に手紙を取り次ぐ。対して『苔の衣』では、

かやうにてあるも煩はしげに聞き給ふ後は、「いかにして憂き身を隠さん山のあなたもがな」と思ひ回せど、さやうにしり給ひ給ひたる人もなきに、昔の少納言の乳母が姉の、住吉なる所に世を背きてゐたるがもとへ、小大輔などが時々もの言ひ交はすを見置き給ひて、「かくいたく許しなげなるほど、かしこにしばし忍び隠ればやとなん思ふ」とのたまふを、…（冬巻二三五－二三六頁）

と、逃れる先も具体的な行動も、すべて双子姉君自らが考え言い出すほかない。

第二に、『住吉物語』では、年長の尼君が若い姫君と侍従を導き、姫君の出家を強く諫める。

あらぬ世にむまれたるこゝちして、ひめぎみも侍従も「とくあまになりて、おなじさまに」のとの給へば、あまぎみ、「御髪は、とてもかくても侍なん。御心にぞよるべき。今は此老うばが申さむままにおはしまさずは、うちすて奉りて、かくれ侍べし」といへば、これも背きがたくて、明くれは仏の御前にて経をよみ、花を奉りなどぞし給ける。（藤井本）

これに対して『苔の衣』では、双子姉君たちを導く人物は存在しない。

小大輔もはかなきものなど取りしたたむとて、あたりにはかばかしき人もなければ、やをら帳の中へすべり入りて、髪をかきこして見給ふに、たをたをと懐かしき手当たりにて筋なんけざやかなる。さすがに人知れず悲しくて、とばかり顔に手を押し当てつつ、鋏も取られ給はねど、人や見つけんと恐ろしければ、わななくわななく削ぎ果て給ひつ。（冬巻二四四頁）

『住吉物語』の侍従が「姫君に片時も離れたてまつるべきならねば」とするのとは異なり、注意を払う女房もいないので、双子姉君の断髪は敢行されてしまう。

（8）苔衣大将も、恋に命を落としかねない己を省み経を読んでいる。

「…いかなる昔の契りにてかくまで身に代ふばかりもの思ふ宿世のありけん」と思せば、いと罪深くおぼえて、臥しながら御手水まゐりて御経読み給ふ。（夏巻八五頁）

（9）『今昔物語集』巻一（仏、入涅槃給時、遇羅睺羅語第三十）に、「然レバ此レヲ以テ思フニ、清浄ノ身ニ在マス仏ソラ、父子ノ間ハ他ノ御弟子等ニハ異也。何況ヤ、五濁悪世ノ衆生ノ、子ノ思ヒニ迷ハムハ理也カシ。仏モ其レヲ表シ給フニコソハ」とあり、また、七巻本『宝物集』巻六には、

教主釈尊も、子をおもふたとへをとり給ふには、三界火宅の中なる諸子をあはれみて、父の長者は三の車をかまへ、五十余年までへる窮子をかなしみて、親の長者は二人の使をつかはすとこそ、法花経の二巻にも侍れ。ある経には、まさしく「見一切衆生、猶如羅睺羅」と侍るめれば、仏だにも、子をおもふ心ざし、かく侍るめり。申さんや、人界はことはりにぞはべるべき。

という一節が見られる。教学的理解よりも、情緒的な共感に重きを置いた解釈が採られている。

（10）『大集経』の偈は『往生要集』とは異なり「妻子珍宝及王位、臨命終時無随身」である。

（11）『雑談集』一四六に「骸は遂に苔の下にうづもれ、魂は独旅の空に迷ふ。妻子・眷属は、家にあれども、伴はず」とあり、『撰集抄』に「三途のちまた中有の旅には、妻子珍宝身にそはざる」「きねぬる夕べには、むつましかりし妻子、難去かりし親子も、いとをしく悲き妻子も、そひはつべきにあらず。つゐに別れの期あるべし」とある等、類似の表現が頻出する。

（12）『いはでしのぶ』の関白も『石清水物語』の秋の大将も、狭衣大将を意識して造型されていると考えられる。『いはでしのぶ』の関白が冒頭に花を持って現れる場面、一品宮を恋い慕う場面が狭衣取りであることは、三谷栄一『物語文学史論』（有精堂出版、一九五二年）及び久下晴康「『狭衣物語』の影響―「物語取り」の方法から―」（『平安後期物語の研究　狭衣・浜松』、新典社、一九八四年）に指摘がある。『石清水物語』の秋の大将が義妹とな

った姫君を垣間見する場面で、自身に狭衣を自らに重ねる意識がある点に関しては中島泰貴「王朝憧憬と悲恋遁世譚―『石清水物語』の引用と話型」(「日本文学」第四八巻一二号、一九九九年一二月、のちに『中世王朝物語の引用と話型』(ひつじ書房、二〇一〇年))の指摘がある。

(13)　田中徳定「『今昔物語集』の長増と『発心集』の平等―発菩提心と遁世と―」(「駒沢大学仏教文学研究」第一号、一九九八年三月)。

(14)　田中宗博「遁世者説話の展開と変質―『発心集』を通して『撰集抄』を読む―」(『説話論集第七集　中世説話文学の世界』、清文堂出版、一九九七年)。

おわりに

『石清水物語』『苔の衣』が先行作品や歴史知識等にいかに依拠しているかを明らかにすることにより、そこに映し出される成立当時の社会情勢や価値観と共に、その主題と制作意図を読み解いてきた。

その結果、『石清水物語』『苔の衣』のいずれも、当時その制作・享受圏や社会一般において共有されていた知識教養に多くを負っていることが浮かび上がってきた。各章の要点をまとめ、そのありようを以下端的に示す。

『石清水物語』は、主人公である武士伊予守を、読者が武士らしく感じるように造型し描いている。伊予守が軍事を旨とし大番役などの職務にあたることは繰り返し描かれ、その心中思惟や発言にも、作り物語には異質で軍記等に見られるような語彙・表現が使用されている。加えて、伊予守の人物造型においては、当時の貴族社会で知られており、それだけで武士を想起させる特徴的な呼称や信仰が設定されている。さらに、『平家物語』に描かれる維盛像、及び西行の和歌・西行説話等に見られる西行像が摂取され、下敷きにされている。武門貴族、北面の武士としてそれぞれ貴族社会と関わって生き、名の通った維盛や西行といった人物の面影を重ねることによって、『石清水』の読者として想定される女性たちにとって、伊予守は武士の特質を備えつつ理解がしやすく、共感しやすい武士像になるのである。

男君たる伊予守への共感は、次に示す『石清水』の主題が読者の胸に迫り訴えかけるためにも重要なことであり、作者はその依拠したところを、読者に理解してもらえると期待していたと思われる。

『石清水』の主題を読み解く上で注目すべきは、伊予守と姫君との関係である。この関係が光源氏と藤壺との関係を主に下敷きにしており、しかもそれが物語を通じて一貫しているからである。光源氏と藤壺の関係と、伊予守と姫君のそれとの最も大きな相違は、子供の有無である。子供が生まれないことによって『石清水』の伊予守と姫君の人物造型は、光源氏と藤壺がそれぞれ、現世において常に他者の存在と目線を意識して悩み苦しみ、親として葛藤する中で成長するという面を切り捨てることになる。それにしたがって二人の関係は、前世からの縁を有し思い合いながらも、現世で結ばれないがために来世での一蓮托生を願うという、一人の男君と一人の女君の間で完結する、運命的な悲恋が強調されるものとなる。

物語の常識に照らして、伊予守が武士である以上、帝の女御となる姫君との間に子どもが生まれないことは確定している。つまり、悲恋を強調するために、伊予守が、姫君とは身分違いの武士であることが必然として要請されると言っても過言ではない。『石清水』は、光源氏と藤壺の関係をもとに、それを分かりやすい恋愛小説として作りかえているのである。

このことは、読者も『源氏物語』のあらすじや人間関係を把握し、その特徴的な表現を記憶していなければ理解できない。

『源氏物語』をはじめ、『石清水』が摂取した先行文学作品について、『石清水』作者がどこまでの理解を読者に求めたかは、『石清水』がどこで誰に向けて制作されたかという、成立圏とも深く関わる問題である。『石清水物語』が成立したとされる後嵯峨院時代には、後堀河・四条朝に引き続き『源氏物語』享受は盛んであり、男性貴族や女房、摂関家の姫君も『源氏物語』を読んでいたため、彼らは『石清水』の作りかえの妙とその意図を問題なく読み解けたと思われる。勿論享受のあり方はさまざまで、『源氏物語』読者がすべて『源氏物語』を学問研究の対象とするわけではなかったろうし、男性貴族や学者たちが『弘安源氏論議』や古注釈等で論じた準拠等の考証については、すべての貴族層の女性が、それを常識のごとく知り理解していたとは思われない。

このことを念頭に置いて『石清水』の成立圏を考える。

『石清水物語』の登場人物の系譜は、後堀河・四条・後嵯峨朝のそれと非常に似通っている。その上、摂関家の後宮政策の動向、大将任官事情などの社会情勢までもが宝治元年（一二四七）ごろのそれと一致するのであり、これは単なる偶然の一致とは思われない。しかし、『石清水』の史実の利用は、当時の源氏学が指摘し始めた『源氏物語』における準拠とは性質を異にする。

『源氏物語』はある時代の史実を選択し、その時代を下敷きにすることで、重層的な物語世界を創出している。これは物語の方法として意図的になされている。一方『石清水』の史実の利用の仕方には物語上必然性がなく、重層的な読み、雰囲気をもたらす効果はない。ここからは何らかの意図があって史実を利用したのではなく、『石清水』作者が便宜的に身近な例を参考にした可能性を指摘できよう。

これらから『石清水』の作者像を絞り込むと、准拠を理解していないか必要としておらず、『平家物語』や西行説話の享受者でもあり、宝治元年ごろの摂関家の系譜、社会情勢を目の当たりにした人物である。かつ、『石清水』が左大臣家の視点で語り、左大臣家の姫君をヒロインとすることからすると、史実の系譜上左大臣家の姫君に相当する女性の周辺に作者を求めるのが最も自然であろう。

系譜上『石清水』の姫君と対応するのは近衛長子である。長子には後嵯峨の後宮に入るという噂が立った。おそらく正式な入内をさせようという意図でなく、一度他の皇族と結婚（帝に入内）した女性に、時の帝が関心を持つという点で、長子と後嵯峨の関係は、他に見出しがたいほど『石清水』の姫君と帝の関係に符号する。そのほかの男女関係において『石清水』の姫君と長子の人生は対照的であるが、それは『石清水』の姫君が長子をモデルとしつつ、虚構の世界の中で、男性を愛し愛されるという長子が実際には得ることのできなかった経験を与えられているからだと考えて矛盾はなかろう。

入内するも後堀河に愛されず、子も産まず退出させられ、さらにその後政治事情によって出家させられた長子の無聊を慰め楽しませるための恋愛小説として、『石清水』は長子周辺の女房の手に成ったのではなかろうか。そしてそれは宝治元年以降、さらにいえば長子の出家の衝撃が落ち着いてからのことであろう。

『苔の衣』は、主人公苔衣大将を基点として、摂関政治全盛期の史実の系譜及び歴史物語の逸話を利用するところに最大の特徴がある。苔衣大将の系譜は、藤原道長息の顕信の系譜、頼通（教通）の系譜を集約して作られる。しかも、系譜のみならず、顕信・頼通・教通の逸話はそれぞれ、苔衣大将が出家を意識し、実行に移すまでの重要な契機となる場面で摂取され、苔衣大将の人物造型に利用されている。

さらに苔衣大将を中心に置けば、故先帝から今上帝に至る四世代にわたる系譜も史実の系譜とほぼ重なることが判明する。『苔の衣』の内大臣及び左大臣といったいわゆる脇役たちも、関白家の対抗勢力という印象を与えるため、中関家、小一条家・小野宮家といった、摂関政治全盛期の摂関家にとっての対抗勢力の系譜・逸話を意図的に下敷きにし造型されているのである。

主な『苔の衣』登場人物の系譜と人物造型の大半が、道長の息を基点とする史実の系譜、歴史物語で語られる逸話とほぼ重なる中でも、三人もの系譜及び逸話を集約して造型されているのは苔衣大将のみであり、苔衣大将が、作者が最も意を注いで描いたところであることに疑いはない。その意図は、史実を集約して援用することで、関白嫡男にして一人息子である苔衣大将の出家遁世という、類例のない衝撃的な行動に説得力を持たせることにあると考えられる。

苔衣大将の出家遁世を描くことにこだわる姿勢は、その後を描く最終巻（冬巻）においても一貫している。冬巻で事細かに描かれる兵部卿宮は、容貌や叶わぬ恋慕に苦しむ点などにおいて苔衣大将との類似点を有するものの、大将とは対照的に執着心を捨て去ることができない自己中心的な人物であり、中宮に密通し、死後も物の怪となって愛する中宮を重態にまで陥らせる。その兵部卿宮の執着に打ち勝ち、娘の中宮を救う人物こそ、執着を捨てて仏道修行に励んだ大将なのである。つまり兵部卿宮の存在によって強調されるのは、苔衣大将の仏道修行、道心の類なさである。

そもそも『苔の衣』は、苔衣大将が出家を遂げたところで終わるのではなく、出家遁世以後を詳細に、その内面における道心の深まりと共に描く点で他の作り物語から際だっている。しかも、最終的に、大将は我が子との再会を機縁として俗世との関わりを断ち切り、完全なる遁世を遂げ仏道修行に専念したと描かれる。

当時の貴族社会周辺では、単に出家を遂げるのみではなく、山林に離れて独り仏道修行に励むことを賛嘆する遁世が流行する一方、名声を得るための遁世が非難された。おそらくこうした宗教的価値観を有する『苔の衣』作者にとっては、秋巻における大将の出家遁世で物語を終わらせず、執着を離れた大将が、冬巻にて道心を深め、完全に遁世を遂げるまでを描くことこそが必要であったのだろう。

苔衣大将は物語中終始一貫して中心人物として描かれているのであり、冒頭で提示される「苔の衣の御仲らひ」は、苔衣大将が出家遁世し、さらなる遁世を遂げるに至るその機縁となった男女の仲を指すと解釈できる。

苔衣大将を、真に出家遁世を遂げた理想的な人物として描くこと、それを読者に納得させることが『苔の衣』の主題であり、意図したところであったと考えられる。

そのために援用されたのが史実である。『苔の衣』は、読者に摂関政治全盛期の史実の逸話・系譜を想起させることによって、苔衣大将の出家遁世が絵空事だと読者から批判を受けることを避け、ありえたことだと納得させようとしている。

これは、『源氏物語』が学問研究の対象としても重視されるようになったこの時代に、おそらく『源氏物語』から学んだ準拠という方法を物語作者が活用したであろう実例として、注目すべきものである。

ただし、独立した一つの文芸作品としては、さほどすぐれているとは言えない。

なぜなら、『苔の衣』は当時の共有知識に全面的に寄り掛かっており、『苔の衣』を一つの独立した作品として読むときに当然あるべき系譜等の説明もない不親切な態度が見られるからである。読者には、『栄花物語』の道長の息子たちやそのほか著名な人物の逸話、及び天暦の治から摂関政治全盛期に至る歴史知識を有していることが求められている上、踏まえている史実・知識がわざわざ説明せずとも共有されているということを前提に物語が進行する。その知識を共有していなければ読者は、苔衣大将の出家遁世という主題に作者がどれほど意を注いだかを読み取ることができず、それどころか登場人物の整理に四苦八苦するのみに終始する可能性も否定できない。

さらにいえば、『石清水』は、一つの場面を描くに際して、何重にも先行作品を摂取し、巧みに繋ぎ合わせている。これと比較すると『苔の衣』の作り物語、歴史物語の摂取には概して『石清水』ほどの複雑さ、緻密さは見受けられず、冬巻の『狭衣』摂取のように、ややもすれば単調に陥りがちである。苔衣大将の理想的な出家遁世を描くという、作者の宗教的価値観に基づいた主題は一貫しているものの、文芸、娯楽としては『石清水』ほど巧みではないと言えよう。

ここまで、『石清水』『苔の衣』の全体像を提示してきた。

『石清水』『苔の衣』の共通項は、後嵯峨院時代に成立したであろう点のほか、いずれも男性が出家遁世する悲恋遁世譚という点である。しかし、先行文学作品をいかに摂取するか、それについての理解を読者にどこまで求めているかは随分と異なり、それと関連してそれぞれの主題、重視するところは明確に異なる。

貴族男性の外見について、造作がすぐれているのではなく、身分や自負に拠ってすばらしく感じるだけだと看破し、愛染明王を男色と絡めて冗談まじりで扱うなど、『石清水』の端々からは、宗教への傾倒ではなく、寧ろ恋愛方面への興味関心が露わである。これと呼応するように、『石清水』の主題は悲恋・遁世のうち、明らかに悲恋に焦点を当てて、恋愛を重視している。

対して『苔の衣』は恋愛も描くものの、女君とのそれは結果として苔衣大将を仏道に誘う機縁となるのであり、『苔の衣』は一貫して出家遁世に主眼を置き、仏教への信仰を重視している。

『石清水』は、『源氏物語』などを読む姫君向けに運命的な悲恋を、『苔の衣』はそれらに加えてさらに歴史物語を読み、おそらくは準拠についても知識教養のある人々に向けて、理想的な遁世を描いたものと考えられる。

作者と読者の間に共有された当時の知識教養、共通認識を踏まえて読むことによって、後嵯峨院時代という同時代に成立し、しかも悲恋遁世譚と一言で括られてしまう同じ話型の作り物語である『石清水』『苔の衣』が、それぞれに創意工夫を凝らし、これほどまでに異なる特色・個性を有することが、明らかになるのである。

初出一覧

＊各論文に加筆訂正を加えた。

Ⅰ　『石清水物語』

第一章　『石清水物語』の武士伊予守
「『石清水物語』の伊予守─武士の描き方─」（「国語国文」第七九巻第一〇号三〇－四七頁、二〇一〇年一〇月）
第二章　『石清水物語』の伊予守と姫君─光源氏と藤壺─
同題（「国語国文」第八四巻第二号一－二五頁、二〇一五年一〇月）
第三章　『石清水物語』と近衛長子─成立年代についての一考察─
「『石清水物語』と近衛長子─成立年代についての一考察」（「文藝論叢」第八八号三九－六三頁、二〇一七年三月）

Ⅱ　『苔の衣』

第一章　『苔の衣』の大将
「『苔の衣』の大将の主人公性」（「国語国文」第八二巻第七号二〇－四二頁、二〇一三年七月）
第二章　『苔の衣』の系譜
「『苔の衣』系譜考」（「京都大学国文学論叢」第三〇号一七－三六頁、二〇一三年一〇月）
第三章　『苔の衣』冬巻の意義
同題（「京都大学国文学論叢」第三六号一－一六頁、二〇一六年九月）

あとがき

本書は、平成二十六年に提出した課程博士論文『『石清水物語』及び『苔の衣』の研究』に基づいている。鎌倉時代中期、いわゆる後嵯峨院時代に成立したとされる『石清水物語』及び『苔の衣』について、当時の貴族社会において共有された知識・教養を踏まえてその依拠したところを明らかにし、制作意図、主題を読み解こうとしたものである。

『源氏物語』への漠然とした憧れは、小学生のころから抱いていた。その延長で、中世の作り物語の持つ、どこか歪で猟奇的なイメージに惹かれてはいたものの、それを博士論文のテーマに選ぶにまで至ったのは、私が学部生のころ、金光桂子先生が着任なさった影響が大きい。爾来、厳しくも温かいご指導に与った。浅学非才のうえ、ともすれば甘えが顔を出し怠けがちな私が、こうして一書をまとめることができたのもひとえに先生のご鞭撻の賜物である。そのうえ過分の序文までお寄せいただき感謝の念に堪えない。

大谷雅夫先生には、卒業論文の試問時、視野の狭さに対し、運転免許の有無を尋ねることから始まるご指摘をいただいた。思い返すと今でも背筋が伸びる。

そのほか審査、指導にあたってくださった木田章義先生、大槻信先生をはじめ、お世話になった方々に衷心より感謝申し上げる。

せめてものご恩返しとして、惰眠を貪ることなく研究を進めていきたい。

平成三十年三月

関本真乃

本書の刊行にあたっては、平成二十九年度の京都大学総長裁量経費・若手研究者出版助成事業による助成を受けた。

索　引

原則、配列は現代仮名遣いの五十音順とする。

人　名

一、人名索引は、作品中人名と史実上人名から成る。
一、原則、実名を見出し語に採用し、別称等を（　）内に注記した。ただし、作品本文中において、または一般的な呼称において実名ではなく院号等が多勢に使用される場合は、院号等を見出し語に採用した。
一、特に皇族・摂関家の女性、及び僧侶の名は音読みに統一をはかった。

《作品中人名》

一、『源氏物語』以外の登場人物には主に最終官位を用い、（　）内に作品名を示した。
一、『石清水物語』『苔の衣』の登場人物は、前者はⅡ部、後者はⅠ部の頁数のみ掲げた。

あ行

か行

さ行

た行

な行

は行

ま行

や行

ら行

《史実上人名》

あ行

か行

さ行

た行

な行

は行

ま行

や行

ら行

書　名

一、「石清水物語」「苔の衣」に関しては、前者はⅡ部、後者はⅠ部の頁数のみ掲げた。

あ行

か行

さ行

た行

な行

は行

ま行

や行

ら行

わ行

Abstract: "the tales in the age of Emperor Go-Saga ; *Iwashimizu Monogatari* and *Koke no Koromo*."

Masano Sekimoto

Over time, the fictional tales (*tsukuri monogatari*) created in the Kamakura period and thereafter came to be known as "pseudo-classical tales" (*giko monogatari*). However, because the phrase "pseudo-classical tales" very often included negative undertones, in recent years the phrase "medieval court tales" (*chūsei ōchō monogatari*) has started coming into use as means of avoiding such value judgements. The purpose of this development is to read these works anew and to achieve fresh perspectives on them.

However, the majority of the works in question have yet to be reappraised in this manner. Of these as yet untreated works, this paper shall deal with two fictional tales, *Iwashimizu Monogatari* and *Koke no Koromo*. (As with most such fictional tales, the authorship of these two works is unclear.)

The reason why we have chosen to cover these particular two works together is that they are both thought to come from the same period (known as the age of Emperor Go-Saga; reigned 1243-46; cloistered reign 1246-72), and it is probable that the writers and readers shared a broadly similar basic sense of values and intellectual formation.

Prior research on these two works has dealt with the extent to which each of them has assimilated and imitated the tales of the Heian period, with *Genji Monogatari* (Tale of Genji) first and foremost among them. However, what this approach overlooks is that the act of imitating these tales of the Heian

court in itself transmits the social circumstances and reflects the values of the age in which these "imitative" tales were written. If this point is overlooked, one is very likely indeed to come away from these "medieval tales of the Heian court" with the impression that they are entirely derivative, with nothing new to offer.

However, literature can never exist in absolute isolation from society, and so to accurately understand and evaluate these works fairly, it is essential to ascertain what meaning these "imitative" tales of the Heian court had at the time, and to clarify what intentions their creators had in writing thcm.

This paper first clarifies that the upper classes (the aristocracy) at the time had a grasp of the plot, expressions and characters of *Genji Monogatari* as a matter of course; moreover, designations of historical models and precedents *(junkyo)* and historical knowledge of Heian period may well have formed part of a shared body of knowledge at the time. This done, we then proceed to a search for the themes of the two fictional tales *Iwashimizu Monogatari* and *Koke no Koromo*. This paper's findings on each of the works are discussed below.

I *Iwashimizu Monogatari*

1. In portraying its hero, the warrior Iyo no Kami, *Iwashimizu Monogatari* makes liberal use of war chronicles and narratives of the same era, and displays extensive knowledge of religion and history. Specifically, the work draws on narratives about Koremori such as *Heike Monogatari* (Tale of Heike) and narratives on Saigyō such as *Saigyō Monogatari* (Tale of Saigyō). The purpose in doing so seems to be to model Iyo no Kami as a "warrior-like" character.

2. This study has established that the relationship between the hero - the warrior Iyo no Kami - and the princess has its fundamental basis in the relationship between Genji and Lady Fujitsubo in *Genji Monogatari* by designating the parallels and similarities of expression. It has also established that attention should be given to the fact that the relationship between Iyo no Kami and tne princess are of greater importance for this tale than the individual characters. We see that the childless nature of the relationship between Iyo no Kami and the princess, drawing from the narrative of Prince Genji and Lady Fujitsubo, allows the tale to avoid dealing with the conflicts of parenthood and relationships with other characters; instead, the focus is placed on the element of tragedy in a love affair between a man and a woman who, while longing for each other, are unable to be together because of the difference in their social statuses. *Iwashimizu Monogatari* is essentially a romance novel that succinctly expresses the tragic love between two characters connected from their previous lives but unable to share their lot in this, and they yearn to do so in the next.

3. The genealogical records between the characters of *Iwashimizu Monogatari* very closely resemble those between Emperor Go-Horikawa, Shijō and Emperor Go-Saga, and other points in common that the stories share have been discussed — developments in the harem politics of the regent houses, the situation in regard to generalships for the two princes, and the outbreak of disorder in the East the year after the accession of the new Emperor. Furthermore, in terms of actual historical genealogy, the princess of *Iwashimizu* corresponds to Konoe Nagako, and mention has been made of the resemblance between her and the once-married (in court) princess of

Iwashimizu, in how they both took an amorous interest in the reigning Emperor of the time. Also, because *Iwashimizu Monogatari* is a romantic novel portraying a noblewoman modeled on Konoe Nagako, it has been suggested that the work was possibly written by a court lady in Nagako's circle.

II *Koke no Koromo*

1. *Koke no Koromo* is set in the age of Fujiwara no Michinaga (966–1028), and the relationships between the characters are modeled on those prevailing in the regent families of the time. If the eponymous hero, the chief of the Imperial Guard, Koke no Koromo, is positioned as Michinaga's sons, the web of relationships around him is basically identical with Michinaga's circle. In addition, it is noteworthy that the process leading to Koke no Koromo entering the priesthood is structured as a compilation of anecdotes on Michinaga's sons (Yorimichi, Norimichi and Akinobu) as given in the *EigaMonogatari* (A Tale of Flowering Fortunes).

In telling the unprecedented, sensational story of the Imperial Regent's (*kanpaku*'s) only male heir, the chief of the Imperial Guard, withdrawing from the world into reclusive life, the main character's motivation is based on real-life anecdotes about the sons of the regent families. This adds to the impact on the readership of the story of Koke no Koromo's reclusion*(tonsei)* of the world as a tale which is more believable because, perhaps, it "could have really happened."

2. A survey of the complex web of relationships between the characters in *Koke no Koromo* has cleared up a number of contradictions. Furthermore, this

study has established that the family trees in *Koke no Koromo*almost completely correspond with their counterparts in the heyday of the Fujiwara (the period of rule by the regents Michinaga and his son Yorimichi), and anecdotes about historical personages are incorporated into the text in building up its characters by comparing with the characterization of *Eiga Monogatari* and The Great Mirror *(Ōkagami)*. In this way, *Koke no Koromo* — prolifically incorporating the family trees of real people and anecdotes about them — deserves attention as a possible example of a writer designating historical models and precedents (*junkyo*); and this in an age when *Genji Monogatari*was increasingly coming to be seen as a major object of study.

3. At first glance, the final volume ("Winter") of *Koke no Koromo* seems superfluous. Its significance, as it appears in this study, is how the ascetic zeal of the chief of the Imperial Guard, who sretreated from the world and seclude themselves, is stressed in comparison with that of Hyōbukyō no Miya, who looked like the chief of the Imperial Guard but was irreligious. It appears that the overarching main theme of the tale from start to finish is the depiction of the chief of the Imperial Guard's unprecedented seclusion from the world for the ascetic practices in the mountains, and of his Buddhist piety.

■著者紹介

関本真乃（せきもと　まさの）

大阪府生まれ。京都大学大学院文学研究科博士後期課程修了。博士（文学）。
日本学術振興会特別研究員（DC2）、大谷大学文学部文学科助教などを経て、現在、京都大学文学部ほか非常勤講師。
専門は主に中古・中世の王朝物語。論文に、「顔を隠す女君」（『ひらかれる源氏物語』、勉誠出版、二〇一七年）、「『いはでしのぶ』巻四の再解釈―伏見大君を中心に―」（『国語国文』第八六巻第四号、二〇一七年四月）などがある。

研究叢書496

後嵯峨院時代の物語の研究
―『石清水物語』『苔の衣』―

二〇一八年三月二五日初版第一刷発行
（検印省略）

著　者　関本真乃
発行者　廣橋研三
印刷所　亜細亜印刷
製本所　渋谷文泉閣
発行所　有限会社和泉書院

大阪市天王寺区上之宮町七-六
〒五四三-〇〇三七
電話　〇六-六七七一-一四六七
振替　〇〇九七〇-八-一五〇四三

ISBN 978-4-7576-0870-2　C3395

研究叢書

481	堀景山伝考	高橋俊和著	一八〇〇〇円
482	中世楽書の基礎的研究	神田邦彦著	一〇〇〇〇円
483	テキストにおける語彙的結束性の計量的研究	山崎誠著	八五〇〇円
484	節用集と近世出版	佐藤貴裕著	八〇〇〇円
485	近世初期『万葉集』の研究 北村季吟と藤原惺窩の受容と継承	大石真由香著	一一〇〇〇円
486	小沢蘆庵自筆 六帖詠藻 本文と研究	蘆庵文庫研究会編	二六〇〇〇円
487	古代地名の国語学的研究	蜂矢真郷著	一〇五〇〇円
488	歌のおこない 萬葉集と古代の韻文	影山尚之著	九〇〇〇円
489	軍記物語の窓 第五集	関西軍記物語研究会編	一三〇〇〇円
490	平安朝漢文学鉤沈	三木雅博著	一一五〇〇円

（価格は税別）